环太平洋

PACIFIC RIM

〔美〕阿历克斯·欧文 著

黄贵燕 译

北京联合出版公司
Beijing United Publishing Co.,Ltd.

图书在版编目（CIP）数据

环太平洋 / （美）欧文著；黄贵燕译 . —北京：北京联合出版公司，
2014.4（2026.1 重印）
ISBN 978-7-5502-2692-0

Ⅰ.①环… Ⅱ.①欧… ②黄… Ⅲ.①科学幻想小说—美国—现代
Ⅳ.① I712.45

中国版本图书馆 CIP 数据核字 (2014) 第 033509 号

北京市版权局著作权合同登记号：图字 01-2014-0993 号

Pacific Rim By Alex Irvine
This translation of Pacific Rim, first published in 2014,
is published by arrangement with Titan Publishing Group Ltd
through Big Apple Agency,Inc.,Labuan,Malaysia
© 2013 Legendary.
Motion Picture Artwork © 2013 WB Ent. All Rights Reserved
™ & © Warner Bros. Entertainment Inc.

环太平洋

作　　者：［美］欧文
译　　者：黄贵燕
出 品 人：赵红仕
责任编辑：孙志文
封面设计：王　鑫

北京联合出版公司出版
（北京市西城区德外大街83号楼9层 100088）
北京新华先锋出版科技有限公司发行
三河市兴博印务有限公司印刷　新华书店经销
字数227千字　787毫米×1092毫米　1/16　14印张
2014年4月第1版　2026年1月第19次印刷
ISBN 978-7-5502-2692-0
定价：39.80元

序章

我们总以为外星生物来自其他星球……事实上，它们来自深海。

在太平洋底部，两大地壳板块之间的裂缝连接着一个平行宇宙，我们将其称之为虫洞。

我十五岁那年，第一只怪兽在旧金山登陆。2013年8月11日早晨七点，这只身型巨硕仿若摩天大楼一般的怪兽穿过虫洞，来到了地球。

坦克、飞机、导弹狂轰乱炸了整整六天才把怪兽拿下，作战范围覆盖方圆五十六公里，三个城市化为灰烬，数万人丧失性命。

战斗中使用了战术核弹。前两颗没能击中怪兽"入侵者"的要害，第三颗才将其击毙。但从此，旧金山湾区很多地方数个世纪内都不再适合人类居住。你听说过"遗忘坟场"吧？它就是这么形成的。

好在怪兽到底还是被消灭了，人们总算舒了一口气。

然而，五个月后，虫洞里又蹿出一只怪兽，直奔香港而去。人们再次用核弹消灭了它，但也破坏了环境，由此香港也划出了隔离区。之后不到八个月，第三只怪兽汹汹来袭，在被核弹轰得灰飞烟灭之前，它几乎将整个悉尼夷为平地。

每一次歼灭怪兽，战术核弹都起到了举足轻重的作用，但同时也将太平洋沿岸数座城市的环境悉数破坏，使人类再也无法居住。

使用核弹绝非长久之计，否则人类的地球保卫战将等同于自掘坟墓。但是常规武器根本无济于事，怪兽从不把坦克炮弹放在眼里。狱火导弹（Hellfire missiles）至多伤其皮毛，无法取其性命。它们可谓人类所见识过的最坚不可摧的东西。

1

生存危机使全人类达成了一致共识——抛弃前嫌、同仇敌忾。于是整个世界开始着眼于大局，团结一心、集结资源、共同捍卫人类的生存家园。在这样的背景下"猎人计划"（Jaeger Project）应运而生。

这项计划成功地将两个人的大脑连接在一台有机超级计算机上（organic supercomputer），这种电脑功能强大，性能强过所有硅制产品。目前，世界顶级的机器人专家、工程师和军事人才正在德国、澳大利亚和日本等地群策群力，努力研发核武器之外的杀怪利器——机甲。"猎人计划"实现的技术就将应用在这种机甲之上。

机甲足足有三十层楼高，浑身上下全副武装，内置信号线，能够迅速响应驾驶员指令，仿若驾驶员自身的大脑一般——是该让怪兽和体格相当的对手过过招了。

"猎人计划"闪亮登场。

话说，同时登场的，还有我。

第一部分

////////////////////////////

Gipsy Danger

怪兽战争第七年

2020 年

阿拉斯加

环太平洋联合军防部队（PPDC）
战斗武器档案——机甲

名称： 危险流浪者

机型： Mark-III

启动日期： 2017 年 7 月 10 日

终止日期： 此项不适用

驾驶员： 杨希·贝克特，罗利·贝克特（隶属于安克雷奇基地）

歼灭战绩：

编号 LA-17，2017 年 10 月 17 日，怪兽"山岚"，洛杉矶；

编号 PSJ-18，2018 年 5 月 20 日，圣何塞港；

编号 SD-19，2019 年 7 月 22 日，怪兽"天钩"，圣地亚哥；

编号 MN-19，2019 年 12 月 16 日，马尼拉。

操作系统：

BLPK 4.1（配备流体神经通路）

动力系统：

核动力涡轮发动机

武器装备：

- I-19 式等离子加衣炮；具有生物识别功能的等离子武器；前臂装置（伸缩式）
- S-11 暗物质脉冲发射器（隐藏式）

备注：

反应堆屏蔽层已升级。所有驾驶过 Mark I 至 Mark III 代机甲的驾驶员在服役期间必须每日服用理疗药物美沙罗星。

1

"怪兽出现！正在第七区快速移动！"蔡天童发出警报。

"特征和级别。……"

天童快速扫描并综合数百个遥感器发出的数据。这些遥感器以关岛南部海底虫洞为中心，散布在整个太平洋海域。怪兽一旦在马里亚纳海沟现身，天童在数秒内即可准确获知其体积、速度和外观。

"天哪！"天童惊叹，"报告长官，怪兽排水量达八千七百吨，三级。"

"布防情况？"说话的是斯达克·潘提考斯特长官，他沉稳而坚定，操着一口英国口音。

天童飞快地浏览着环太平洋地区其他机甲基地的部署情况。

"加利福尼亚派出了'忧蓝罗密欧'，……怪兽已经逃走，但尚未攻入'十英里'警戒线以内。""十英里"是机甲战士截击怪兽的底线距离。如果怪兽突破这一距离，再阻止它们的魔爪登陆就难于登天了。到那时未能及时疏散的不幸之众将难逃恶魔之口。

怪兽现身之初，观察其行踪易如反掌——它们总是从同一个地方冒出来，因此天童能立刻监测到目标——但是到了辽阔海域再想追踪怪兽就会变得困难得多。它们动作敏捷，并且本身硅基构造的身体使人类无法对其进行热源追踪。雷达探测在近距离时效果理想，但太平洋海域广阔，根本无法深入怪兽领地获取完整的实时雷达监控数据。

为了获知怪兽的位置，机甲战士们只能在大陆架附近及以内陆地区进行防御。但如此一来，怪兽离陆地太近，情况就有可能岌岌可危。因此，部署机甲战士就是一场在时间和运气上的博弈。

"接通加利福尼亚基地，"潘提考斯特下令，"调出卫星数据，通知'危险流浪者'准备出战。立即执行。"

听到行动警报声，罗利·贝克特还未完全清醒便一骨碌爬起来，摇摇晃晃下了床。这里是阿拉斯加破碎穹顶（Shatterdome）基地的军官宿舍，他睡在下铺。双脚还未着地，罗利就迫不及待地叫醒哥哥：

"杨希，快起来了！虫洞有情况！"

他快速穿好上衣，但杨希睡在那儿纹丝不动。

"快点，大哥！"罗利踢了踢哥哥的床沿。与其他年龄相差无几的兄弟一样，他俩的个性截然不同。很快，罗利已完全清醒，幸好杨希这时也彻底醒了过来，否则他没准儿一转眼又要倒头呼呼大睡了。

"准备出战！"

"好吧，这可真够早的。"杨希喃喃抱怨。

有时候罗利觉得老哥恨不得一睡百年，但他可不会这样——太多事情要做呢！

比如眼下他要做的，就是去消灭怪兽。

"三级兽，比以前的都大。"罗利边穿衣服边查看显示屏，"代号：刀锋头。"

杨希嘴里嘀咕着什么，让人不知所云，不过他总算动身起床。罗利只好候在门口，急不可耐地等着哥哥舒展身体，睁开睡眼。

"马上要五连胜啦！"罗利浏览着劳森特指挥中心（LOCCENT Command）传输过来的第一组怪兽信息。

杨希伸着懒腰，到处找他的衣服。

"你可别得瑟。"他提醒道。

三分钟后，他们来到了整备区（suiting area）。

驾驶员套装制作精良，采用多层设计。最内层外观较似潜水服，里面布满电路图似的神经元传感器，在光滑的深色高聚物衣料映衬下泛着金光。驾驶员只要在脑中发出指令，传感器就会将其同时传到机甲动力系统，延迟时间近乎为零。只是机甲受伤时，传感器也会将痛感传给驾驶员。实践证明，这是缩短反应时间的最佳途径。经验告诉罗利，当你切身感受到怪兽利齿刺入手臂的痛楚时，你的反应比光靠屏幕信息来判断要快得多。

套装外层是配置全方位维生系统的密封式聚碳酸酯护甲，负责中转出入的神经信号，在其脊柱、脚部和四肢各大关节处均装有磁性接口。这层装甲外壳内置通感纪录器，自动存储感觉信号。白色而有光泽的护甲还兼具防弹功能——尽管目前为止尚未发现有怪兽发射枪弹。

驾驶员通过外层护甲牢牢地固定在操作舱的运动平台上，特制锁紧扣着驾驶员甲靴，延展导线插入铠甲护手，全效神经传输板（a full-spectrum neural transference plate）也称"脊髓夹（feedback cradle）"，将驾驶员作战服的脊背锁定在运动平台上。运动平台的前面是一个命令控制台（command console），但驾驶员接收命令主要是通过声音或投影在眼前的全息影像。罗利和杨希已经戴好完全覆盖式头盔，驾驶员们称其为"思维帽"。这种头盔能够帮助他们在同步过程中传输大脑信息，实现通感。

整备区外的等离子显示屏正实时追踪着"刀锋头"的动向。穿戴就绪后，杨希和罗利离开整备区，大踏步来到了操作舱。技术人员紧随其后，他们在作战服背部扣上脊髓夹，插入导线与接口驱动器相连。这样，驾驶员的神经脉冲将直接传输给"危险流浪者"。

早在机甲研制初期——2015年，首个实验机甲原型机由单个驾驶员驾驶，然而这种模式很快即被叫停。几个志愿者因神经过载而崩溃甚至死亡。后来首款完整原型机在科迪亚克岛出炉，配备了双人操作舱。等到人机大脑连接机制完善以及通感成为可能后，"猎人计划"终于从计划转变为现实。此后所有机甲都按双人操作设计——除了中国机甲"暴风赤红"，罗利听说该机甲是由三胞胎兄弟驾驶的。没准哪天罗利会和他们并肩作战，他十分想见识一下中国机甲。

兄弟俩手脚伸开站在相邻的操作台上。控制组件自操作舱底伸出，与相应的护甲匹配相连，并启动命令控制台上方的全息平视显示屏。

仔细检查完所有连接处，确保万无一失后，技术人员离开了操作舱，身后舱门自动关闭。

罗利和杨希检查了作战服和通感前的连接数据。一切正常。

"早上好啊，兄弟们！"通讯机里蔡天童打了个招呼。

"天童？你好啊，哥们儿！"罗利回道。

杨希按下了作战服上"确认无误"的按钮。

"蔡兄，昨晚和艾莉森的约会怎么样啊？"

"噢，她超爱我！"天童答道，"可她男朋友很敌视我。"

"蔡，准备投放！"斯达克·潘提考斯特打断了他们的谈笑。

不苟言笑，潘提考斯特的一贯风格，罗利心想。

"投放准备中，长官。"天童回答。

罗利和杨希对视了一眼。

"准备就绪，释放投放器。"杨希报告。

兄弟俩同时按下命令控制台上的按钮。

伴着"轰隆隆"的金属噪音，托承机甲头部操作舱的起重塔架（gantry）松开了。操作舱顺着两边轨道滑下竖井。跟往常一样，罗利感到胃里翻江倒海，视线模糊了片刻。随后操作舱倾斜，速度放慢，缓缓对接入固定机甲头部的颈部组件。

螺栓和挂钩顺利接合，自动装置稳步运行，机甲头部与身体成功结合，一个高达八十八米的人形战机赫然耸立——这家伙以前绝对只在电影和漫画中出现过，直到"猎人计划"应运而生，电影和漫画书里的梦想才成为了现实。

"成功对接。"杨希报告道。片刻后"危险流浪者"的核动力中枢涡轮发动机轰鸣着达到满功率，天童把指挥与控制权移交给贝克特兄弟。

闸门打开时，坐落在科迪亚克岛边缘的机甲派遣基地（Jaeger Launch Bay）发出低沉的声音。机甲移动运载台伸出海面，将起重塔架上的"危险流浪者"送入寒冬季节肆虐的暴风雨中。有效视线仅有几十米，但罗利和杨希可以使用传感器阵列，通过综合运用红外线、紫外线、雷达和声呐系统全面观察太平洋北部的动静。要追踪怪兽，全方位观察必不可少。

天童发出信号，起重台架解除锁定，随之"危险流浪者"落入水中，势如陨石坠落。

"战士们，我是斯达克·潘提考斯特元帅（Marshal）。"指挥官的声音传来。此刻，他严肃认真一如往昔。沉稳务实向来是潘提考斯特的风格："准备神经元对接！"

操作舱的显示屏上投映出两个大脑的全息图，清晰展示着大脑和发动机组件之间千丝万缕的联系。在劳森特指挥中心那头，蔡天童和潘提考斯特的眼睛正盯着同样的全息影像。罗利一直对神经连接技术惊叹不已，对于即将再次感受这种经历，他兴奋不已。

"四……三……"蔡天童倒数着。

数到"一"时，杨希转过头，对着罗利眨了眨眼。

瞬间他们进入了通感世界：

他俩看到了小时候，与妹妹洁丝敏一起在玩猴子抢球游戏的场景。

一只气球"砰"地爆开了。

妈妈深吸了一口香烟，然后咳嗽不止。这是得了癌症吧，他们猜想，但就算真是癌症，妈妈也不会戒烟。

妈妈去世了，在墓前，兄弟俩最后一次见到了洁丝敏。罗利情不自禁地哼起了妈妈在他们年幼时最爱听的歌，洁丝敏叫他闭嘴。

他们必须回去参加机甲训练。

兄弟俩意识重叠交织，两人的记忆片段交互回闪：在慕尼黑，一个名叫玛吉特的女孩吻了他，这是多么刻骨铭心的初恋。12 岁的场景历历在目，仿如昨日。

爸爸，你别离开好吗？

他和杨希正鬼鬼祟祟地穿过布达佩斯的一家废弃工厂。那天是杨希 11 岁生日，他们装扮成超级英雄，用手电筒和从妈妈钱包里拿的打火机作武器。

不，我们不去上大学，我们要驾驶机甲成为战士。

时间、空间、情感、记忆还有零散的思绪汹涌而至，通感系统迎来第一场记忆风暴：冰激凌，曲棍球，沛马奎特灯塔射出的光，第一次坐飞机，糖果根本无法缓解耳鸣带来的痛苦，嘿，莫伊！哈哈哈哈！可恶，你知道我最讨厌的就是蜘蛛。

血从他鼻子里淌出来，这家伙自讨苦吃，谁让你招惹我。

不是每个人都那么好惹的。

爸爸，你别离开，好吗？

哈哈哈哈。

2020 年，阿拉斯加。现实场景重现。拯救世界的时候到了。

再一次到了。

现实融合进通感系统纷杂的记忆片断，紧接着罗利听到蔡天童仿似新闻主播的声音，他终于回到了现实。

"神经元对接稳定。"他说道，显示屏上两个大脑图重叠为一，他们与

"危险流浪者"的控制系统和动力系统之间的连接图也亮了起来。

罗利和杨希与"流浪者"融为一体，兄弟俩也合二为一。

"右脑准备就绪。"杨希说道。

罗利总是让哥哥先来，不过为了公平起见，检查完毕并确保无误后由他发出行动指令。

"左脑连接准备就绪。"他说道，"'危险流浪者'准备出战。"

两人分别举起一只手臂，流浪者同步做出了相同的动作。这表明巨型机甲已经与完全合二为一的人脑控制系统实现百分之百有效对接。

"战士们，"潘提考斯特命令道，"你们的任务是守住安克雷奇外的'奇迹线（Miracle Mile）'，明白吗？"

十英里警戒线是最后防线，它也被称作"奇迹线"。之所以得名如此，是因为怪兽一旦突破这道防线，机甲还能阻止其登陆那绝对就是奇迹了。

"明白！"杨希回答道。此时平视全息图中显示出一个新信号，他顿时心生犹豫。"长官，"他又问道，"海上还有一艘民用船——"

潘提考斯特立即打断他的话。

"你们首先保护的是全城两百万人民。不能为了船上十个人而因小失大。听清楚了吗？"

长官的话简单明了，但兄弟俩心中也很清楚：只要"流浪者"与怪兽在任何靠近小船的地方交战，搏斗激起的巨浪势必将船体撕成碎片。罗利加入机甲队可没打算造成连带伤害，他的原则是避免一切不必要的损失。

罗利看看杨希，他也正看着自己。于是罗利关掉了通讯器。

"你知道我在想什么吧？"罗利问道。

"我可连着你的大脑呢。"杨希回答。

兄弟俩相视而笑。

"钓鱼去吧！"罗利喊道。

随后两人同时按下了动力系统控制键。一瞬间"危险流浪者"轰隆隆地运转起来，在风雨交加之夜喷出一柱火焰，同时警报器的鸣叫声划破天际。机甲猎人背对着劳森特指挥中心向前大步走去，一队直升机则掉转方向往回飞去。"流浪者"逐渐消失在暴风雪中，所经之处，海浪翻涌，水雾升腾。

TOP NEWS

评论员文章（OP-ED）

"猎人计划"真有价值吗？

机甲猎人战果振奋人心，大家有目共睹。"探戈狼"在只有一名驾驶员清醒的情况下英勇完胜"恶魔女巫"；"切尔诺阿尔法"的特斯拉拳快如闪电，威猛霸气；"幸运七号"与六十一米高的怪兽顽强对峙，坚决守卫香港海湾。（声名显赫啊！）

你的孩子梦想成为驾驶员吗？我女儿就想，她今年九岁。不记得从何时起怪兽一词在报纸上随处可见。在她眼中，驾驶员都是英雄，就像……呃，该怎么形容呢？因为驾驶员们的伟大无可比拟——这一百多个人手中掌握的是整个人类的命运。

等等，他们真能掌握人类的命运吗？

会不会驾驶员们反而阻碍了我们？会不会我们已习惯性地接受节节败退而不去争取一劳永逸的胜利？

我们信赖机甲猎人，看到他们把怪兽痛扁成肉酱时感到畅快淋漓，而这些是否让我们忽略了真正行之有效的办法？面对现实吧，各位。"猎人计划"其实并不管用。怪兽来了一只又一只，并且越来越频繁。我们根本来不及制造足够的机甲。永远来不及。

怪兽体型硕大，行动笨拙。我们换一套策略吧。建筑高墙，把上海、旧金山等太平洋沿岸地区的居民迁往内陆……把钱花在真正奏效的项目上，而不是将数万亿美元花在"遗忘坟场"里锈烂的机甲上。

驾驶员们的确是英雄。但是和所有英雄一样，他们注定会发现时代已将他们抛弃。

2

在距离安克雷奇基地十一公里处，"危险流浪者"的扫描仪捕捉到渔船"海洋号"船桥上的对话。说话的像是船长和大副，恶劣的暴风雨让他们忧心不已，他们正讨论如何尽快找到什么地方避一避。

"我们连浅滩都到不了！"大副说道。

"那座岛呢？"船长问到，"离我们五公里——"

他突然顿住了。罗利几乎能听到他心底的疑问：海图上并没有这座岛。

"离我们只有三公里了，船长！"大副喊道。转眼间，带着紧张和畏惧，他惊道："一点六公里。"

"流浪者"的主屏上显示出"海洋号"，兄弟俩发现一个岛屿般大小的物体正疾速靠近渔船，势不可当——是怪兽！

"好在我们现在听不到潘提考斯特说话。"杨希说道。

怪兽"刀锋头"从"海洋号"的左舷边一跃而起，露出水面足有三十多米。四条手臂的末端是巨大的蹼爪，能将渔船如啤酒易拉罐般轻易捏碎。怪兽头部状如一把巨大的利刃，上颌的刀片由宽变窄，最后变成一个尖点，脑壳上也顶着锋利的刀刃。声呐勾勒出怪兽隐在水下的身体轮廓，两条腿，一条强劲有力的尾巴。看起来有点像恐龙，只不过比任何恐龙都庞大数倍。

"不要把怪兽和地球生物混为一谈，"罗利想起某位专家的话，"他们是硅基生物，可不是碳基。"虫洞的另一端无论是一个怎样的世界，它绝对超乎人类想象。

"怪兽——"只听船长说道，他的声音在怪兽的嚎叫声中显得细弱无力。

"我们最好快点到船边去。"杨希提议。

于是"流浪者"乘风破浪，向"海洋号"冲去。与此同时，船的另一头，"刀锋头"猛然袭来。

庞然大物——天童的判断很准。它大张的嘴装艘"海洋号"都绰绰有余，每颗獠牙足有身材高大的人那么高。它掀起的海浪拍打在流浪者的排气孔上，水蒸气立马腾起，旋即随风消散。

"啊啊啊啊，好戏上场了！"杨希喊道。

"流浪者"压低重心，时走时游。穿过阿拉斯加湾的深水区，在较浅水域找到立脚点后，"流浪者"站稳脚跟，挺立身板，猛地破水而出。一瞬间聚光灯照亮了六十一米高的水柱，救援警报声响彻夜空。罗利酷爱这警报声。他自认为怪兽听了会害怕，不过管他呢，只要这声音听起来有派头，这就够了。

"先解燃眉之急！"罗利说。

于是"流浪者"用手掌把"海洋号"捧了起来。

接着，兄弟俩同时弯下腰，"流浪者"同步做出一致动作，机灵地避开刀锋头横扫过来的三指利爪。

"准备开炮！"杨希喊道。

"流浪者"的右拳迅速重组成炮管，前臂圆形伸缩式炮口周围环绕着四组对称的放大镜。腕部的法兰盘转动，将等离子加农炮固定。电源启动后蒸汽缭绕，静电火花噼啪作响。

"刀锋头"的利掌再次飞甩过来，"流浪者"一个俯身，及时避开，把渔船护在身后。扫描仪里传出船员们惊慌失措的叫喊声。罗利心底暗想，要是潘提考斯特能听见他们的求救声就好了。

"欧了！"杨希喊了一声，以他特有的方式宣布等离子加农炮已准备就绪。

第一炮不偏不倚，正好打在刀锋头身体中部，这位置就好比人的腹部，怪兽失衡，打了几个趔趄。不待它缓过神来，第二炮接踵而至，怪兽再次中弹，又往后退了几步，身上两个烧焦的炮坑赫然在目。顿时，"刀锋头"长臂乱舞，哀嚎震天。

"继续瞄准。"罗利说。等离子加农炮开始再度蓄能。

不过，看情况不需再补一炮了——怪兽已经失去平衡，向一侧倒了下去。海水和伤口流出的腐蚀性血液混合后瞬间发生反应，怪兽周围的水雾时沸腾起来。"刀锋头"四条手臂在海面上胡乱地拍打着，然后开始慢慢下沉。

最后，它的刀锋状头颅也消失在海面。

"我太爱这加农炮啦！"罗利欢喜道。

"我就知道，"杨希说，"我也是啊。"

"把通讯器打开，向潘提考斯特汇报吧。"

"他早就知道了。"

"知道归知道，但是我们还没有亲口跟他汇报。你也清楚他向来都很刻板的。"

罗利重新打开通讯器，"流浪者"的操作舱内马上投影出潘提考斯特那张盛满怒气的脸。

"流浪者！"他大声咆哮，"你们到底怎么回事？！"

罗利将加农炮收回机甲前臂，转向几英里外的海岸线，然后把"海洋号"放回海面，并顺着陆地的方向轻轻推了一下。

"任务完成，长官。开火两次，歼灭了第五只怪兽！"

"你们两个，违反了直接命令！"

为免罗利自作聪明，说傻话惹麻烦，杨希抢先解释道：

"长官，我们截击了怪兽，还……你看，救了船上所有人。十英里警戒线也没被突破，一切安然无恙。"

"而且怪兽沉入海底，就不会有人感染'怪兽毒蓝'了，对吧？"罗利补充道。怪兽死后数小时内，体内会排出一种有毒气体，人类感染后会出现休克反应。这种毒气被称为"怪兽毒蓝"，对生物危害极大。曾有怪兽在人口稠密区被击毙，结果导致多人因感染"怪兽毒蓝"死亡。今天这只怪兽排出的毒气只会杀死海鱼，不过话说回来，谁会知道它们感染了"怪兽毒蓝"呢？

潘提考斯特对结果无以辩驳，兄弟俩心知肚明。但是他们也清楚，他并不支持采用这种擅做主张的方式。

"回到原定位置去，"潘提考斯特怒气冲冲，"现在——"

他似乎正想再说几句，像是要警告兄弟俩如果下次再敢违令，就把他们发配到骸骨贫民窟（Boneslum）扫一辈子厕所。突然间，显示屏上蔡天童的头像切了进来。劳森特指挥中心和机甲操作舱内的警报声同时响起。

"怪兽恢复生命迹象！"天童惊喊，"在增强！"

罗利在屏幕上一划，指挥中心的图像换成了海上全景观测图。他和杨希向四周扫描着。怪兽去哪儿了？他们眼前只有开阔的海面和一座冰山。

通讯机里，潘提考斯特的声音已经怒气全无。

"战士们，赶紧撤离！"他下令。

就在这时，兄弟俩感觉到了正在急速逼近的怪兽。瞬间掀起的巨浪撞击在"流浪者"背上，整个机甲跟着踉跄了一下。还未恢复平衡，操作舱就从杨希一侧向内塌陷下来。

一时间只见线路断裂，火星四溅，"流浪者"头部被豁出一道三米长的裂口，海水倾泻而入。无须借助传感器，罗利已经能亲眼看见刀锋头绕着机甲打转。一眨眼"流浪者"的左臂被扯了下来，液压油喷涌而出，溅起火花阵阵。

警笛声顿时鸣响，与此同时，罗利意识到哥哥肯定巨痛不已，因为痛感也辐射到了自己身上。神经元连接不仅赋予他们联合操作流浪者的能力，也让他们对彼此的痛苦感同身受。舱内故障信号灯闪烁不停，把还在运行的显示屏照得忽明忽暗。

"武器发动不起来了！"杨希咬牙强忍剧痛，气喘吁吁地说道。

"正转为手动。"罗利回应道。他调好等离子加农炮后，开始重新蓄能。原本不应该这么快就重新启用开炮装置，但此时此刻兄弟俩已经顾不上那么多了，只能两害相权取其轻。

"流浪者"回转过身，避过"刀锋头"的攻击。同时左臂以千钧之势坠入大海，激起层层巨浪，朝"海洋号"直扑过来。船尾瞬间没入水中，但很快又浮了上来，在汹涌的海浪中颠来荡去。船上的捕鱼工具啪地一声折断了，转瞬之间就被浪吞没。我的胳膊也断了，罗利心想。哦不，是杨希的胳膊。流浪者受伤，他也跟着受了伤，一时半会儿脑子还有点反应不过来。

罗利调动"流浪者"全身的力量，向"刀锋头"使出一记上钩拳。这一击使怪兽向后晃了几步，罗利趁机迅速调整武器，固定好等离子加农炮。刚要开火，却已然来不及了！

"刀锋头"张开修长的大嘴，一口咬住加农炮筒，身体用力往前压去。由于受伤"流浪者"的力量大不如前，一时间被推着直向后退。砰！"流浪者"猛地撞在冰山上，巨大的冲击力使内部所有系统中断了片刻。

罗利喘不过气来，只能发出呼哧呼哧的声音。他还来不及反击，怪兽的刀锋头顶长驱直入，刺穿了机甲，深深戳入重达百万吨的冰山。这一击切断了机甲流体神经通路，瞬时一连串故障报警声此起彼伏。

等离子加农炮管灼热发光，怪兽企图嚼碎它，不过没有得逞。他们还有一次机会，不过也是最后的机会了。罗利弯回肘部，高举炮口，瞄准怪兽头部。此刻，它头上的利刃还插在流浪者体内。

无法开炮。虽然已经是超负荷运转，但依然开不了炮。

怪兽直起身子，一只利爪闪电般伸进操作舱。爪子四处乱翻，所过之处，金属碎落，电器歇火。

它一把抓住了杨希。

"不要！"罗利轻声说道。

无须大声叫喊，哥哥也能听见他说什么。杨希看着他，此刻纯粹的恐惧感盖过了"流浪者"受伤传来的痛感。

"罗利，听我说，你——"

刹那，杨希连同半边操作舱被怪兽生拉硬拽了出去。冰冷的雨点吧嗒吧嗒地从缺口落进机甲舱内，神经连接断开了，"流浪者"丧失了行动能力。

罗利使劲敲打各个手动开关，试图激活应急控制系统。

杨希！天啊，不，不要带走他！他呼喊着。

应急控制系统终于启动。罗利只发出了一个指令：超负荷发射等离子加农炮。

"流浪者"所有残存的控制系统重新运行起来，它再度举起武器，开始调整角度。然而就在此时，怪兽又将机甲头部撕掉了一片。罗利直直地盯着怪兽的眼睛，它也盯着罗利。

它早就知道我们的位置，罗利心想。它是怎么知道的呢？什么时候怪兽们把这都搞清楚了？

"刀锋头"大声长啸，扬扬得意之色溢于言表。发现等离子加农炮正指着自己之后，怪兽转身朝"流浪者"的手臂一口咬下去，一边咆哮着，一边使劲撕扯加农炮筒。

罗利也大声吼叫着，发射出炮弹。

天刚刚破晓。罗利感到前所未有的寒冷。他驾驶着"流浪者"，一步一步地挪动着。向前一步。通讯器里传出断断续续的声音，他还能听出是安克雷奇基地（Anchorage）的早间新闻广播。前方，海浪拍岸，厉风阵阵，声声入耳。又一步。杨希不见了，他感觉不到杨希了。

终于，"流浪者"踏上了陆地。远处有人在呼叫救援队，罗利听见附近有人在说话。"海洋号"上的无线电通讯响个不停——那艘渔船获救了。

"流浪者"东倒西歪地走在海岸上。罗利跪倒在地，"流浪者"同时跪了下来，安克雷奇基地的轮廓近在眼前。他看见一个老人和一个小男孩，目瞪口呆地注视着自己走过来。舱内的传感器捕捉到他们手中金属探测器"哔哔哔"的声音。

罗利失去了一切。他的胳膊毫无知觉，因为怪兽把它扯断了。不，是"流浪者"的胳膊断了。由于润滑油从怪兽撕开的豁口大量流失，机甲各接合处略吱作响，运行不畅。流体神经通路系统彻底崩溃。罗利感到头痛，还有些意识模糊。皮肤火辣辣的，好像被什么东西灼伤了，但他不敢低头看，否则"流浪者"会失控。万一倒下来就会砸到老人和小男孩。他已经没有力气站起来了。

"危险流浪者"屈膝跪下，然后向前倒了下来。为了防止摔个嘴啃泥，罗利费力地撑出右臂，结果"流浪者"的右手直直地插入到冻滩三米以下。雪花漫天飞舞，冬风将地上的落雪雕刻出一朵朵扇形。传感器里再次响起金属探测器的"哔哔"声，节奏更快。

别吵了，他在心里喊道。

罗利走下运动平台，随即失去了意识。没过多久，他清醒过来，发现自己已经站在沙滩上，耳边传来直升机飞近的声音。他抬头望望天空。自己是怎么从机舱里出来的？

是爬出来的。他想起自己是从机甲头部破碎的观察孔里爬出来的，哥哥就是从这个裂口消失的。罗利感到寒风刺骨，血从作战服里渗出来。手持金属探测器的老人一把扶住快要摔倒的罗利，向小男孩大声喊了几句，小孩子扭头沿着沙滩向远处跑去。

罗利目不转睛地凝视着天空。

血流进了眼睛，他的心里因哥哥的离去而空空落落。

"杨希！"他呼喊着。作战服破烂不堪。真的好冷。连眼里的血也是冰凉的。接着，他再一次失去了意识。

TOP NEWS

即刻发布

联合国终止"猎人计划";环太平洋地区防卫重点转向海岸防卫和居民迁移

联合国怪兽防御与安全委员会下属的环太平洋虫洞事务工作组将重新调配"猎人计划"资金,立即生效。

鉴于该计划开销巨大却收效甚微,资金投入恐将难以为继。过去三年,机甲耗资高达数万亿美元。结果数台机甲遭毁,人身财产损失惨重。

有人可能会对此提出异议。事实上,潘提考斯特元帅就已据理力争,他认为如果没有机甲猎人,我们的处境会更加糟糕。或许这样说没错。但这只是一种假设,而摆在我们面前的是真真切切的现实问题,发达国家正为此耗尽财力,计划取得的成效表明再投入如此惊人的经费实非明智之举。

虽然"猎人计划"终止,但我们依然把保卫环太国家人民的安全放在首位。我们将把资金转向以下方案:

沿岸怪兽防御墙

怪兽从未攻破过现有的防御墙。建造这样的防御工事操作简单,成本低廉,是人类抵御怪兽威胁的绝佳工具。

居民迁移和安置计划

内陆新住房的建设需根据防御墙的建设进度而定,届时太平洋沿海城市居民会收到通知。

建设南太平洋海底防御屏障

要不惜一切代价遏制怪兽,绝不允许它们突破太平洋海域,危及欧洲、印度或美洲东海岸。

工作组所有成员在此对潘提考斯特元帅,驾驶员战士队和猎人计划组全体工作人员的英勇贡献致以诚挚的谢意。

3

斯达克·潘提考斯特感觉近来诸事不顺,烦恼缠身。他刚刚失去了两名前途无量的驾驶员,而猎人学院新来的毕业生经验不足、问题频出,旧金山的"遗忘坟场"更是不断传来机甲损毁的消息,令人堪忧。杨希·贝克特葬身大海。罗利·贝克特则离开了"猎人计划"组,创伤后应激障碍使他变得喜怒无常,独自生还的负罪感更让他备受折磨。"危险流浪者"战后残缺不全,只能报废。

此外,还有森真子的问题。她已准备好从学徒升级为驾驶员了……或者确切地说,她自己是这么想的。潘提考斯特却并不认同。

但这只是私事。他打算先放一放,开始思考如何应对眼下最大的难题。

在安克雷奇指挥中心,潘提考斯特正站在一组显示屏前,联合国环太平洋虫洞事物工作组(怪兽防御与安全委员会的下属机构)各成员国的代表分别出现在各个屏幕上。光看表情潘提考斯特就知道他们要说些什么,接下来要听到的内容他绝不会喜欢。他已经看到新闻公报,更重要的是,过去几个月他参与了工作组的内部会谈。他应对的是内心恐惧者,这些人总是要么选择战斗,要么选择逃离。如今这些政府官僚之流显然希望避免战争。

但斯达克·潘提考斯特可不是政府官员。即便要失败,他也要在战斗中失败。

"机甲被摧毁的速度超过生产速度,"工作组的指定发言人说道,"数座城市遭受袭击,利马,西雅图,海参崴……这不再是一场战斗或一种应对战略,而是让人痛心的逐步沦陷!我们绝不能输。我输不起。"

工作组所有成员都透过屏幕注视着潘提考斯特,脸上有意露出遗憾的神情。整个指挥中心一片寂静。他们很快就没有资金继续运转下去了。政府官员们都准备撤了,他们首先要带走的就是钱。

除了潘提考斯特外,室内还有两个人。一个是蔡天童,仍旧是他一贯的打扮——领结加身，背带裤，顶着一头鸭尾式发型。另一个是赫克·汉森，潘帅的老将。他们都站在工作组成员目所不能及的地方。

"怪兽进化了，"说话的是英国驻联合国的工作组代表。潘提考斯特不认识他。"机甲已经不再是最可靠的防御手段了。"

"这我知道。"潘提考斯特开始回应，但没有立即说下去。他调整了一下态度，继续说道："每次机甲被毁，真正牺牲的都是我的战士。但我恳请各位再给我最后一次机会。再最后攻袭一次，我们会全力以赴——"

决一死战，他对自己说。就这样撤逃还不如战死沙场。

"潘提考斯特元帅，"澳大利亚代表打断他，"我们已经就此讨论过了。事实很简单，虫洞攻不可破。"

"以现有的条件，也许是吧。"潘提考斯特回答，"但是跟怪兽进化一样，我们也在进步。我们已经设计出 Mark V-E 代机甲，准备制造原型机。只要资金一到位，我们就可以动工了。"

"恐怕这不在议事日程内。"澳大利亚代表反对道。

潘提考斯特的最后一丝希望破灭了。V-E 型机甲原计划在澳大利亚投产。如果该国代表都不支持，计划岂不是泡汤了？

但是他们太需要新机甲了。怪兽体型愈发庞大，力量不断增强。机甲猎人需要与他们旗鼓相当，哦不，是超越它们的装备。不仅如此，还要向虫洞主动发起猛攻。

"我们的怪兽科研团队在虫洞的物理结构研究方面已经取得了巨大进步。他们已向工作组提交了报告。我们对虫洞了解得越多，离摧毁它的那天就越近……如果我们有足够的作战经费的话。"

潘提考斯特胸怀大志，他期望有一天能够带领机甲队穿越虫洞，去到另一端，然后以怪兽对待人类之道还治其身。但要实现这个梦想，他需要大笔资金开发机甲技术和战斗装备。此外，以目前的条件来看，似乎无法进入虫洞，这就意味着需要制造更加坚韧牢固的机甲，使其足以抵挡虫洞中的电磁风暴。

他们正离梦想越来越近，不能就此停下脚步。很多战士已经为此牺牲，决不能半途而废。

"没有什么东西是攻不破的，"他继续说道。"目前只不过还没有找到打入虫洞的办法而已。所以我们的使命才更加重要。Mark V-E型机甲是下一阶段的核心。现在的关键是我们能够继续研发，从而应对威胁。"

"我们可不这么认为，潘提考斯特元帅。"来自巴拿马的成员发言道。

潘提考斯特对此并不意外。巴拿马最近狠发了一笔意外之财，喜获数十亿美元资金修建巴拿马运河太平洋岸河口怪兽防御屏障。虽然怪兽还没有发现巴拿马运河，但已袭击过危地马拉和厄瓜多尔。殃及运河是迟早的事。而Mark V-E型机甲原型机制作的后期经费转眼间直接变成了运河屏障建设资金。想到这儿，潘提考斯特怒火中烧。

一切仿佛事先排演过似的，美国代表顺势附和道："全世界都很感激你所作的贡献，元帅。但是我不能再白白浪费本国的军力和武器进行无谓的攻袭，我要保护民众。在防御墙后面他们更有安全感。"

哧，防御墙，潘提考斯特心里骂道，该死的防御墙。逃而不战，简直是人类软弱的纪念碑。

"但这样并不安全，"他反驳道，"防御墙根本靠不住。研究人员说怪兽袭击的频率会大幅上升。它们迟早会攻破防御墙。"

"我们增厚了墙体，民众和物资往内陆安全地带迁移了近五百公里，"英国代表说道，"这是审慎之举，我们乐于慎之又慎。"

潘提考斯特其实很想问问英国代表英国境内哪里才算离海岸五百公里的内陆地区。说实在的，英国代表在这里跟着瞎掺和什么？他自己就是土生土长的英国人，还曾是一名冲锋陷阵的驾驶员战士。他杀过怪兽，留下满身伤疤，内伤外伤都有。过往的一切在脑海中浮现，他顿时怒气膨胀。但他控制着自己，继续刚才的谈话。

"安全地带只有有钱有权的人才进得去，"他说，"其他人怎么办？"

"话可不能乱说，元帅。"美国代表说道。

潘提考斯特久久地注视着他，脑海中闪过各种反唇相讥的话。不要失态，他告诉自己。

"恐惧和防御墙救不了任何人，"他说，"你们大可心存侥幸统统挤到所谓的'安全地带'去，但这是行不通的。当最后一架机甲倒下时，怪兽就会侵占海岸。它们并不会就此止步，而是会继续袭击，直到征服全球。到那时，哪里还有什么安全地带。一切都将荡然无存、全被毁得一干二净。"

"你完全可以保留你的看法,元帅。"美国代表说,"接下来八个月我们会提供经费委托你处理基地关停事宜,八个月后联合国将不再资助'猎人计划'。你可以自己继续做下去,我相信像你这么有决心的人一定会有办法让机甲猎人继续发光发热的。如果将来怪兽越来越多,我们欢迎机甲猎人助一臂之力。遗憾的是,工作组只能将有限的资源用在有把握的防御上,而非鲁莽的冒险,这样才符合全人类最高的利益。祝你好运!元帅。"

屏幕黑了下去。

不过如此。各国官员们纷纷选择了逃离。

潘提考斯特好一会儿才定下神来。他小心翼翼地从制服口袋里掏出一盒药,取出一片吞了下去。如果接下来几周甚至几个月能如他预期的那样发展下去,他真得好好照顾身体。

"就这样了?"蔡天童在指挥台的另一端问道。

赫克·汉森走上前来,三个人站在昏暗寂静的指挥室。

"衣冠禽兽,笑里藏刀。"赫克说道,"他们就是这个德行。"

斯达克·潘提考斯特看了他一眼。他说得没错,不过潘提考斯特也强调尊重权威。直到,这些权威人士显示出无能。

潘提考斯特摘下制服上的徽章,轻轻地放在桌子上。如果还有联合国代表没关屏幕的话,这样的举动意味着什么对他们来说再明白不过了。同样地,赫克和天童立刻心领神会。

"我们自己干。"斯达克·潘提考斯特坚定地说。

工作组说了,他可以自行继续这个计划。只要他能想办法维持下去。

好吧,他心想,会有办法的。也许不见得是什么好办法,但为了战斗,别无选择。

第二部分

五年后

环太平洋联合军防部队
人事档案

姓名： 罗利·贝克特

所属编队： 驾驶员队（ID 号：R-RBEC 122.21-B）

入伍日期： 2017 年 7 月 12 日

当前服役状态： 退役

个人简介：

生于 1998 年 12 月 11 日，三兄妹中排行老二。哥哥杨希（现役驾驶员，于 2020 年 2 月 29 日阵亡，详见杨希档案），妹妹洁丝敏。父母双亡。2016 年 6 月 1 日进入科迪亚克猎人学院，于次年获得驾驶员资格。与哥哥杨希同时被选任为"危险流浪者"首批驾驶员。2017 年 10 月 17 日出战，于洛杉矶消灭怪兽"山岚"。随后四次与副驾驶杨希·贝克特驾驶"危险流浪者"成功歼敌。2019 年派往利马基地，2020 年调至阿拉斯加基地。

于 2018 年圣何塞港之战和 2019 年马尼拉之战中因表现英勇荣获嘉奖令。

2020 年在阿拉斯加与怪兽"刀锋头"的激战中，副驾驶杨希·贝克特壮烈牺牲。罗利幸免于难，独立将"危险流浪者"驶回海岸，后因交战前违反命令被开除。拒领遗属抚恤金。拒绝进行脑部扫描以分析神经连接断开后独自操控危险流浪者的能力指数。

评估：

技术娴熟，但判断时有失误。好挑战权威。意志坚强，却也固执己见。

备注：

最新现身地区：阿拉斯加诺姆市。据称加入怪兽防御墙建设大军。

补充说明：

是否重新征召入伍，尚待进一步考虑。——2024 年 9 月 12 日

4

墙上的标牌写着："阿拉斯加怪兽防御墙：守护海岸保平安"。标牌两侧的墙体绵延数英里，高出牌子一百二十多米，防御墙似乎在无声地告诉人们，我会信守承诺。

罗利·贝克特根本不相信这堵墙真能抵御怪兽。

也许其他人信以为真吧。也许他们认为钢筋、水泥和工字梁足以阻挡怪兽。他们谁也没有见过怪兽，但罗利见过，不只亲眼所见，甚至亲手消灭了五只。遗憾的是，杨希走了，他觉得一个人继续杀下去没有什么意义。除了杨希，他还会和谁通感呢？随便某个满怀幻想的驾驶员？以为经过那些狗屁专家反复测试就能兼容？在与哥哥通感以后以为他还愿意这样做吗？当然不愿意。

这就是罗利会出现在一群建筑工人中间参加早间集合的原因。天空一直下着小雪，冷飕飕的。典型的阿拉斯加天气，即便像锡特卡这样更温暖的地方也不例外，罗利现在就在这里当建筑工。不过比诺姆市好些吧。高墙的影子下更是冷得不行，好在现在是早晨，他们这边正好向阳。等到临近黄昏下班时，他们就好比刚从四十层楼高的冷藏库出来，然后再进入高墙影子这个巨大的速冻箱。罗利更喜欢上午的时光。

每次早间集合，值班长都会进行长篇累牍的训话。说的无非都是哪些部分应该用什么材料，哪些部分的工作应该什么时候完成，如此这般，等等。罗利基本上懒得理会。但这天早上，这个名叫迈尔斯的讨厌鬼一改往日的啰唆，玩起了新花样。

"伙计们，我今天给大家带来了一个好消息和一个坏消息，"他卖起了关子，"你们想先听哪个？"

在罗利所站人群的另一头，靠近迈尔斯的地方，一个下巴像挂了半个圆面包的胖子大声喊道："先听坏消息！"

"好吧。"迈尔斯说道,"昨天有三个墙顶工摔死了。"

像往常宣布死亡事故时一样,他故意停了一会儿。其实这类事故不足为奇,他们一直在赶工,在关乎全人类性命的危急时刻,谁都不会抱怨工作场所的个人安全状况。

"哎呀!"这个长着圆面包脸的家伙叹道,"那好消息呢?"

迈尔斯将三张红色定量配给卡扇形展开,然后高高举起,像是准备表演纸牌魔术一样。

"好消息就是,我这儿有三个空缺职位——墙顶工。"他回答。

面包脸胖子马上抢过一张配给卡。

"我别无选择,"他顾自说道,"家里有五张嘴要吃饭哪。"

随后第二张卡也很快被领走了,只有最后一张似乎无人问津。墙顶工作可谓最危险的工作,不亚于虎口拔牙。因此墙顶工领的配给最多。不过话说回来,命都没了,配给再多也无福消受了。

"没人领了吗?"迈尔斯大声问道。

无人回应。过了一会儿,罗利走上前去,伸出一只手。

"我来吧。"

迈尔斯转过身,递出配给卡,这时他才认出原来是罗利。

"哦,"他接着讽刺道,"机甲哥,你还在这儿混啊?你确定找到通感搭档上墙顶工作了?"

罗利不吃他这套。

"我不恐高。"他心平气和地说道。

迈尔斯没有把卡给他。

"是吗?那还废什么话,别到时候给我来个燕式跳。我可没那么多人手给你收拾残局。明白了吗?"

罗利拿过卡,跟着其他墙顶工向电梯走去。他能感觉到迈尔斯那双牛眼一直在背后瞪着他。

罗利跨在两条横置的平行金属板上,这里高出下面的台架十五米左右,距离地面就更高了,他在焊接最后一个角铁撑,使平行金属板和高出其九米多的垂直金属板牢牢接合。这儿是防御墙的最高点。从这往南看，防御墙一望无际：墙体各个部分由于地形和工人数量不同完成进度各不一样。

再往北看，同样的画面，墙一直延伸至诺姆市和北坡油田。虽然目前为止还没有怪兽在这么北端的地方出现过，但只建南半墙显然有些厚此薄彼。要不是因为客观条件限制，负责防御墙工程的智囊团早就让墙跨过北极海岸一直延伸到加拿大纽芬兰去了。

罗利焊接好后，没有马上离开，而是等着焊接处冷却以便检查。他朝角铁撑踢了几下——牢固稳当。确保万无一失后，罗利扣上了安全带。

他沿着高墙边缘向下滑了十五米，来到墙顶备料区。这个钢制台架上，起重机吊杆密密麻麻地竖着。爱闲聊的面包脸胖子正在修整金属板边沿。他的名字叫汤米，罗利也是无意间知道的。

"你是罗利吧？"汤米问道。罗利解开安全带，走了过来，跟他一起整理金属板。

还真是闲不住嘴，罗利暗想。他点点头。

"他们说的都是真的？你骑过机甲？"

准确地说，不是骑，罗利心里想着。他没有纠正汤米，而是再次点点头。

"你后来撞坏了一台？"汤米丝毫没有停下来的意思。

罗利第三次点点头。

汤米吹了声口哨。"那些玩意儿难道不是每台都得花个六七百亿的？"

罗利也不想只是一个劲儿地点头，他答道："哪有那么多钱？"

汤米睁大眼睛半信半疑地看着他，不确定罗利是否在开玩笑。他们没有继续说话，而是埋头专注手中的活儿。两人把金属板绑在吊车上，升上了防御墙顶。

"那你最后怎么跑到这破地方了？"汤米又打开了话匣。

罗利真希望汤米能闭上那张大嘴。他望了汤一眼然后说道："我很喜欢这里的生活。还有这份安静。"

汤米点点头，全然没有参透罗利的言外之意，他说道："是啊，我也是。超喜欢。有些人啊就是领悟不到这点。他们只知道'哇啦哇啦'地瞎说，不知道什么时候该停下来。"

接着他开始聊起了家里的孩子。罗利叹了口气，把电工护目镜拉了下来。焊接枪的声音总能盖过他的嗓门了吧？他希望如此。

晚上他们一如往常，顺道去食堂领取第二天的口粮。棚屋里一个满脸写着厌倦烦闷的职员负责在配给卡上盖章。罗利正准备离开，突然"怪兽"这个词传入耳际。他不禁抬头张望。

帐篷里摆上几组大桌子，这就成了防御墙工人首选的用餐之地。在这里，工人们喝着劣质啤酒，吃着粗茶淡饭，看着电视里每天发生的事情。有了新的配给卡后，罗利的伙食稍有改善。

他迅速闪入帐篷，电视像平时一样开着，屏幕上主播连珠炮似的说道："近一个小时前，一只三级怪兽攻破了悉尼防御墙。"说话间，一段摇摇晃晃的手机录像出现在屏幕上。屏幕下方的滚动消息显示怪兽代号为"病毒"。

罗利停下脚步，双眼紧盯着屏幕。只见怪兽撕裂了悉尼湾周围的墙体，在原本用于防御怪兽的人工群岛上飞快跳跃。飞机导弹按照惯例对着怪兽狂轰滥炸，然而无一例外，怪兽根本丝毫不受影响。它穿过海港直奔市区，一路上渡轮和游船纷纷倾覆。

"这怪物……"耳边响起一个声音。罗利转过头，原来是汤米，这家伙还真是"阴魂不散"啊，怎么到哪儿都能碰上这家伙。"墙对它来说简直形同虚设啊。"

斯达克·潘提考斯特也总是这么说，罗利想道。有好长一段时间没有想起潘提考斯特了。罗利选择活在当下，除此之外，他还能选择什么呢？过去，只有哀伤的记忆。未来，只是无尽的高墙。

电视上主播的声音还在继续。

"不到两个月的时间，就连发三起袭击。又有两台机甲被摧毁。"

随着话题的转变，电视画面切换到一台在浅海中逐渐倾倒的机甲，甲身伤痕累累，破损的头部烈火熊熊。罗利很快认出这是"回声军刀"。画面再次切换，在悉尼歌剧院前方，怪兽"病毒"正接二连三地锤击另一台倒地的机甲，甲身被踩躏得四分五裂。罗利也认出这台在劫难逃的机甲——"火神幽灵"。它与"危险流浪者"一样，同属 Mark 第三代，同年启用。他情不自禁地哆嗦了一下。

转眼间新闻主播的声音高亢起来。

"所幸的是，父子组合赫克和查克·汉森驾驶的澳大利亚机甲，Mark 第五代'尤里卡突袭者'最终打败了怪兽。"

说到驾驶员的时候，屏幕上闪出汉森父子的照片。转眼间"尤里卡突袭者"和怪兽"病毒"激烈搏斗的场面取而代之。罗利从来没有驾驶过 Mark 第五代机甲,他刚成为驾驶员那会儿这么先进的型号还没问世。"尤里卡突袭者"的速度和力量使他不由自主地肃然起敬。即便是"危险流浪者",在它面前也甘拜下风。罗利心中油然升起些许妒意,随即汹涌而来的是过去五年中一直挥之不去的愤怒和负疚。如果当年他也有这么精良的配置,半分钟内刀锋头必将一命呜呼,而杨希则不会命丧大海。

他曾经在马尼拉和"尤里卡突袭者"并肩战斗过。两台机甲兵合一处,成功了结了一只体型硕大的四级怪兽。那是"危险流浪者"决战"刀锋头"之前与怪兽的最后一次交战。

电视屏幕上,"尤里卡突袭者"瞄准怪兽来了个近距离导弹齐射。导弹戳入怪兽甲壳,瞬间猛烈爆炸,只见满天血肉横飞,甲壳七零八落。"病毒"摇摇晃晃,脚步踉跄,"尤里卡突袭者"使出刃状武器,趁势追击,终于完胜怪兽。怪兽斜向一侧重重倒下,整个街区的公寓楼和数家旅游纪念品商店被砸得粉碎。

怪兽摔倒撞击地面时产生了巨大的冲击力,震得停在一旁的车辆腾空而起,周围的混凝土夹杂着灰尘漫天飞舞。一时间,浓烟滚滚遮天蔽日,四处鸣响的警报声不绝于耳,怪兽消失在了人们的视野。怪兽的血液是一种亮蓝色且腐蚀性极强的物质,所经之处,无论是沥青还是混凝土表面都腾起一阵烟气、发出"哧哧"的声响。电视画面切换为一组高空连续镜头,应该是从直升机上拍摄的。罗利以前也见过这种画面,但每次怪兽巨大的身躯都让他暗自心惊。画面显示,"病毒"这只庞然大物的尸体四肢伸展,足足占了三个街区。尸体和海水之间满是碎石和火焰。

"嘿,谁想听个笑话?"某个声音传来,罗利马上听出是迈尔斯。从他略显含糊和沙哑的嗓音来看,不用问,这家伙肯定把白天的口粮拿去换啤酒了。"机甲猎人和我的婚姻有什么共同点?"

罗利扭过头,直直地盯着他。迈尔斯看到罗利的目光,马上继续他的笑话。

"它们一开始是个不错的主意,现在却行不通了。不过你还得继续花钱养着!"

罗利准备离开,他简直受够了。在罗利看来,侮辱猎人计划就等于侮辱了与杨希有关的美好回忆。脚还未迈出,一只手忽然搭在了他的肩上。

"嗨,"汤米安慰道,"不必跟这种人一般见识,兄弟。"

也许他说得没错。

　　迈尔斯在屋子那头眨眨眼，仿佛在说：哎呦，机甲哥，你想卷铺盖走人？那就走啊。不过你明天就没饭碗了。所以呢，我爱说什么就说什么，你管得着吗？

　　现实的确如此。于是罗利坐下来，在一堆餐盒里胡乱地翻找着能入口的食物。就在这时，耳边忽然传来直升机的轰鸣声。一开始，罗利以为声音是从电视里传来的，然而屏幕上播放的却是记者采访汉森父子的画面。他俩一点儿都没变，还是罗利记忆中的样子。赫克神情严峻，说话直截了当，从不拖泥带水。他的每个动作和表情仿佛都在说：不要拐弯抹角。查克则生性散漫，凡事都表现出随时准备干一架的姿态。他总是急切地想证明自己，也不管别人是否在乎。这些都只是罗利记忆中的印象。实际上他与这对父子并不相熟，只是曾经一起参加过几次训练，联手杀过一次怪兽而已。

　　停！他不能再想下去了。自己早就不是驾驶员了。

　　"汉森中士！"记者边喊边快步追上准备前往某处的赫克。采访的地点赫然正是悉尼指挥中心。

　　怎么回事？罗利奇怪道，不可能吧，悉尼基地不是已经关闭了吗？肯定是从其他地方借来的临时用地，出于好意或者出于怜悯，给机甲留个安置之处。

　　"今天又有机甲被摧毁，您认为这是否进一步表明猎人计划这一防御战略已经失去价值？这项计划是否应该终结了？"记者瞥了摄影师一眼，确保他没找偏角度。

　　赫克厌恶地瞪着她，仿佛她刚从下水道里爬出来似的。

　　"我们最后歼灭了怪兽，不是吗？"记者点点头，刚想说话，赫克抢先道："那我无话可说了。"说罢他继续大步向前走去。

　　然而他家公子爷显然没有学会自家老爹的内敛。"我有话说。"查克倾身凑到镜头前主动说道，"今天我们干掉了第十只怪兽，刷新了纪录。"

　　赫克一把拽回了查克。

　　记者发觉有戏，便紧跟不舍："现在'猎人计划'处境这么糟糕，你们还要继续追踪怪兽吗？"她一边问一遍故意露出狐疑的神色。

　　"除此之外，还有什么更有意思的事情吗，小妹子？"查克反问道，还刻意眨了眨眼睛。

　　罗利不想看下去了。他转过身，看到汤米出现在眼前。

　　"那个，罗利，"汤米问道，"可不可以帮帮忙？我是说，给我点口粮……也许麦片什么的？我要填饱五张嘴啊。"

"麦片拿去吧。"罗利回答，说着把几盒麦片抛给汤米。"别瞎扯了，汤米。你哪来的孩子。"

汤米面不改色心不跳，平静地应道："这样的世道，谁还养得起小孩啊？"

问得好，罗利心想。然后他走到了外面的雪地里。比起在里面看贪婪攫食的媒体惺惺作态，再忍受迈尔斯之流恶意贬损"猎人计划"，他宁肯在这里挨冻。如果罗利没有半途退出"猎人计划"，这些人的话根本不会刺痛这位昔日英雄。

直升机的声音越来越近，终于，飞机缓慢地降落在指示区的另一端——那是迈尔斯每天布置任务的地方。罗利认出这是一架小型西科斯基（Sikorsky）单旋翼直升机。不过风雪太大，影响了视线，他无法看清机身上的标志。罗利定定地看着，他已经很久没坐直升机了。说起来都有五年了——刚想到这儿，罗利突然看到潘提考斯特元帅从直升机旋翼搅起的风雪中走了过来。

"贝克特先生！"潘提考斯特大声招呼道，好像这是一场事先约好的会面。

罗利点点头。"元帅，精神不错啊。"事实如此——潘提考斯特身着一套剪裁考究的深灰色西装，外面搭配一件藏青色大衣，领口处露出内层淡蓝色的衬衣，整个人精神而气派。与以前唯一不同的就是他的衣领上没了星形勋章。

两人握过手之后，并肩向前走去，避开了直升机的旋翼气流。

"好久不见了。"潘提考斯特不禁感叹。

"五年零四个月。"罗利立刻接道。他没有提具体的天数和时数，心里却计算地一清二楚。

潘提考斯特回想了一下："好像还要久吧。"

"不，"罗利很肯定，"就是五年零四个月。"

潘提考斯特点点头。

罗利知道元帅很明白自己为什么会记得如此清楚，因为他也失去过至亲好友。潘提考斯特曾经也是一名驾驶员，他明白痛失战友是什么感受。尽管不是亲兄弟，但罗利不会自私地认为别人的伤痛就不及自己。他知道元帅也是从战斗中独自幸存下来，饱尝了失去同伴的痛苦。唯一不同的是，罗利失去的是自己的亲哥哥。然而无论是否是亲兄弟，两个人通感之后形成的亲密感绝对是普通的友情无法比拟的。

尽管你遭受了此般痛苦，时光也不会为之动容。它不会流逝得更快，也不放慢前进的脚步。失去杨希后最无奈的事情莫过于此，这注定让罗利每一刻都无法释怀，无法自欺欺人地放手让苦痛悄然离去。他不能忘记。他得时时刻刻触摸这段回忆。

"能跟你聊聊吗？"潘提考斯特问道，客气而认真。

罗利心想这不正聊着吗。不过他还是点点头。

潘提考斯特环顾四周——抬眼望望高墙，低头回视星罗棋布的帐篷和临时工棚，再看看停在周围运载泥土和钢筋的重型机械。

"你知道吗，这附近曾经有一个机甲建造基地。"潘提考斯特回忆道。"从这里出产过两台Mark第一代机甲：'忧蓝罗密欧'和'塔斯马尼亚探戈'。"他回过头来看着罗利。"你知道他们是怎么处理这些一代机甲的吗？回炉熔化，制成轴钉和钢梁，然后全都填进了防御墙。没准儿你还焊接过部分机甲零件呢。"

"是吗，这么说来，它们也还没有完全失去作用。"罗利说道。

潘提考斯特开始挪动步子。他身上似乎散发着一种强大的吸引力，让罗利不由自主地紧随其后。

"找到你可没少费我功夫。"潘提考斯特说道，"安克雷奇、谢尔登波因特、诺姆……"

"像我这样的人，哪里建墙我就去哪儿。拼命工作，混口饭吃。"

"我花了六个月的时间去修复激活每个能找到的机甲。"潘提考斯特说。"现在正准备重启一台老式机。是台Mark第三代。不过我需要一个驾驶员。"

罗利停下脚步，假装在努力回忆什么。

"我不是因为违抗命令被你开除了吗？"

"我是开除了你，"潘提考斯特承认，"但是我坚信你会抓住这次机会，贝克特先生。你会吗？"

潘提考斯特的脸上满是对抗怪兽带来的压力。他的头发花白了些，身形也变瘦了，比罗利记忆中的形象少了几分锐气。罗利早就听说了"猎人计划"逐渐退出历史舞台的遭遇。但是现在潘提考斯特却希望他回去。究竟怎么回事？

"我应该不是你的头号人选吧？"他问道。

"你是。"潘提考斯特语气坚定地回答,"其他的三代机甲驾驶员全都死了。"

我敢肯定他们确实已不在人世,罗利心想。他仿佛又看到杨希缠在"危险流浪者"操作舱残片中的样子,听到脑海中杨希在神经连接断开前的最后一刻发出绝望的呼喊。罗利摇摇头。

"我不需要其他人再进入我的大脑了。"他说道,"我已经不是驾驶员。以后也不会是。"他顿了一下。"没有杨希,我根本没有做驾驶员的理由。"

他开始向帐篷走去,突然间他更愿意看电视或面对工友的藐视,这都强过与斯达克·潘提考斯特待在一起。

"你没听说吗,贝克特先生?"潘提考斯特在他身后大声喊道,"世界末日就要来了。这是你最后的机会。你是想战死在机甲里,还是死在这儿?"

简直提错了问题,罗利暗自说道。应该问问用这张宝贝红色配给卡能换多少瓶啤酒。

帐篷里,电视上还在报道悉尼遇袭事件。罗利把配给卡放在桌上,酒保在卡上打了个孔,然后给了他一罐啤酒。忽然酒保抬头向罗利的肩后望去,就在这时,罗利听到了迈尔斯的声音。

"机甲哥!刚才我还以为你会跟着你那时髦的老战友跑了呢。"罗利转过身发现迈尔斯就站在他身后,脸色绯红,不怀好意。"噢,嘿嘿,我想起来了,"迈尔斯一边说着一边朝他的桌位走去。"换个灯泡需要多少台机甲呢?零!因为现在人人都知道这些机甲什么都改变不了。"

罗利心中的怒火被点燃了。他拿着啤酒朝迈尔斯走近了一步。

"悠着点,小子,"迈尔斯说道,"别忘了这里谁是老大。"他坐下来,双眼死死地盯着罗利。

罗利举起了手中的啤酒罐。

"那我们为此走一个。"他说道,然后啜了一口。接着他微微俯身把啤酒罐放在迈尔斯面前的桌子上,迈尔斯见他靠近,便伸出一只手拍拍他的肩膀。

"我的酒呢?"他问道。

罗利趁机一拳揍了过去。

"在这儿!"罗利回答道。说着他用一只手揪住迈尔斯的后脑勺,扶着他的头朝罐子上猛力撞去。啤酒泡沫洒了一桌，溅到迈尔斯身上，浸湿了罗利的连体工作服。不过无所谓了。反正他以后再也用不着这套衣服了。

迈尔斯从椅子上歪倒在地。有几个工人像是准备动手劝架。但另外几个哈哈大笑起来。有人开始拍手叫好，然后这种情绪迅速传染开来。喝彩声、鼓掌声蔓延辐射，甚至连酒保也放下手中的抹布，加入其中。

该走了，罗利心想。他把红色配给卡扔给汤米，这家伙正在旁桌瞪着一双大眼看热闹呢。

"嘿，汤米！"他喊道。"别客气，拿去养孩子吧。"

快步走到门外时，罗利几乎慢跑起来。潘提考斯特滑开直升机侧门的一刹那，罗利真想以最快的速度离开这堵高墙。

"改变主意了？"潘提考斯特提高嗓门问道，声音盖过了旋翼的噪音和引擎的鸣响。

"我工作丢了！"罗利也大声地回答，"你怎么还等在这儿？"

潘提考斯特露出了笑容。这的确不是他的一贯风格。

"我都等了五年零四个月了，"他笑道，声音也柔和下来。"再等五分钟又有何妨。"

直升机慢慢升上天空，飞入了风雪中。驾驶员罗利回归了。

环太平洋联合军防部队（PPDC）
状况报告
香港破碎穹顶（shatterdome）基地

内部备忘录

报告者： 蔡天童

接收者： 指挥中心

主题： 士气

    按照规定，特此提交香港破碎穹顶基地的士气及集体凝聚力季度评估报告，主要内容如下：

    罗利·贝克特即将回归的消息令全体工作人员备受鼓舞。尽管有人担心罗利是否能适应自 2020 年以来机甲突飞猛进的战斗力，但他的回归仍然让他们为之一振。罗利重归驾驶员队意义重大。曾与贝克特共事的同事们尤为期待他重返沙场。虽然这不是所有人的一致想法，但也反映出了大多数人的心声。总之， Mark 三代的重启和罗利·贝克特的回归让基地士气腾升。

    核攻虫洞计划（Operation Pitfall）依然深得人心。全体员工对该计划充满信心并坚决拥护潘提考斯特元帅的领导。

    近期从其他基地转移过来的员工士气大振，效率骤升。据坊间传闻称，这种变化的驱动力之一是愈加丰富的伙食品种。另一个驱动因素则是大家近来感觉到驾驶员战士和"猎人计划"已到了背水一战的时刻。不利情势催生的情绪和与之相伴相生的战友情谊随处可见。

    也许机械师的话就是对态度所做的最好诠释。今天早上，有人无意中听到他说："世界末日可能就要来了。如果这世界真要灭亡，我们也要殊死一搏。这里就是我们全力以赴的战场。"

    本人谨代表机甲研究部门和指挥团队敬呈。

蔡天童

5

西科斯基（Sikorsky）直升机降落过程中，罗利透过强劲的暴风雨第一次见到了环太平洋联合军防部队驻香港基地的综合建筑群。随后，飞机缓缓下降，安全着陆在建筑群边缘的小型停机坪上。

从空中看，香港似乎丝毫没有与怪兽搏斗过的痕迹，但经验丰富的罗利一眼就能辨认出香港骸骨贫民窟的大致范围。它就坐落在九龙（Kowloon）的心脏位置，围绕着一副巨型怪兽骨架搭建而成。这骨架属于袭击香港的第一只怪兽，它也是第二只来到人类世界的异类。尽管香港政府明令禁止在隔离区重建或居住，但这里毕竟是香港，你懂的。只要有钱赚，谁去管什么法律条文。怪兽在核弹的狂轰中倒下后，九龙几乎是井然有序地靠着这副骸骨重获了生机。罗利此前从未见过这样的事情。

怪兽的尸体当时吸收了部分放射物，之后被挖得干干净净放在黑市上售卖。人们疯狂地认为怪兽组织包治百病，益寿延年。因为雨天影响了视线，罗利看的不是很真切，但是看起来九龙的部分地区已经完全与怪兽骨架融为一体了，还有各式各样稀奇古怪的装饰品和五颜六色的灯具装点在硕大的头骨之上。

其他地方也有骸骨贫民窟。罗利曾在泰国和日本看到幸存者们把这些外来生物的头骨摆在海岸边示威，就像把敌人的脑袋挂在城墙柱子上那样。罗利心想其他怪兽才不会在意呢。它们残酷无情，对同类或者其他任何事物全都漠不关心。

罗利跟着潘提考斯特走下直升机，穿过停机坪，朝着他心目中指挥中心的方向走去。阿拉斯加到香港路途遥远，飞机中途在哈萨克斯坦彼得巴甫洛夫斯克、日本札幌和中国上海分别降落补给燃料。漫长的行程中罗利提出了各种问题，然而大多数时候潘提考斯特都选择沉默以对。是哪台三代机甲缺驾驶员呢？为什么找他呢？为什么还要找一个曾被开除并且已经脱离队伍五年之久的人呢？不是有猎人学院的学生吗？罗利知道，虽然机甲数量越来越少，但猎人学院仍一直源源不断地输出驾驶员。他们有的被分配到 PPDC 的其他岗位，有的则被派往成员国的国家武装部队。

事实上，潘提考斯特几乎一路上都一语不发。这家伙可真是个好旅伴啊。潘氏风格，一如既往。罗利本可以好好睡一觉，但自从决战"刀锋头"后，他患上了失眠症，所以他只好盯着窗外看了数个小时，自行揣测着问题的答案。期间还有好些时候他在后悔没有给迈尔斯多吃一拳，好让他长长记性。

不过这一切已是过眼云烟。现在他已身在香港。

从直升机上走下来后，他们经过了一架货运直升机。飞机的卸货区舱门大开着，几个驾驶员正忙着卸载一个大罐子，里面装的是——罗利仔细看了几眼——一块怪兽大脑。罗利在培训课上见过图片。怪兽大脑与人脑大不相同。它看起来更像一只巨型章鱼，肿瘤状赘生物和罕见纤维突（fibrous extrusions）混杂其间。在工作人员旁边，有两个身穿白大褂的人撑着雨伞站在那里，罗利断定他们是科学家。这两个人一开口说话，罗利就知道自己猜对了。

"小心，小心！"其中一个喊道，"这可是活标本，重要的研究工具哪！"活脱脱一个妄自尊大的书呆子。他不满道："要是别人这样晃荡你的大脑，你乐意吗？"

"要我说，"另一个科学家接口道。前几个字他还像个德国人一样说得不紧不慢，突然间语气就变得紧张焦躁起来，"我的大脑都被切下来放进罐子里了，谁还管你晃不晃它。"他俩大眼瞪小眼，如同一对结婚多年的夫妇，一副新帐算完翻旧账的架势。装在透明罐子里不停翻滚的怪兽大脑被搬走了，紧跟其后的两个罐子稍小些，里面装着怪兽身上的残片。罗利心中又多了几个问号。

"这么说这里就是基地了？"罗利打破沉默，希望最撬开潘提考斯特的金口。

"香港，"潘提考斯特应道，"这里是第一个猎人基地。"他的声音里充满了喜爱之情，然后补充道，"也是唯一坚持到最后的一个。"

当他们走近时，一个身着工作制服的年轻日本女孩向潘提考斯特深鞠了一躬，同时从伞下瞟了罗利一眼——罗利并不认识她。显然女孩已经恭候多时了。在她替自己撑伞的同时，潘提考斯特为罗利解开了谜底。

"贝克特先生，这位是森真子（Mako Mori）小姐。她是我们最聪明的成员之一，在这里很多年了。她是第三代机甲修复项目的负责人。"

森真子也对着罗利鞠了一躬，尽管没有刚才深，但这已经够让罗利吃惊了。

"很荣幸见到你。"她礼貌地说道。

罗利有些不知所措。曾有人觉得见到他很荣幸吗？他恍过神时发现森真子已经在跟潘提考斯特说话了……然后又过了片刻才发觉她刚说的是日语。

"他和我想象中不太一样。"她说。

他们在货运电梯门口等候。竖井远处传出的"砰砰"声和"吱嘎"声与机械声和外面停机坪上工作人员的呼喊声交织在一起。

可别小看我，罗利心里念道。

"違ぅの？良ぃか、悪ぃか（有什么不一样？更好还是更糟？）？"他微微眨眨眼，一口流利的日语。

日本人尴尬时的反应真是别具特色。森真子的脸唰地红到了耳根，她连连鞠躬。

"抱歉，贝克特先生。"她用英语表示歉意后，接着又换成了日语。"たくさんのことを聞きました。（久仰大名。）"她说道。

他本打算继续这场对话——也好让她为语言上的小失礼找个台阶下——但就在电梯门开启时，从货运直升机旁过来的两个科学家中有一个开始朝他们大声叫喊。

"等一下！等一下！"他喊道。

罗利按住电梯，两人猛冲了进来。他们身上已经被淋透，怀里抱着标本保存罐。罐子里装的应该是怪兽的残块，看样子是从大型存储缸里挑选出来的。

这时，电梯门终于缓缓关上了。

"这位是盖斯乐博士（Dr. Geiszler）。"潘提考斯特介绍道，刚才喊话的正是他。盖斯乐是那种自以为是、暴躁粗俗的狂热者，浑身上下透着"天才小子"的气息。罗利记得在驾驶员队曾听过此人大名，好吧，在他曾经还是驾驶员的时候。至少他感觉听过这个名字。科学家嘛，在罗利看来，个个都一样。

另一位科学家白肤金发，脾气更加古怪，白色实验袍不离身，潘提考斯特指着他介绍道，"这位是戈特利布博士（Dr. Gottlieb）。"

"叫我纽顿·盖斯乐就行。"盖斯乐说道。他提醒一旁的伙伴，"赫尔曼，这些都是人类朋友，赶紧打个招呼吧。"

"我跟你说过不要在别人面前直呼我的名字。"戈特利布一本正经地抱怨，"我是个有着十多年辉煌成就的优秀博士——"

"他就是窝在实验室里太久了。"纽顿打趣道。他把标本保存罐换到另一只臂弯，卷起的袖管下怪兽文身一览无余。

"文身不错啊。"罗利说道,"这是什么,'山岚'吗?"

纽顿点点头:"眼光不错!不过话说回来,只要不是白痴都认识。"

"它是我和哥哥在 2017 年的时候干掉的。"罗利说道,语气平稳。"如果没记错的话,我们把它的头切了下来。"

纽顿对罗利的态度顿时来了个一百八十度大转弯。

"哇!"他惊叹了一声。

罗利情不自禁地瞄了森真子一眼。说到这么得意的事情,谁能保持淡定不去看看旁边的美女作何反应呢?她正看着罗利,但很快眼睛转向了别处。纽顿还在那喋喋不休地说得起劲。

"它可是三级怪兽中最大的一只。两千五百吨,太惊人啦!"

2017 年 10 月,洛杉矶。罗利清清楚楚地记得"山岚"硕大的体型。它登上长滩海滨,脚下隆隆声不绝于耳。"玛丽皇后号"油轮(Queen Mary)被瞬间折成两半,奎恩斯威立交桥(Queensway Bridge)碎裂垮塌,特米诺岛(Terminal Island)横遭践踏。按照双机甲协同应战计划,"危险流浪者"在洛杉矶河入口处进行空投。合作伙伴的导弹轰开怪兽的甲壳后,杨希和罗利临危受命——要知道这可是他们首次出征。他们和"山岚"从长滩港一直打进了哈博高速公路(Harbor Freeway)附近的油罐堆。最后,终于用起重机缆绳把怪兽的头整个割了下来,成功将其击毙。这是死在他们手中的第一只怪兽。当时身首异处的"山岚"血液喷涌,差点把操作舱溶解掉,所幸冲洗及时才有惊无险。事后罗利看着哥哥,喜不自胜的同时又后怕不已。杨希则从容镇定,若无其事地耸耸肩膀,一副见多不怪的样子。

陈年旧事啊。如今时过境迁,一切都已物非人非。人们用推土机一点点清理掉"山岚",抛入了遥远的海峡。然后在原地建起了新的货运码头。"危险流浪者"战后损毁严重几近报废,经机械师修理后再度重回战场。但杨希……唉。因此,罗利对纽顿描述"山岚"的措辞十分不满。

"惊人?"他反问道。

"哦,不,是吓人,"纽顿解释道,"这里的惊人指的是惊吓,不是惊叹。"

"他是个怪兽粉丝," 戈特利布说道,"他超爱怪兽。"

"我才不爱它们呢,"纽顿反驳道,"我一直在研究它们,都快研究了一辈子了,至今还没近距离看过一只活的。"

罗利早就听过这种不知痛痒的话，明明这些怪物正在试图毁掉人类文明，但是这些人却赋予它们浪漫传奇的色彩。

"相信我，看到你会后悔的。"他说道。

纽顿没有就此罢休。

"要知道，它们可是在这个地球上出现过的最庞大、最复杂的生物。"他继续道，说话的语气表明他确信只有自己思考过这个问题。"依我看，要想阻止怪兽，就必须先了解它们。"

"或者直接把它们炸个稀巴烂。"罗利接过话茬。

纽顿噘起嘴，怀里的标本罐抱得更紧了。电梯门终于打开，罗利心底暗喜，潘提考斯特和他一同走了出来。

"往这边走。"潘提考斯特说道，手指着一条过道。他轻挡着电梯门，回过头对着纽顿和戈特利布说道，"十点钟汇报情况，先生们。"

在电梯门关闭之前，戈特利布敬了个礼。纽顿却把对罗利的不满转移到了伙伴身上，摆出一副屈尊俯就的姿态。罗利猜想这家伙大概经常这么做。

门快掩上的时候，纽顿的声音从里面传出来，

"怎么，你这会儿也成长官了？"

这些科学家啊，罗利叹道。

"他俩隶属于我们的科研部门——怪兽科学。"潘提考斯特带着罗利和森真子沿着过道往前走的过程中对罗利介绍道。这里的"他俩"指的是纽顿和戈特利布。"虽然他们言行举止有些怪异，不过研究成果显著。"

"整个科研部门就他们两个人？"罗利感觉难以置信。

潘提考斯特看得出他在想什么。五年前……

"盖斯乐和戈特利布是我们最早引进的专家。今不如昔啊，他们是留在这儿的最后两个科学家了。"他感叹。"我们已经不是军队了，贝克特先生。现在是地下组织。"

有意思，罗利想道，地下组织。他还有点喜欢这个说法。这时森真子走到前面，在键盘上按下一串密码，走廊尽头的双开滑门随即打开。罗利探头向里张望着，他的脉搏立刻加速跳动起来。

"欢迎来到破碎穹顶！"潘提考斯特说道。

你的意思是欢迎回来吧，罗利暗想。

环太平洋联合军防部队（PPDC）
破碎穹顶基地设备状态报告
2024 年 12 月 30 日

安克雷奇基地

2016 年 11 月 23 日竣工。2024 年 10 月 12 日关停。与科迪亚克岛猎人学院的设备同时售予私人买主。

香港基地

2015 年 11 月 25 日竣工。照常使用。机甲技术部领导蔡天童主管的第三代机甲修复项目所在地。

现役机甲：切尔诺阿尔法，暴风赤红，尤里卡突袭者。退役机甲：危险流浪者。

利马基地

2016 年 8 月 9 日竣工。2024 年 10 月 8 日关停。售予秘鲁政府。

洛杉矶基地

2017 年 7 月 11 日竣工。2024 年 12 月 20 日关停。并入长滩怪兽防御墙。

巴拿马城基地

2017 年 11 月 23 日竣工。2024 年 11 月 9 日关停。立契转让予中南美洲政府怪兽防御联合主管部门。

悉尼基地

2017 年 5 月 25 日竣工。2024 年 12 月 29 日关停。设备暂未处理。2024 年 12 月 27 日，部分遭怪兽"病毒"摧毁。"尤里卡突袭者"调至香港基地。

东京基地

2016 年 12 月 15 日竣工。2024 年 10 月 29 日关停。售予私人买家。

海参崴基地

2016 年 12 月 4 日竣工。2024 年 12 月 11 日关停。立契转让予俄罗斯政府，用以交换着陆权，中途补给燃料权和航权。"切尔诺阿尔法"调至香港基地。

6

穹顶最高处足有一百五十多米，天花板可以像花瓣一样开合，不过此刻正处于关闭状态。七条专用通道从中心集结区向四周辐射，其中六条通往机甲库。库房非常高，专门用于容纳巨型机器人。库房周围架设了天桥和高空平台，可从各个角度接触到机甲的任何部分。

第七条通道则延伸至紧急行动通道（Scramble Alley）——临危受命的机甲猎人就是从这个坡道去往海洋之门。在门的外侧，和罗利曾派驻的安克雷奇与利马基地一样，建有一个部署准备台，跳鹰直升机（Jumphawk）就是在这里吊起待命的机甲，然后运送至空投点。

除了专用通道和机甲运送专线，旁边的空间里各种设备林立，备用配件密密匝匝，工作人员正在其中来来回回地忙碌着。罗利感受到家一般的亲切感。匆匆一别已是五年多，他都记不清当年离开时是怎么想的。这里就是他的归宿。

在紧急行动通道的正对面，有一层夹楼（mezzanine）伸出来，格外显眼。夹楼内部设有基地指挥中心，它是破碎穹顶的神经中枢。这里遍布着无处不在的监视器，全息显示屏和智能终端。破碎穹顶或机甲内部发生的所有事情在指挥中心的屏幕上都一目了然。罗利猜想，夹楼后面应该是餐厅、生活区、实验室等，总之应该具备一个地下组织运作、供给、装配设备、培训员工乃至拯救世界所需要的一切。

破碎穹顶内部一只大时钟赫然耸现。居然不是数字钟，而是旧式翻页钟。不过这只钟横宽六米多，每张翻页板大如一张电影海报。这一点十分与众不同。时钟显示的并非当地时间，罗利记得以前在其他破碎穹顶基地没见过类似的东西。

潘提考斯特指着时钟，告诉罗利，"战争时钟。每次怪兽攻击后我们就会重置时间。提醒大家时刻警惕，专注共同目标。"

"那是上次袭击悉尼的时间？"罗利问道。潘提考斯特点点头。罗利好一会儿才弄明白表上的时间。毕竟，十四个小时前，他还站在防御墙工地冰冷的泥里。而此刻，他来到香港破碎穹顶，很快又要成为驾驶员了。

"下次什么时候重置？"

"一个星期之内，"潘提考斯特回道，"如果够幸运的话。"

他领着罗利和森真子走向破碎穹顶高处，从这里往下俯瞰，维修部和向四周辐射的机甲过道尽收眼底。重重的敲击声隆隆地传过来，回声阵阵，连绵不绝，罗利一开始无法辨别声音来源。

"之前这个基地就存放着六台机甲，你应该记得我们原本还有七个其他基地。"潘提考斯特说，"但是现在它们都被束之高阁了，我们就只剩四台机甲。"

"情况真有这么糟糕？"罗利问道。看来地下组织还真不是那么好当的，实际情况似乎不容乐观啊。

"确实很糟糕。"潘提考斯特回答。

他们走到栏杆边，潘提考斯特指向前方。

"暴风赤红，中国机甲。"

这台机甲设计独特，左臂分出两叉，相当于有三只手，需要三人驾驶。罗利一眼就认出了它。他以前见过"暴风赤红"。但斯达克·潘提考斯特做事向来循规蹈矩，照章办事。即使是重新召回阔别五年的驾驶员，他也依然像对待新人一般，带着罗利四处游览了一番——毕竟很多情况与以往已经大不相同了。

"由魏氏兄弟驾驶。" 潘提考斯特继续介绍，"他们是三胞胎。这台机甲试过很多组合，只有他们三位能顺利实现通感。他们在香港港口成功抵御了七次进攻，用的是雷云阵型。成果卓著。香港从一开始就是'暴风赤红'的大本营。"

"暴风赤红"底座旁站着正在打篮球的魏氏三兄弟。他们玩转着高难度技巧，错综复杂的运球和传球让人眼花缭乱。他们身旁的柱子上装着一个球框，兄弟三人时不时投球入篮，动作轻松从容、优美流畅。更让人称奇的是，罗利发现他们大多时候根本不看彼此。

罗利对雷云阵型知之甚少，但潘提考斯特并没有停下来继续解释。他指向另一个猎人仓库，罗利也很快认出了仓库的主人。

"那是'切尔诺阿尔法'，来自海参崴。是 T-90 系列的最后一部。"

"切尔诺阿尔法"与其他机甲不同，设计者出于安全和节能方面的考虑，把操作舱放在了躯干中部，因此它没有类似人类的头部。它的顶端仿如一个巨大的圆筒，用于为机甲提供电力，内部还有储油箱，可以为双肩位置的焚烧炉涡轮机（incendiary turbine）提供燃料。这部机甲粗矮厚重，强项是近身搏斗，重拳出击。

"切尔诺阿尔法"的脚旁站着一男一女。男的身材魁梧，活脱脱一个彪形大汉，站在他身旁的女的中等身材，对比之下就像个玩具娃娃。

潘提考斯特指着他们继续说道："阿历克西斯和萨莎·凯达诺夫斯基（Aleksis and Sasha Kaidanovsky），夫妻搭档。他们保持着神经桥接持续时间最长的纪录——超过十八个小时。"

"我听说过，他们负责巡逻西伯利亚防御墙周边地带。"罗利答道。这时，一阵低鸣沉闷的音乐从夫妻两人的位置传出。

"没错。在他们的守护下，防御墙六年都没被攻破。"

音乐声越来越响，三胞胎之一朝夫妇俩大吼起来。

"什么音乐啊，难听死了！"

"难听死了！"另一个附和道。

"对穹顶休得无礼！"第三个立刻补充了一句。

说话的同时他们一边不停地运球。一切都是那么顺畅自然，根本无须刻意为之。难道是神经桥接还在发挥作用？罗利曾见过这种情况，他和杨希也有过一次类似经历。那时，还在利马服役的兄弟俩正在休假。距离上次迎战怪兽已经过去数月之久，但神经桥接的通感效应似乎仍未结束。其中一个话刚说一半，另一个马上就能接上下半句；还没开口，对方就把自己想要的东西递到了眼前……他们在基地外的酒吧一起跟女孩子搭讪，一开始这些女孩们对兄弟俩的默契惊叹不已，可后来她们一个个被吓得花容失色。两人只好靠下棋消遣，结果整晚不分伯仲，局局平手。

阿历克西斯威风凛凛地站在那里，简直是个巨人，罗利暗自感叹。

"如果你连'乌克兰嗨歌'都不喜欢，那你的生活肯定出了问题。"萨莎对着三兄弟说道，"要是你的生活出了问题……说不定我们能帮你解决。"

乌克兰嗨歌，罗利心想，原来这种音乐还有这么个名字。他瞥了森真子一眼，她似乎对这种风格也不太感冒。潘提考斯特在一旁不停地介绍，而她自始至终一言未发。她在这儿是什么角色呢？罗利突然想起，当他离开时，有一个名叫森真子的猎人学院应届毕业生被分配到了安克雷奇基地。难道她就是那个森真子？他之前跟人家玩了个语言小把戏，这会儿要么主动打破僵局，要么惹她讨厌一辈子。

破碎穹顶的地板上，"暴风赤红"和"切尔诺阿尔法"的工作组人员纷纷聚集在各自的驾驶员身后。罗利仿佛嗅到了硝烟味。他瞅了瞅潘提考斯特，这位大领导完全视若无睹——他已经转向下一部机甲了。

"这个就是'尤里卡突袭者（Striker Eureka）'。唯一存留下来的澳大利亚机甲，也是首个 Mark 第五代猎人。行动速度世界第一。几个星期前刚从澳大利亚迁移过来。跑得真够快的。"

他瞥了一眼罗利，看看小伙子有没有领悟这个笑话。罗利当然听明白了，只是他没想到素来不苟言笑的潘提考斯特也玩起了幽默，笑神经顿时短路了。

"尤里卡突袭者"前一天才刚参加了战斗，但状态依然保持良好。技术人员拆开刀片伸缩装置，将沾有怪兽有毒黏性物质的部件一一清洗干净。另一个工作组在机甲双腿不同的进料孔插上软管，分别补充冷却剂、润滑剂、还有氧气。第三组工作人员正在清洁机身上的六根炮筒。旁边一辆起重机里装着一车崭新的无氧化剂导弹。

赫克和查克·汉森坐在维修部边上监督各项工作，但他们很少横加干涉。罗利上次服役期间，对赫克略知一二，但查克却只在电视上见过。他们自信从容，专业内行。技术人员负责维修，驾驶员负责驾驶。多管闲事对彼此都没有好处。查克在跟斗牛犬玩扔球的游戏，小家伙每次都屁颠屁颠地把沾满口水的球衔回来，放到主人手上。

"你应该认识赫克·汉森中士。这位是他的儿子，查克。"潘提考斯特说道。"他们是先遣组。那条狗的名字叫麦克斯。"

"先遣组？"罗利问道。这个词在猎人部署中并非常用术语。通常只有进攻性行动才需要先遣组，而人类长久以来一直处于防守地位。

"我们要摧毁虫洞。"潘提考斯特回答，他语气坚定而平静，"我们打算把热核弹头捆在突袭者背上。两千四百磅，爆炸威力相当于一百二十万吨 TNT 炸药。你和另外两个机甲要给他们打掩护。"

罗利还在琢磨着摧毁虫洞的计划，他无法推知具体的行动细节。

"从哪弄来这么大威力的东西？"

"刚才看见那些俄罗斯人了吗？"潘提考斯特问道，"他们有办法。"

核攻虫洞？能做到吗？罗利在上次服役时根本没有跟进《怪兽科学简报》，现在又有了五年的空窗期。但据他所知，根部没有任何东西能够接近虫洞外面的能量场（energy fields）。放射性尘埃弥漫香港、悉尼和北加利福尼亚之后，各国政府对核爆炸失去了兴趣。潘提考斯特到底在做什么？难道这就是地下组织的部分意义？

太多疑问了。他把目光再一次投向森真子，以期找到一些线索。但她似乎对核攻虫洞的计划毫不质疑。也许这里所有人都了解个中内情吧，只有罗利一无所知。

他们回到低处的地板上。这时，查克再次扔出球，示意麦克斯捡回来。小家伙却没有去追球，反而摇臀摆尾地奔向了森真子。真子跪下身来热情迎接这位可爱的爱慕者。她的头发从脸旁垂下来，罗利这才发现她下巴轮廓两侧光洁亮滑的黑发染成了深蓝色。说实话，她的下巴轮廓长得很好看，她整个人都很漂亮。她走起路来有如运动员般矫健，她有着几缕蓝色的发尾，而且她还会修复废弃的机甲。

真有意思。

"嘿，麦克斯！"赫克大声喊道，一边紧跟在麦克斯身后防止它撒野，"不要弄得森真子小姐一身口水，你这小坏蛋！"他故意训斥着，然后对着森真子耸了耸肩。"它呀，一看到美女就来劲儿……"赫克的声音渐渐低了下去，然后无奈地耸耸肩，露齿一笑，尴尬中透着几分得意。

潘提考斯特为罗利介绍起来。

"罗利，这位是赫克·汉森。有史以来最优秀的驾驶员。"

赫克挺拔地站着，伸出手时依然高昂着头。

"我们认识。"他对罗利说道。"之前一起战斗过，是吧？"

罗利回握了赫克的手，然后点点头道："罗利·贝克特。我们确实一起战斗过，长官。那是六年前了，我和哥哥一起参加三个机甲集体作战的时候。"

潘提考斯特竟然不知道他们见过面，这让罗利感到惊讶。那可是一次重大行动，虽然出动了三部机甲，局势仍然岌岌可危。当时，"地平线勇士"（Horizon Brave）被怪兽尾巴上的尖钩刺穿了，无法动弹，"尤里卡突袭者"和"危险流浪者"费了九牛二虎之力才把里面的驾驶员营救出来。

"没错，"赫克回道。"在马尼拉。三个猎人对战一只四级兽，对吧？那时我儿子还没入伍。一场硬仗啊。"

"是啊，"罗利点头叹道。"昨天在电视上看见你了。又是一场硬仗。"

这时，赫克的儿子查克吹了声口哨，麦克斯大摇大摆地奔了回去，一副斗牛犬特有的神气劲儿。罗利立刻觉察到查克对自己没什么好感——他不但没有过来打个照面，还把狗都叫走了。此刻，他正坐在"突袭者"硕大的脚上紧盯着父亲，接着又转而瞪着罗利。

"你哥哥的事我听说了。"赫克说道。他轻轻地拍了拍罗利的肩膀。"真让人遗憾。经历了那么多，你还能选择回来，很勇敢，小伙子。"

罗利点点头，他顿时有些局促不安起来。每次有人对杨希表达真诚的遗憾之情时，他都会这样。你该怎么回答呢？谢谢？是啊，感觉糟透了？是啊，我在脑中感受到哥哥怎样死去，还眼睁睁地看着该死的怪兽把他从机甲头部扯出去，所以我再也回不到从前了？把它看成无能为力的象征怎么样，老兄？你喜欢吗？这种痛苦每天如影随形，所以我不喜欢。我不喜欢它，但它却是我的记忆。这段记忆刻下了杨希离开时我内心的感受，是他走后唯一给我留下的东西。

所以都不可以，这样的问题你只能沉默以对。

"汉森中士，我们走吧？"潘提考斯特提醒道。

赫克点头示意。"很高兴你能回来，罗利。"他说道。

他们一起向前走去，森真子紧随其后。罗利不知道这是上哪儿去，但他很清楚自己满心疑惑，真的不问不可了。

"长官，关于这个核攻计划……"他开口道。罗利的本意是希望借此开个头，好让潘提考斯特接着说下去。但潘却并没有接话，罗利只好打破砂锅问到底。"行不通的，"他说道，"我们以前进攻过虫洞。没有任何东西能攻破它。"潘提考斯特继续往前走。罗利齐步并进。他感觉赫克正盯着自己，掂量着，评估着……"这次有什么变化？"

潘提考斯特终于停下脚步。他和赫克对视了一眼。也许两人在传递某种信号，反正罗利看不明白。过了一会儿，潘提考斯特说道："我们制订了计划，代号为'核攻虫洞'。我需要你做好准备。"然后他看看森真子，说道，"森真子小姐会带你参观你的机甲。赫克和我要参加一个情况通报会。我们稍后再见。"

罗利本想争辩，但还是放弃了。"你的机甲"这几个字触动了他，触动了他内心属于昔日驾驶员的那片心灵园地。也许也是今日驾驶员心之所向。

2025年1月3日。一个重要的日子。祝我新年快乐，罗利暗自说了一句。

环太平洋联合军防部队
人事档案

姓名： 赫尔曼·戈特利布，博士学位
所属编队： 怪兽科学研究部
ID 编号： S-HGOT_471.20-V
入伍日期： 2015 年 5 月 28 日
当前服役状态： 现役；香港破碎穹顶基地

个人简介：

1989 年 6 月 9 日出生于德国加米施 - 帕滕基兴（Garmisch-Partenkirchen）。配偶名叫凡妮莎（Vanessa）。第一胎小孩将于 2025 年 4 月出生。四兄妹中排行第三，上有哥哥迪特里希（Dietrich），姐姐卡拉（Karla），下有弟弟巴斯蒂安（Bastien）。父母均为科学家。父亲，拉尔斯·戈特利布博士（Lars Gottlieb），曾参与"猎人计划"（详见"猎人计划"介绍），现负责监督太平洋沿岸怪兽防御墙建设项目和民防基础设施改造工程。赫尔曼·戈特利布博士从小就在抽象数学领域崭露头角，后毕业于柏林工业大学（TU Berlin）工程学和应用科学系。曾为第一代猎人操作系统编写程序代码，并设计出精确度极高的怪兽袭击频率预测模式。同时他还在探索虫洞物理性质和结构方面取得了巨大进展。详见"核攻虫洞计划"档案（绝密）。心理测评显示其内心渴望与任何难对付的人保持距离，只有数据研究和数学才是他最好的保护神。过度强调个人和工作区的整洁，也反映出戈特利布博士希望与他人保持距离的心理需求。由于在"猎人计划"和太平洋沿岸防御墙项目两者的价值评判方面与父亲意见相左，父子两人现已形同陌路。

备注：

长期牢骚满腹。曾数次投诉同事纽顿·盖斯乐博士（详见其档案），但 PPDC 心理专家建议其接受现状。

7

赫克·汉森在科学实验室里总感到不自在。如果是车间当然没问题，修理厂也行。他曾经在几十个修理厂干过，小到自行车大至机甲，什么都能上手。他太清楚机油和洗手液的气味了。然而实验室却不同。他对实验室的印象来自高中时代。那时他成绩平平，宽容仁慈的老师们往往评价其品貌兼优，只是缺乏自觉意识。在他的记忆里，实验室是科学狂热者的专属地带。粉笔灰、白色实验服和锥形烧瓶这种稀罕玩意儿在这里随处可见。实验室里的研究人员大多性格古怪，偶尔冒出个正常人反倒显得格格不入。比起高中的实验室，这里的怪异程度绝对有过之而无不及。

赫克曾经光顾过几次怪兽科学实验室，每次一进来他都觉得这里就像是泾渭分明的两半大脑。一半干净利索，井井有条，可以称得上完美。让赫克总是本能地小心避让，生怕把什么弄乱了。而另一半则反差强烈，处处极尽杂乱之能事。混乱的样子看起来主人是个成天痴迷于怪兽电影的年轻人。此处装满奇怪物质的罐子和管子堆叠如山，比比皆是，甚至连电脑显示器顶端都搁了几个。电脑屏幕上是怪兽图片和复杂的螺旋状模型，赫克猜想应该是怪兽的DNA。充气怪兽和机甲模型从天花板上垂挂而下，面对面落在实验桌上，水槽旁还有某种物质正在冒泡。赫克在这边也本能地小心避让，不同的是，在这边他生怕被什么给沾上了。

实验室中间的地上，一条分界线从门的正中位置开始一直延伸到后墙那边，最后一点被放在那里的冰箱挡住了。确实像是两半大脑，但也像一个两兄弟共享的卧室，两人无时无刻不在为抢夺东西而争得面红耳赤。

当然，并非只有兄弟姐妹会时常争吵。赫克想到了儿子，查克。然而念头一闪而过，很快他又把注意力重新聚焦到眼前的事情上。

此刻，戈特利布在黑板上正写得劲头十足，黑板太高了，他站在梯子上才够得着最后一块未遭涂鸦之地。戈特利布奋笔疾书，赫克知道他在使用科学速写法，但这书写速度实在让人眼花缭乱。在他身后，干净整洁的半边实验室看起来就像赫克第一次参加驾驶员测试时耐着性子看完的教学影片布景。

"一开始，怪兽十二个月袭击一次。"戈特利布说道，"然后是六个月，三个月，接着两周一次。"他暂停下来，从梯子顶端俯视着赫克和潘提考斯特，手里的粉笔在黑板上使劲地敲着。粉笔细屑飘落到分界线附近的地板上。

"最近的一次，在悉尼。"戈特利布解释道，"间隔只有一周。"

他再次暂停下来，好让听众消化一下。但赫克知道他正兴致盎然，在这种状态下，他不会停留太久，尽管他非常期待听众脸上戏剧性的反应。

"四天之后，我们每八小时就会看到一只怪兽，然后间隔越来越短，直到每四分钟就进攻一次。"戈特利布马上继续道。

赫克观察到潘提考斯特听到这句话时的神情。这名老战士面露难色，奋斗者的坚毅和改革者的决心从脸上消失了——虽然这种反应稍纵即逝，但还是显而易见。比起人类即将面临的灭顶之灾，赫克更担心潘提考斯特的身体状况，事实上他已经不是第一次产生这样的忧虑了。

"七天之内，它们可能会同时在两个地方发动进攻。"戈特利布总结道。

"可能？"潘提考斯特重复道，"我需要的是确切的结论。"

"他根本不可能给你任何确切结论——"纽顿插嘴道。

所有人都转头看着他。他正准备高谈阔论，可转眼间气势顿失，戈特利布气愤地伸手指着他，狂怒道："别把怪兽内脏扔到我这边！你知道规矩的！"

压过分界线的是一个一加仑容积大小的罐子，里面装着某种有机物质。纽顿小心翼翼地把它一点点往里挪动，直到与分界线间隔一毫米左右。

意识到这两个死对头准备开始无休止的争吵，赫克马上大声制止道："两位，先谈正事。"

两人都看向赫克。纽顿点点头。戈特利布清了清嗓子，鄙视地瞪了他同事一眼，才继续说话。

"数字是不会撒谎的，长官。政治、诗歌、承诺……这些才是谎言。数字就跟上帝的手稿一样真实可信。"

纽顿低声咕哝了一句，除了梯子上的戈特利布，所有人都听到他说："你绝对是我所见过的最狂妄自大的人。"

赫克瞟了他一眼，他不再出声了。

"将会同时出现两只怪兽。"戈特利布说道，"不是可能，是一定。之后很快就会出现三只、四只、然后……"他的声音弱了下来。

"然后我们都完蛋，"潘提考斯特接过他的话，"我懂了。"

"嗯，没错。"戈特利布叹了口气。

很显然，他的个人秀还没有结束。透过眼角，赫克看见纽顿正蠢蠢欲动，试图抢走戈特利布的风头，成为大家的焦点。

"但这也带来一个好消息。"戈特利布继续说道。他在黑板上把算式中的数字"4"圈出来，然后下了梯子。"这是我们摧毁虫洞的最佳时机。"

他走到实验室另一端的虫洞全息立体模型前。在实验室近乎完美的这半边，一台近乎完美的智能终端机上方，全息图清晰可见。

"这是我们的宇宙，"他介绍道，一边用手指着模型顶部，"而这是它们的。"他又将手指移向模型底部。

模型中央是一个狭窄的通道，呈现出橙色和红色。

"这里就是我们称作'咽喉'的地方。连接虫洞和我们之间的通道。每次当一只怪兽——或两只、三只，总之不管多少只——从这里通过时，虫洞都会在短时间内保持开启状态。虫洞开启时间的长短似乎与穿过虫洞的怪兽数量存在关联。更确切地说，我认为虫洞的开启时间与怪兽的质量相关。就拿高速公路入口匝道旁的交通灯来打比方吧。红灯和绿灯之间的时间间隔是固定的，每辆车都免不了要停一下。因此整个通行速度就会减慢。如果绿灯持续时间延长，中间不再切换红灯，那么两辆、三辆甚至四辆车——或者一辆较长的牵引式挂车——一次就可以通过。粗略的比方，不过也足以让你们理解了。"

戈特利布伸出一个指尖，把代表爆炸装置的小图片拖进了虫洞。

"我推测穿过虫洞的怪兽数量会增加，怪兽的体型也会增大。因此虫洞必须进入稳定状态，保持足够时间的开启状态。我们正好可以利用这段时间投放核弹，然后摧毁这个通道。"

在全息图上，炸弹炸开了。冲击波向虫洞和"咽喉"辐射。通道被炸得灰飞烟灭，全息图显示屏上颗粒喷雾向四周扩散，两个宇宙彻底分离。每个人都看着这一幕，想象着如果能将其转化为现实，这对人类而言意义将何等重大。

赫克观察着周围的几个人：纽顿才华横溢的脸上满是郁闷；戈特利布则像个渴望获得赞扬的孩子，满脸期待；潘提考斯特因为需要做出最终决定，坚毅的脸上难掩疲乏——并不是睡眠不足引起的疲乏。呕心沥血十余载只为拯救人类，最后却被怯懦和资金短缺的借口推出了舞台，这才是潘提考斯特所感受到的累。

赫克心想在他们眼中自己又是什么神态呢。也许因为历经沧桑所以看起来有些苍老。但他还远没战斗够呢。

"我们只有一次机会，"潘提考斯特说道，"必须有百分之百的把握。"

这也是赫克关心的问题。他们从未见过两个怪兽同时穿过，更不用说三个。戈特利布是这么得出这个结论的？怪兽的体型越来越大，这倒没错。也许他已经掌握了确凿数据，但赫克只在乎事实。绝对不能把行动建立在站不住脚的结论上。

纽顿一副英雄所见略同的表情。原本出于礼貌，他一直耐着性子没有插嘴，但此刻，他再也忍不住了。

"可我们还是不清楚虫洞什么时候开启或者能保持多久的开启状态。"他一边说一边朝全息图摆摆手，像否定某个三流科学项目似的。"谁都可以推算数字，得出这个结论。我的意思是，赫尔曼的数学绝对堪称一流，一如既往。可数学打不赢这场战斗，只有了解怪兽的本质才可以制胜。就此而言，我已经琢磨出了一套理论。"

戈特利布心中大为不快，对纽顿的话嗤之以鼻："得了吧。别在这丢人了。"

让戈特利布更为光火的是，潘提考斯特示意纽顿继续。

"为什么我们按照级别划分怪兽？"纽顿反问道，一副大学讲师的口吻。"因为每一只都完全不同，似乎每一只都是全新的物种，所有个体之间没有任何亲缘关系，所以我们就只能按照大小和体积进行区分。"

"直接讲重点。"潘提考斯特说道。

纽顿踏过丢满零碎废料的地板，然后举起一块怪兽腺体切片——这块东西，赫克心想，我们进来时他就在那儿不停捣鼓着。

"虽然每只怪兽外形各异，但似乎所有怪兽都拥有某些共同的基本结构和体系。我已经发现有些器官构造完全一样。看见了吗？这块腺体是在悉尼采集的。"

大家的目光都聚焦过来。这是一块腺体切片，横截面上腺体组织的条纹图案一目了然，还有些线条是……反正是黑色的线。静脉？神经？赫克可不是解剖学家。

纽顿把这块腺体和装在托盘里的另一块腺体样本摆放在一起，然后把桌面上的残片猛地一把拨开。

"这个是在马尼拉采集的，六年前。"

这块腺体的主人还是我杀死的，赫克暗想。他靠近过来，从戈特利布军队般严谨整齐的区域穿越到纽顿赃污狼藉的一半来。他近距离观察了两块腺体。

它们完全一样。

赫克瞥了潘提考斯特一眼，只见他正目不转睛地看着纽顿。不远处，戈特利布故意装作对纽顿不屑一顾。

"DNA一模一样。"纽顿说道，"两个不同的样本，两个完全一样的克隆器官。"

"DNA一模一样？"潘提考斯特重复道。

"是的。"纽顿说道，"就像装配线上的备件。整个有机体明显不同，但它们身上很多组成部分来自克隆的DNA片段。这是人造器官，而非进化的结果。这其中必有蹊跷，绝不仅仅只是怪兽穿过虫洞这么简单，我们需要一探究竟。"

"现在他开始走火入魔了。"戈特利布说道，好像他曾听过纽顿这一整套似的。

"这些器官里面复制的DNA结构有两大功能，"纽顿说得起劲，"其中之一当然是制造器官组织本身。虽然怪兽是硅酸盐构造，与人类的碳基构造不同，但DNA的基本功能仍然是给生物的身体构造编码。除此之外，它在怪兽身上还发挥着其他功能——能进行记忆编码。我在硅酸盐核苷酸里面发现了单纯用于存储信息的结构。这些结构不会将组织构造或功能译成遗传密码。它们纯粹是记忆库。"

赫克不知道硅酸盐核苷酸具体为何物，但是记忆库？每一个怪兽都有？他想他知道纽顿想说什么了，片刻之后，纽顿证实了自己的猜想。

"细胞记忆。"纽顿继续道，以免戈特利布转移大家的注意力。他快速跑到一个装有怪兽部分大脑的大型存储器前。"这个标本损坏了，有点虚弱……但它仍然活着。如果我们运用驾驶员神经桥接的技术连入这块大脑，那么我们就能——至少从理论上来讲，了解他们从何处来、看到虫洞内部、还能切身体验如何穿越通道。"

潘提考斯特看了赫克一眼、他的眼神意味深长，充满怀疑、担忧、困惑，但也含有一丝希望。他想从赫克的反应来判断纽顿是否在说胡话。

"不知我的理解是否正确。"赫克慢条斯理地说道，声音透着怀疑和震惊。"你是建议我们尝试和怪兽通感？"他觉得这个想法太疯狂了，人与人之间通感已经够棘手的了。

"没错，但只是和怪兽部分大脑。"纽顿纠正道，"当然还需要几件设备。"

"几件？"赫克反问道。他的语气变得尖锐，呵，这才是你真正的意图吧。

"只要能满足桥接的条件就行，"纽顿说道，"神经桥接。有——"

潘提考斯特摇摇头。

赫克心领神会。

"这种强烈的神经刺激，恐怕人类大脑承受不了。相信我，相互之间都难以承受。你知道和怪兽通感会造成怎样的后果吗？"

"我同意。"潘提考斯特表示，"整理好全部研究数据，尽快交给我。"

他转身向门口走去。赫克没有立即跟着离开，他知道斯潘提考斯特会在楼下大厅等着，听他汇报纽顿对于指挥官的断然拒绝作何反应。

纽顿有些生气还有些沮丧，就像一个自以为想到锦囊妙计的小孩，结果被所有大人告知这个想法行不通。戈特利布却对此毫无同情之心。

因为没有马上离去，赫克听到这两位科学家的对话，就像他完全不存在似的。

"我知道你想证明自己是对的，没有白当怪兽粉丝那么多年。"戈特利布说道，"但是这个办法行不通。"

纽顿穿过杂乱的实验器材、标本还有其他一些不明所以的东西，跺着脚走回了自己的"领地"。

"好运只会垂青勇士，老兄。"他说道，气而不馁，永不服输的风格再现。

就是要有这样的精神，小子！赫克心里赞道。化沮丧为力量。如果有人跟你说你做不到，你就去搞定它，用事实证明他们看错了。

这么一想，纽顿的态度让他想起罗利·贝克特那孩子。在赫克看来，他们俩面对生活都有一种勇于挑战，不轻易服输的韧劲。听潘提考斯特说，正是这种精神让罗利重返驾驶员队。也正是这种精神让纽顿的奋斗之火生生不息，尽管上级在戈特利布和他之间选择了前者。

"你也听到了，"戈特利布继续说道。"他们绝不会给你任何实验器材的。就算他们答应你，你也会小命不保的。"

赫克已经听到了所需的信息。趁着对话内容还没变成高深莫测的科学探讨，他得赶紧下楼向潘提考斯特汇报情况了。就在他踏出门口的那一刻，他听到纽顿的声音从身后传来："或者……我会像摇滚巨星一样功成名就呢。"

环太平洋联合军防部队（PPDC）
研究报告——怪兽科学研究部

报告者： 纽顿·盖斯乐博士　赫尔曼·戈特利布博士

主题： 虫洞本质和可能存在的弱点

我们研究了虫洞释放能量的生物电磁特征，并且对虫洞的物理结构进行了远程分析。结论表明虫洞可能存在弱点。

虫洞需要借助地质构造活动产生的能量保持聚合力。虽然虫洞能量强大，持久稳固，但它也有脆弱易攻的一面。它连接着地球和另一端的异世界（Anteverse）。据称，异世界是另一个星球，有人推测来自该星球的某种能源也是虫洞得以运行的部分原因。

从本质上来讲，虫洞是通过交叠时空从而将两个距离遥远的世界联系在一起的。因此，要利用能源创造出虫洞这样的通道，就必须具备超一流的技术，这种技术恐怕远非人类目前的能力所及。而所需的能源数量之多，相当于人类上个世纪产出能源的总和。

不过，摧毁虫洞比起创造它来或许容易得多。

自身构造的分裂是宇宙的天敌。我们分析发现，虫洞内部的能量骤放会使自身结构失去稳定。一旦出现这种情况，原有的时空平衡就必须重新调整。换句话说，虫洞会崩塌瓦解，切断地球与异世界之间的通道，再次隔绝两个时空。（详细的数学分析请参阅附件。）

战术核武器能产生摧毁虫洞所需的能量，获取这些武器对环太平洋联合军防部队（PPDC）来说轻而易举。从数据分析来看，在虫洞内部引爆核弹，将其永久性瓦解的概率超过 96%。

怪兽科学研究部建议立即采取攻袭行动，全力以赴毁灭虫洞。

8

罗利在森真子的带领下参观着基地里的其他设施。他边走边暗自琢磨，这女孩的背后一定有故事。他需要揭开谜底。暌违了五年，再度重返猎人基地，罗利发觉自己不知道的事情太多了。

"对了，说到这个轰炸计划。"他问起了森真子，"简直太疯狂了，对吧？"

"这是我们唯一的希望。"森真子回答，"如果潘提考斯特元帅相信这行得通，那我也相信。"

"没错，"他应道，"我同意。"

"跟我来。"她说道，"潘提考斯特元帅让我带你看样东西。"

没走几步，就来到了破碎穹顶基地正下方的中心区。这是穹顶的另一侧。第二道安全门后面是一个维修仓，破碎穹顶共有六个维修仓，与从集结待命区（staging area）延伸出来的部署坡道（deploy ramp）和机甲运送带一起组成了破碎穹顶的组织构架。

出于功能考虑，维修仓为全钢结构。仓内修理台、工具箱、装满配件及线材的手提袋和箱子等工具随处可见。总之，维持巨型机甲正常运行的工具和配件，这里应有尽有。罗利他们所经之处，一组工作人员正在检修汽车般大小的中继引擎（relay engine），其他较小的发动机组件正在修理台上等候着清洗或修理。工作人员忙得不亦乐乎，拆卸、切割、焊接……

在维修站的正中央端端正正站着一架巨型机甲，赫然正是"危险流浪者"。

罗利顿时无法移步，盯着它呆站在原地。

他忘记了森真子，忘记了破碎穹顶和香港，忘记了过去这五年来他是如何跟随着建筑工程从诺姆市一路浪迹到锡特卡，忘记了斯达克·潘提考斯特是怎样找到他。他忘记了所有的一切。甚至有那么一会儿，他忘记了这个世界正在走向灭亡。

五年啊……

它看起来安然无恙——这是罗利的第一反应，他终于缓过神来。最后一次看到流浪者时，它缺了一条胳膊，少了半边脸，连带身上被刀锋头戳裂的伤口，浑身有十几个洞口机油喷涌。恍惚之间，他好像又回到了那一刻。风雪交加的海滩，淌入眼中的血液，拿着金属探测器的老人还有他脸上惊愕的表情。他昏倒前看到的最后一幕就是站在老人旁边的小男孩那圆睁的双眼，他的睫毛上还挂着雪花。

当他倒在冰冻的海沙上时，他最后感受到的就是头脑中因杨希离去而留下的空白。

此时此刻，"危险流浪者"在他面前巍然屹立，高高耸入灯火通明的夜空。它的外壳在焊接火花的照耀下时隐时现，似乎曾经的一切都是幻影。

"它看起来像新的一样。"罗利开口道。

"不止是新而已，"森真子毫不谦虚，"还独一无二。"

"外壳是铁制的。"忽然，另一个声音从罗利背后传来。好一阵罗利才反应过来声音的主人是谁。他急忙转过身，果然看到蔡天童正穿过维修平台向他走来，脸上写满了"欢迎回来"的笑意。"没有任何添加成分，绝对结实。"天童接着说道，"每条肌带上装有四十个发动机组，四肢内配备的是超级扭矩驱动器（Hyper-torque drivers），还添加了新型流体神经元突触系统。这所有的一切都是这位姑娘——"他指着森真子，"全程监制的。"

"天童！"罗利大声喊道，兴奋难抑。他们拍拍对方，大力地抱在一起。罗利感受着这个拥抱，突然觉得也许自己终究属于这里。还有些东西依然没变。他松开双臂向后退了一步，问道："还有呢？"

天童弹开一个小锡盒，递给罗利一片药。

"美沙罗星（Metharocin），"他解释道，"新的预防措施。它可以在你脱掉作战服后保护你免遭辐射。"他指着危险流浪者的补充道，"核心仍然是燃料棒。"

罗利仰头吞下药片。

"我是问你的近况。"他说着指了指天童戴着金戒指的无名指——上次见面时天童手上可还没这宝贝。

"嗯，这个，你还记得军火处的艾莉森吗？我们结婚了。儿子今年一岁。"天童咧嘴一笑，然而他的情绪很快就低落下去，"我已经六个月没见过他了。你也知道潘提考斯特的作风，我得监视虫洞情况。从早到晚，黑夜再到天明；哥们儿我整天靠咖啡提神啊！"心情平复后，他看到罗利正目不转睛地盯着"危险流浪者"。"通感会让你想起一切，兄弟。想起那些记忆。你确定自己准备好了吗？"

这确实是个问题。罗利还记得操作步骤。他会驾驶机甲。他能杀死怪兽。他有过五次杀敌经验。但是他能允许其他人进入大脑里那片曾属于杨希的空间吗？这恐怕并不容易。他将重新经历那些最后的时刻，感受杨希的恐惧、寒冷的海风还有"刀锋头"是如何咆哮着拼命地刺入"危险流浪者"的躯壳穿透了自己的骨头。

从某种意义上来讲，罗利一直都在重温这些记忆，从未停止。看看他如同运动员一般健硕的体格，这都是尝试回避往事的结果。他不断运动，反复出汗，一直累到筋疲力尽，就是为了将注意力从头脑转移到身体上。但是无论如何，筋骨之劳总有停下的那一刻，然后记忆便乘虚而入。

所以他不敢确定。他不知道自己是否已经做好准备，也许只有等到与其他人通感时才能找到答案吧。

罗利看了天童一眼，然后把目光移向真子。她的目光刚好与自己撞上。他咳了一声，定下神来。

"我还没放行李呢。"他说道。

天童心照不宣。

"好的。"他回应道，"真子会带你去宿舍。明天是个重大日子。以后这样的日子多着呢。你回到了属于你的地方，兄弟。你能回来，我真的很高兴。"

罗利笑容绽放。

"我也很高兴，兄弟。"他回道。大日子，没错。之前每次如果感到有怪兽来袭，他们都会这么说。逐渐地，这句话流传开来，成为彼此之间的问候方式。

他的房间很普通——长方形的格局，四周的墙涂成浅色，里面放着一张床铺和几件家具。罗利把筒状背包扔在床上，不一会儿就完全适应了。

森真子站在门口说道："我就住在你对面，有需要的话可以来找我。明天早上六点会安排和你的候选搭档见面。这些搭档我是尽量按照你的通感模式挑选的。"

六点，罗利暗想。他还有足足八小时可以好好睡一觉，然后洗个澡，吃点吐司。潘提考斯特直接把他扔进火坑，让他直面挑战。毫无疑问，他想看看罗利离队五年有没有磨掉棱角，实力是否减弱。

而森真子已经对他的潜在伙伴事先筛选了一遍。

"是吗？"他一边打开行李包，一边问道。包里的东西寥寥无几。"亲自？"

她点点头："我亲自选的，贝克特先生。"

他真希望森真子不要这样称呼他，但他没说出来。

他只是问："能不能说说你的故事？修复旧机甲，带着像我这样落伍的人到处参观，没那么简单吧。"

他们四目相对，但真子什么也没说。她拿着小本子的手握得更紧了。罗利知道这个小本子纪录着他的详细档案和他潜在搭档的全部信息。不过他并没有先睹为快的欲望。数据和预先分析也许有助于了解人们的大概情况，但是罗利认为这不足以预测实时情况下人们的真实反应。

他打开抽屉，把几双袜子塞了进去。

"你是驾驶员吗？"他又问道。

"不是。现在还不是。但是我想成为驾驶员，这是我最大的愿望，比什么都重要……"她犹豫了一下，罗利发觉她本想说什么，却改变了主意。"我想成为驾驶员。"

一定有什么隐情。森真子就像一个迷，而她并不愿意让任何人解开这个谜。

"你的模拟器得了多少分？"罗利问道。

"51次空投，51次杀敌。"她语气平静。

"但是你却不在明天的候选人之列？"

罗利在包裹底部摸索了一会儿，掏出一个意义非凡的纪念品：他和杨希的老照片。那是他俩驾驶员培训结束之后成功灭掉第一只怪兽时照的。照片上兄弟俩相互靠着，脸上带着灿烂的笑容，看起来实力强大战无不胜。

真子答了一句，但他没有听仔细。他抬头看着真子，扬起一边眉毛。

"我不是。"真子重复了一遍，"元帅的安排，自有他的理由。"

"51次模拟杀敌，可是……他们能好到哪儿去？"

"我希望你能认同我的选择。我研究过你的格斗技术和战略。你杀死怪兽的每场战斗，甚至包括安克雷奇那次。"

"真的？那你怎么看？"

"贝克特先生。我的立场不便评价。"

哦，但是你心里是想的，不是吗？罗利暗自思忖。

"元帅现在又不在这儿，森小姐。但说无妨。还有你不用把那个小本子抓得那么紧。感觉都快被你弄成两半了。"

真子的脸上掠过一丝愠怒之色。她把本子装进口袋,然后呼了一口气。

"我觉得……你的格斗术变化莫测,难以捉摸。"她评论道。

哦,罗利心里叹了一句。真正的直言不讳啊。还有吗?

他发现真子果然还有话要说。

"你总是偏离常规的战斗技巧。你的行为会危及自身和同伴。在我看来,你不是这次任务的合适人选——"

说到这儿,她突然发现自己语出不逊,赶紧低下头。同时罗利也把目光转向别处。

"哇哦,"他叹道,"也许你说得没错,森小姐。但是在现实战斗中,森小姐——在模拟器之外,在现实世界,身后是十英里'奇迹线'和数百万祈祷你拯救的老百姓——在真正的战斗中,你必须做出决定,并且承担一切后果。"

罗利本不想说得这么尖刻,但他不喜欢别人拿着漂亮的模拟器战斗成绩在他面前招摇,然后对他和真正怪兽的战斗指手画脚。他转过身去,继续收拾包里的东西,接着听到真子穿过走廊走回了自己的房间。然后罗利闻到身上传出的馊味。从阿拉斯加到这儿一路舟车劳顿,再加上离开那天做了一天的活儿,满身是汗,这味道真是在所难免。他脱下衬衣,然后听到真子的声音从对面传来。

"我不是故意要——"

她声音突然顿住了,罗利知道为什么。她看到了他背上和胸前斑驳的旧伤疤,那是安克雷奇浅滩一战中作战服电路系统超过负荷后在他身上烙下的疙瘩印子,就是五年零四个月前那次。他没有回避,也没有说话,只是拿出干净的 T 恤套在了身上。

这才是真实的世界,他在心里说。在真实世界中,真正的怪兽会把机甲撕成碎片。运气不好的话,就会留下伤疤。这些疤痕永远也消除不掉,不管是身上的还是心里的。

他看看真子,一直看到她心里去。

没错,他想道。你喜欢这些伤疤,因为你还没有在身上留下伤疤的机会。

真子迅速躲进房间,关上了门。

罗利认为自己不是那种对女性特有洞察力的人,但他似乎能嗅到自己和真子之间那股令人清爽的气息。紧张感、吸引力、对抗性、猜疑心——所有的感觉瞬间袭来。这种感觉真好,令人振奋。他关上门,心里叹道,这里才是自己真正的归属。

就像蔡天童说的,明天将会是个重大日子。往后还有无数个这样的日子。

环太平洋联合军防部队（PPDC）
人事档案

姓名：纽顿·盖斯乐，博士学位
所属部门：怪兽科学部
ID 编号：S-NGEI_100.11-Y
入伍日期：2016 年 8 月 7 日
当前服役状态：现役；香港破碎穹顶基地

个人简介：

  1990 年 1 月 19 日出生于柏林。独生子。父母均为音乐家。叔叔是音乐创作师（musical engineer），也是盖斯乐的电子乐器启蒙老师，从小盖斯乐就深受其影响；日本漫画和怪兽电影的忠实粉丝。综合影响及天才智商使盖斯乐对各种科学萌生狂热的兴趣。麻省理工学院年龄第二小的学生。至 2015 年，已取得六个博士学位。2010 年至 2016 年任教于麻省理工学院，人造组织复制研究的先驱者。2016 年加入 PPDC。心理评测显示其对怪兽具有严重的矛盾心理，源于童年崇拜怪兽和现今目睹怪兽袭击产生的冲突。疑似躁狂型人格，交际能力一塌糊涂。现在已经完成一项重要研究，实现了机甲武装升级。

备注：

  1 月 19 日出生于柏林，行为另类，时常冒犯上级；因研究成果显著及率先开创了异世界生物技术逆向工程研究，所犯错误一律从轻处理。多次遭到怪兽科学部同事赫尔曼·戈特利布博士的书面投诉，内容主要涉及盖斯乐的实验步骤、个人品行、音乐品味和其他枝节问题。所有投诉均被视作无关紧要。没有对其采取任何行动。

9

摇滚巨星,纽顿·盖斯乐心里念道。曾几何时,这可是他正儿八经的梦想。现在他也只能借此比喻一下渴望成功的心理罢了……除非等到彻底打败怪兽之后,他才有时间重新着手组建乐队。自柏林体育馆演出之后,他再也没有上过舞台,想当年,他和黑天鹅绒兔组合(Black Velvet Rabbits)闯遍柏林各种俱乐部,征服了各路高手。

而此时他正身在远离柏林十万八千里的地方,为了拯救人类的命运而在机甲维修仓后面的储物室里仔细翻拣着废旧的设备,希望能从中淘出些宝贝来。他发现一个估计还能正常使用的信息处理器,是香港基地组建首支战斗队时剩下来的。看起来像是"少林游侠"(Shaolin Rogue)的原装器件,但纽顿不能百分之百地确定。他淘到了很多光导纤维和液芯电缆,完全可以扩大所需的带宽了。此外,他还收获了不少导线和铜插针。实验室里还有一台备用显示器和固态刻录驱动器(solid-state recording drive)。

把所有宝贝堆进推车后,纽顿再仔细检查了一遍,头脑中已经有了项目的雏形。庞斯神经桥接装置(Pons)并没有那么难搞定,因为技术是现成的,而且已被广泛应用。太好了,纽顿暗喜。需要的东西都找齐了。

可以开始忙活了,就像当年给黑天鹅绒兔组合配置乐器一样。纽顿喜欢捣鼓东西。他喜欢关闭已知世界,让极富创造力且善于分析的大脑处于无拘无束的状态,看看推理性思维会将其引入怎样的境界。每当他需要构思某种东西时,他头脑中就会灵光闪现。尤其是当他准备做一些极度疯狂的事情时——比如与死亡怪兽的标本进行通感,与硅酸盐质小脑进行神经传递,擅自接近非人类物种 α 脑波。

赫尔曼就绝不会做这么疯狂的事情,哪怕有充分的数据证明这样做可以拯救人类世界,他也依然不会。像他这样的人根本不会萌发这种想法。而这恰恰是纽顿头脑中不断涌现的念头,也正因此,他和赫尔曼才能合作得这么好。纽顿对此从未口头承认过，但他深知这是事实。他们能激发彼此的才智。

纽顿和他的叔叔冈特之间亦是如此。那时纽顿还是个小孩子，常到冈特的录音室里捣鼓乐器。非主流电子音乐家们站在录音室里，奏出各种声音，然后等着冈特创作出新曲，再由他们完成录制，最后放遍欧洲的大街小巷。现在凯达诺夫斯基夫妇播放的音乐里可能有很多都出自冈特之手。那些乌克兰的玩意儿怎么说也是由柏林的音乐派生出来的。

音乐是世界的通用语，是它把人们联系在一起的，不是吗？与通感后实现的认知连接如出一辙，至少纽顿是这么认为的。他一直没有时间做一次全面评估，不过现在这并不重要。

他推着一车材料出了储物室，穿过维修仓，来到了之前用钢丝钳剪开的门口。为什么这些破东西都要锁得好好的，纽顿怎么也想不通。谁稀罕这堆破烂？难不成九龙哪个窃贼会偷偷溜进来，逃走时还扛块将近两米五长的流体突触残片？有些安保措施也太让人费解了。不过管他呢。纽顿小心翼翼地把维修仓的门掩上。这道门其实是钢丝网围墙上开的一个出入口。天亮之前没人会注意到门被剪开，而天亮以后纽顿早就搞定实验了。如果有必要的话，他会为擅自剪门和私闯禁地承担责任。但如果实验证明他是对的，大家才不会在乎这点小错误呢。不过，他警惕地四处观察了一下，万一碰上谁，还得先编个借口。

几个机甲技术员和两个跳鹰直升机飞行员从他身旁经过，大家正就某个问题激烈地争论着。他们瞟了纽顿一眼，但没发觉有什么不对劲儿的地方。纽顿大半夜的推着一车废品走过大厅的确不算什么异乎寻常的事。

回到实验室，纽顿推开一堆挡路的材料，把数份报告摞成一垛靠在怪兽"入侵者"（Trespasser）的骨架旁，再把标本罐挪到分界线边缘，这才腾出一块空间来。

庞斯神经桥接装置的基本原理很简单：通过两端的接口将两个大脑的神经信号传送到中央桥接器，然后利用信息处理器组织、融合这两组信号，最后使用输出设备纪录、显示并分析通感过程中导出的数据。仅此而已。

纽顿用铜插针（copper contact pins）和液芯电缆把几束导线固定在一起，一个网状帽子（webbed skullcap）静静地躺在他身旁。这个帽子类似于驾驶员的思维帽（thinking cap），但是它并没有内嵌在全罩式聚丙烯帽子里，也就是说，这是顶没有外壳的帽子，纯粹是个接收器和信号反馈放大器，因此纽顿更喜欢把它称为"鱿鱼帽"。如果将其压扁，它看起来就像一张蜘蛛网，线头向四面辐射，末端挂满大颗红色塑料结节；如果将其悬挂起来，它看起来就像一只鱿鱼，每条触手的末端挂满大颗红色塑料结节。所以叫"鱿鱼帽"再合适不过了。这顶帽子就是连接纽顿大脑的接口。

鱿鱼帽上连着一个银色的半环状物体，外观看起来像个旅行枕，其实是四维量子纪录仪（four-dimensional quantum recorder），用于全程纪录通感情况。至少在人脑连接时它的作用是这样。

怪兽大脑这端，纽顿把所有液芯电缆集成一股，然后接到庞斯神经桥接信息处理器上（the Pons processor）。这个处理器其实就是"少林游侠"（Shaolin Rogue）身上的路由器。突然间纽顿一阵欢喜，他感觉自己不仅仅是一个炫酷的摇滚巨星，更是一个少林游侠！

潘提考斯特觉得他这套行不通，赫尔曼照旧是一顿冷嘲热讽，赫克·汉森这个冷面军官，也是不屑一顾的态度。这就是他必须进行这个实验的理由，纽顿心想。比起证明自己是对的，他更喜欢证明别人的错误。更何况他确信自己绝对是正确的。

纽顿把鱿鱼帽上的导线用液芯电缆连接到另一组导线上，接到最后发现液芯电缆不够。他奔到赫尔曼那半实验室到处翻找，没想到收获颇丰。赫尔曼似乎在用这些电缆提升数值模拟分析的速度。纽顿看了一眼屏幕上的代码，觉得这些对任务来说无关紧要，便毫不犹豫地把电缆扯下来，拿够了才回到自己那半壁江山。

两端接口解决了。现在他得把中间部分组装起来，还要确保信号能正常接收。更重要的是，必须有效纪录所有的信号，方便实验结束后查看。或者说，如果人与怪兽的首次通感真要了他的命，赫尔曼还能通过这份纪录分析分析哪里出了错。

这倒不是说纽顿担心遭遇不测。他相信自己的大脑没那么容易报废。再说了，怪兽这点大脑标本不足挂齿。据他所知，这块大脑残片只是用于控制边缘程序或者怪兽的嗅觉抑或其他微不足道的功能。具体的他还不清楚。

这下又多了一个探索的理由。

纽顿把鱿鱼帽搁在旁边，开始改装"少林游侠"的原装处理器——完成新任务还是需要更新一下配置的。快速重新编码后，他用从计算机里刚刚取下的新版零件换掉了两组芯片，然后把处理器连入了全息投影仪。随后他拿出烙铁，将两个接口连在一起，这样鱿鱼帽和连接怪兽大脑的液芯集合线就有了专用的插头，可以应对汹涌的信息流。

纽顿看了眼手表，太阳很快就要出来了。这意味着赫尔曼一会儿就会到达。纽顿想赶在赫尔曼出现之前完成实验，否则他还得费番口舌为自己辩解，这可不是他的强项。他总是想当然地认为周围的人要么跟他一样聪明——当然这不可能——要么都是笨蛋，不论多简单的道理你都得一一解释。当然赫尔曼不会是笨蛋。纽顿在社交活动方面可谓一窍不通，对此他也心知肚明。不过他才无所谓呢。

无论如何，他不愿意向别人解释那么多，所以现在唯一要做的就是趁赫尔曼露面之前搞定一切。

开始吧！纽顿把鱿鱼帽迅速检查了一遍，确保信号传输频率无误，结果显示一切正常。装有怪兽大脑残片的标本存储罐也没有出现异常。其实纽顿很想知道这块大脑属于哪个怪兽，但倒卖怪兽残片的贩子才懒得详细纪录呢。也许通感之后他就能解开怪兽的身份之谜了。当然这也只是"也许"而已。

纽顿打开存储罐，把铜插针一一插入兽脑。他特意将针均匀排开，这样一来，假如这团大脑含有负责不同功能的多个部分，纽顿也能一个不落地获取到全部信息。如果怪兽大脑的构造原理与人脑相似，那它应该包含几个相互独立的部分，各部分的神经细胞发挥着不一样的功能。纽顿的分析看起来像那么回事，但终究只是一种猜想，只有与之通感以后才能揭开怪兽大脑的庐山真面目。插好所有的铜针后，他把液芯集合线接入处理器，打开了全息投影仪。

一个影像出现在屏幕上——看起来与人脑的影像迥然不同。不过要是两者看起来一样的话，纽顿肯定觉得自己哪里操作出了问题。怪兽大脑通常呈金字塔形，这块残片的全息影像的确像金字塔的一部分。看来这些插针都插对地方了。

纽顿迅速做了一系列连通性测试，怪兽的大脑果然仍在传输信息。硅酸盐传输介质依然携带着大脑神经元信号，如同人类神经细胞里的脂质胞浆（lipid plasmas）一样。

万事俱备，接下来要做的就是通感了。

不过动手前，纽顿想先简单吃点东西垫垫肚子。他知道通感会给大脑造成巨大压力，他还不至于傻到无视身体精疲力竭的后果——至少不总是那么傻。

他打开冰箱，在里面四处摸索了一阵。最后掏出了半截蒜味香肠，一块乳酪三明治，一盒德国土豆沙拉，还有赫尔曼放在里面的一袋小胡萝卜。

纽顿在自己简单拼凑的神经桥接系统旁坐了下来，一股自豪感油然而生。他做的事情有几个人敢尝试呢？恐怕寥寥无几。

吃完早餐后，他很快就会成为人类有史以来与外来物种通感的第一人。

环太平洋联合军防部队（PPDC）
机甲技术工程最新资料

"危险流浪者"升级进程报道

2025 年 1 月 2 日

"危险流浪者"修复和升级工程已顺利完成。最新信息详见下表：

● 左右两支等离子加农炮筒修复完毕；

● 等离子加农炮启动程序全面更新，启动延迟时间缩短 15%；

● 操作舱界面采用 Mark 第三代以后的新技术；

● 液压装置和神经肌肉组件已修复并完成升级，反应速度提升，耐受力增强；

● 机身油漆标志喷涂完毕；

● 链剑（Chain Sword）已安装并与神经操控系统完美对接；

● 部分外观和功能已改善；

● 反应堆燃料棒补给完毕，循环冷却系统已重新装配；

● 新式透气系统已安装，与当前反应堆运行效率和废热排放量相适应；

● 根据 PPDC 最新指标，逃生系统测试完毕，所有部件均已升级。

全面核查显示，所有升级部分均与"危险流浪者"最后一场战斗中保留下来的完好电路系统百分之百融合。蔡天童监督了核查过程和模拟实验，对此结论毫无疑义。

罗利·贝克特的通感搭档候选人筛选工作如期完成。入围的五名人选均已接到通知，准备到空武馆（Kwoon）进行体能鉴定。罗利安顿妥当后即可与候选搭档们见面。

题外话：本人就被从候选搭档名单中除名一事表示强烈抗议。

本报告由"危险流浪者"升级工程队代表森真子提交。

10

第二天一早，罗利五点半就来到了食堂，他打算快点吃完早饭留些时间在体能鉴定前热热身。早上他一般吃得很少，今天却难抵早餐诱惑，但又不能吃得过饱，否则格斗时脑袋会发晕。

这里的食堂与世界上其他军队或军事化管理部门的食堂并无二致。靠墙的是领餐区，尽头放着垃圾桶和一张长台桌。厨房的窗大开着，员工们在里面刷着盘子。中心地带是摆放得整整齐齐的长餐桌。

时间还很早，但大部分餐桌周围已经座无虚席。罗利发觉每个机甲工作组似乎都划定了用餐专区。魏氏三兄弟依然球不离身，他们单手托着盘子，另一只手灵活自如地传运着篮球，"砰砰砰"的弹跳声不绝于耳。不远处是俄罗斯机甲组，他们标志性的音乐——乌克兰嗨歌从桌子中央的便携式扩音器里轰咚轰咚地传出来。罗利没看到真子的身影，也没看到任何"危险流浪者"的工作人员，他一时不知该坐哪里。

罗利决定随便找张空桌子坐下来。就在这时，他听到赫克的声音。

"罗利！过来这边坐，我们桌上有很多吃的。"

赫克正从领餐区走过来，罗利与他并肩而行。赫克的盘子里堆满了各种食物，丰富得令人难以置信。过去五年间，罗利已经习惯了在阿拉斯加凭配给卡领的那点糟糠粝食。与之相比，眼前这些食物简直是饕餮盛宴啊！

"很多年没见过面包了。"罗利叹道，说着从赫克的盘子里取了一块。面包还带着余温，四溢的香气惹得罗利馋涎欲滴。

"这里是香港。"赫克说道，"开放港口的魅力就在于此——不需要分配制度。我们能吃到各种食物，土豆、豌豆、甜豆，还有上等烘肉卷等。"

他们走到桌前时，赫克朝组员们挥挥手，让他们给罗利腾出一个位置。

"坐下吧，"他示意道，"这是我儿子，查克。他现在是我的副驾驶。"

罗利点点头。他前一天晚上才见过查克，赫克这么说其实更多是在向查克介绍自己。他想表明罗利不是外人。这期间麦克斯正在桌下钻来钻去地寻找食物。赫克真是个热情的人，罗利五年前就这么想，如今感觉依然不变。五年前，查克应该还在上高中。而现在他坐在这里看着罗利，眼神就像……嗯，就像罗利看防御墙工友汤米一样。

"他才是副驾驶。"查克纠正说。罗利坐下后，查克开始旁若无人地跟父亲交谈起来："这就是掩护我的人？他只会开蒸汽机车吧？潘提考斯特到底还有没有在管这事啊？"

罗利转过身来。他有一种似曾相识的感觉，仿佛防御墙工地食堂的场景正要重演。

"罗伊，你多久没摸过机甲了？"查克不客气地问道。

他叫我罗伊。

"五年。"罗利一脸平静。

"这五年你都干什么去了？"查克咄咄逼人，"我想，应该是什么了不起的大事吧。"

"建防御墙。"罗利回答。又来了，他心想，在没有人把机甲当回事的阿拉斯加，我因为驾驶过机甲而受尽嘲讽。如今回到基地，又因为我建了五年防御墙，就得忍受这个不可一世的臭小子的质疑和羞辱。怎么不管去哪儿，都有人对我出言不逊。恨不能马上杀只怪兽来堵住他们的臭嘴。

"噢，是么，这真是……真是太好了！"查克的挖苦之意再明显不过。他看看其他人，试图怂恿大家随声附和。还好，大家都没有作声。"罗伊，别担心，如果我们要修条路逃跑的话，你这身技能就会有用武之地了。"

罗利等他把话说完后，镇定自若地说道："我叫罗利。"

"我才懒得管你叫什么。"查克毫不客气，"找你回来是潘提考斯特的主意，我家老头子看起来也很喜欢你。但在我眼中，你只不过是个拖油瓶。你要是敢拖我的后腿，小心我把你当怪兽大便扔出去。"

查克端着盘子站起来，往座位后退了一步。罗利平静地看着他，不为所动。世界上像查克这样的人多了去了。

"继续享受你在香港的假期吧，罗伊。"查克不无嘲讽地结束了交谈。他吹了声口哨，麦克斯闻声从桌下爬了出来，然后他招呼道："我们走，小伙计。"

查克趾高气扬地向洗碗房走去，斗牛犬紧随其后。

片刻之后，赫克清了清嗓子。

"怪我教子无方。"他说道，"查克是我一个人带大的。这孩子聪明伶俐，只是我不知道什么时候该表扬，什么时候该管教。"

罗利不紧不慢地享受着满嘴香喷喷的面包。嚼完后，他才回答道："恕我直言，长官，我想我知道。"

真子在劳森特指挥中心找到潘提考斯特时，阳光才刚刚洒向大地。

"候选人都已准备就绪。"她报告道，"体能鉴定马上就要开始了，长官。"

她之前去了元帅的宿舍找他，那也是他的个人办公室。里面陈设简单，十分安静。老师（Sensei）——在东京第一次见到潘提考斯特时她就开始这么称呼他——近来作息极不规律，睡眠质量差，饮食失调。对此他没有多说什么，真子也不好过问。只是她分明看见潘提考斯特经过走廊时，基地里其他人彼此之间交换着不安的眼神。他到底怎么了？是生病了吗？他手下每个人都抱着同样的担心，但彼此心照不宣。

真子必须时常提醒自己称潘提考斯特为"元帅"。在她 2020 年进入猎人学院后，他就不允许再用"老师"这个称呼了。这五年来她一直严守约定。总有一天，她会再次亲切地叫他"老师"。

"很好。"潘提考斯特回应道。

尽管劳森特指挥中心光线昏暗，真子仍能看出他心烦意乱，面容憔悴。没有潘提考斯特，就没有她现在的一切。看到他这副状态，真子忧心不已。

其实她来找他不只是为了报告任务执行情况。斯达克·潘提考斯特不是那种需要时时跟进动态的指挥官。他识人善用，让每个人都能各显其能。当然前提是这些人必须自始至终照章办事。规章制度如下：同事间要多交流；告诉别人他们已知的事情虽显多余，但总好过对他们需要知晓的事情缄口不言；做好分内之事，不越俎代庖；命令一旦下达，整个队伍都要执行。

真子来这儿的真正目的实际上违反了上述制度的最后一条。她打算提出一个艰难的请求，其实这也不是第一次了。她完全能猜到潘提考斯特的回答。他以前就表过态，这次不会有所不同。而她将一直尝试下去。

"还有一件事……"真子开口道。

他转过身看着她，不等真子说完，就抢先给出了答复。

"我们已经讨论过此事，真子。不必再谈了。"

真子心有不甘。

"你答应过我的。"她极力争取。接着她说起了日语："Gipsy の乗る方が自分なの。（'危险流浪者'应该由我来驾驶。）"

"真子，我知道怪兽让你失去了一切。但是复仇之心就好比裂开的伤口。你不能带着这种强烈情感进入通感世界。"

"可罗利·贝克特的情感就不强烈了吗？"她反驳道，"难道他忘记自己的哥哥了？"

"罗利·贝克特的事你不用管，"潘提考斯特坚持道，"这是我的责任。你的事情我也要负责。"

"为了我的家人，"她不依不饶，"我必须这么做。"

"もっと時間がぁれば。（如果时间能再充裕点的话。）"潘提考斯特用日语回答。

"但是我们没有那么多时间了。"真子急切道。

潘提考斯特背过身去，俯瞰着窗外的机甲仓。那是人类未来的希望所在，是迎接第一缕阳光的地方。真子知道这个动作意味着什么。她已经记不清有多少次看到这样的拒绝信号。潘提考斯特一旦背对着她，就表示没有回旋的余地了。

暂且如此吧，真子暗想。

她默默地走了出去，关于罗利的体能鉴定还有些事情要准备。

训练备忘录
致全体驾驶员候选人

空武馆（KWOON）训练和神经连接强度

斯达克·潘提考斯特元帅

● 通感的基础是神经桥接

● 神经桥接的基础是心理语言认同感

● 心理语言认同感的基础是共有经历

● 共有经历的基础是训练

● 训练的基础是针对某一科目都进行一系列持久练习

● 这个学科就是机甲猎人研究

训练材料详见附件。请独立学习全部内容。熟练掌握后，到空武馆磨炼作战技巧。所有候选人需全面掌握机甲武士格斗技能的52种动作，并能运用自如。满足以上条件者方可加入驾驶员队伍。而后，候选人将在格斗训练中两两较量，以评估通感兼容度。

候选人之间的通感兼容度将通过脑部扫描、性格测试、实训考核和试用期表现进行综合测评。

在空武馆的成绩将决定是否能加入人类卫士精英组——驾驶员队伍。祝您好运！

11

空武馆里，罗利不停地跳跃着，为体能测试做准备。他已经做完了热身活动，皮肤上的汗水微微发亮，内心不时掠过一股兴奋。对查克·汉森的恼怒已经逐渐消退，他并不曾亏欠这种人什么，只要在战斗中做好自己的分内之事即可。替谁掩护不是掩护呢？

他掂量了一下手中的短棍，想找找感觉。已经有五年多没碰过这玩意儿了，不过他相信自己还不至于连如何使用都忘得一干二净。短棍长约一米，直径大约二点五厘米。看起来就是个普通的棍子，但用法得当的话威力绝对超乎想象。

驾驶员训练初期的某一天，有人——可能是潘提考斯特——指出预测通感兼容度的绝佳办法就是让两个人打一架。起初，很多人无法参透其中的逻辑，不过罗利很快就发现这种办法确实有效。首先，格斗双方预测并反击对方的招数的能力越强，其感应对方思想的可能性就越大——这一点有利于加强神经连接；其次，如果你在格斗中轻而易举就把对方撂倒了，恐怕很难带着平等尊重的态度与对方分享最隐秘的思想，更不用说彼此托付性命；此外，这还牵涉一个人的行事作风和脾气性格。这些都是真子在为罗利挑选搭档之初需要考虑的因素。

五位候选人在摔跤垫上一字排开。真子则站在垫子边上靠近门口的地方，手里紧紧捏着一个纸质写字板。罗利觉得只要她再稍微用点力，纸板肯定会被折成两截。

站在真子身后的是潘提考斯特。毫无疑问，他亲自观战是想看看自己有没有押对宝，找回罗利的决定究竟是对是错。

真子点头示意，罗利随即踏上了垫子。一号选手迎了上来。两人相互点致意，然后各自摆好了阵势。

"开始！"真子一声令下。

一号选手直奔罗利面门而来，上来就是一番猛烈的攻势：斜斩，前戳，斜斩。没有花哨的招式，没有佯攻的策略，也没有要罗利出手的意思。罗利觉得对方不够尊重自己。好吧，兄弟，那就陪你玩玩，他在心里想道。

罗利快速拨开对方劈来的短棍，一个回转，劈中一号的膝弯。击中之后罗利立即下移重心，重新调整好防御姿势。一号中招之后跪倒在地，但他很快一跃而起。这时，真子在纸板的方框里打了个勾。

罗利摆好架势，一号再次进攻。这次罗利对准他的脚踝内侧轻轻来了一记横扫，一号再次摔倒在地。其实，罗利还没有对这位小兄弟动真格。

二比零。

这次一号放慢了进攻节奏，他试探着罗利，琢磨着怎么诱其鲁莽出招。看来他逐渐开窍了。罗利决定在形势变得不利前，把一号横扫出局。他抢先迈出一步，攻向一号的右侧。一号似乎有所防备，火速向进攻方向转移重心。说时迟那时快，只见罗利以迅雷不及掩耳之势把短棍换到左手，瞬间突破了一号的防守，短棍戳中他的肋下。

三比零。

一号急怒攻心，有些失去理智，于是第四回合的情况和第二回合如出一辙。

第五回合还没开始，罗利已经胜券在握。一号向前跨出一步，罗利毫不费力地识破了他的进攻招式。他抓住对方前脚外侧，轻轻一拽——

只听"嘣"的一声，一号第五次倒地。最后一轮结束。

"五比零。"真子宣布。

罗利一直在用余光观察真子，她看起来有些不悦。他抖抖肩膀，活动开筋骨，等着二号上场。

三十秒后，真子报道："四比一。"她看起来依然不太高兴，确切地说，不是生气，而是失望，甚至有点反感。

三号稍微让罗利费了些功夫。两次被对方击中，主要原因是他觉得无聊因而有些分神。说实话，三个选手没有一个人有丝毫的挑战性。

"三比二。"真子说道。她的表情愈发透出反感之色。

罗利朝她挥挥手。

"嘿，"他说道，同时向她走近了几步，"你对他们有意见？"

她从纸板上抬起眼睛看着他。

"你说什么？"

"每次比试一结束，你就做出……"罗利不知道用什么词来形容，于是他把真子每次记分时噘嘴的样子模仿了一遍，"好像你对他们的表现很不满意。"

他对这几个候选人不禁生出几丝同情。他们远不是他的对手，但这毕竟不是他们的错。罗利不希望这些人选因为不如自己而遭到真子或潘提考斯特的责备。说实话，与他旗鼓相当的人确实不多。

真子转头看着潘提考斯特，好像在征求他的同意。潘提考斯特点头示意。

"坦白地说，"真子回头看着罗利，"我的不满不是因为他们，而是因为你。你本可以少出两招就打败他们。"

哦，罗利心里叹了一声，有意思。他恍然大悟，原来他的对手根本不是这五个候选人，而是真子和潘提考斯特理想中的罗利·贝克特。

"两招，嗯？你这么认为？"

她目不转睛地盯着他，脸上折射出跃跃欲试的神情。罗利豁然开朗——她想比试比试。她现在的站姿使心底隐藏的欲望一目了然。

"这是事实，"真子回答，"你出的招也不算蹩脚，但只是差强人意。你还保存了很多实力。"

罗利点点头。这样的评价还算公平。

"要不我们改一下规则吧。"他说着仰头看向潘提考斯特，"让她试试？"

真子顿时睁大了双眼。但还未等她接受挑战，潘提考斯特就回绝了："我们要严格按照候选人名单来。只有具备通感兼容性的候选人……"

令人意外的是，真子打断了他的话。

"持っている、マーシャル。自分のパターンがベケットとドリフトすることができる脳波の限界以内のに。（我具备，元帅。我的脑部扫描结果符合参数要求，满足与贝克特先生通感的条件。）"

又说日语啊，罗利想道，她知道我能听懂，其实她是有意不让其他人听明白。不赖啊，森小姐。

"这不只是神经连接的问题，"潘提考斯特回答，口气带着几分训诫的意味，仿佛站在他旁边的是一个聪明伶俐却自不量力的小孩，"还涉及体格相当、本能反应。"

罗利再也忍不住了。

"怎么了？"他问道。"难道你觉得自己的得意门生打不过我吗？"

他和真子都看着潘提考斯特，他们俩现在同气连枝。潘提考斯特也看得出来，他意识到不好再硬加阻拦。片刻之后，他伸出一只手，掌心向上，示意真子：好吧，你去试试。

罗利走到垫子一端。另一端，真子正对着他拉开架势，凝神以待。

这时，罗利越过潘提考斯特看到查克·汉森走了进来。他很想马上过去跟查克过两招，不过凡事都有个轻重缓急，眼下还是跟真子较量为先。

"事先声明，"他对真子说道，"我可不会手下留情。"

真子点点头："好的。我也不会心慈手软。"

比试一开始，他们就互相逼近。真子先发制人，第一招用得是进攻的传统套路。罗利成功封住了真子的攻势，想着比试不过刚刚开始，便全身放松地回归原位。熟料真子迅速抓住他的短棍末端，然后一记重击，戳中了他的肋下。

"这叫柴田防御术。"她解说道，一边松手把罗利的短棍推了回去，"这招是元帅教我的。"

哦，是吗？罗利想，那她背后的故事就更让人捉摸不透了。

"一比零。"真子笑道。

正当她沾沾自喜之际，罗利迅速从侧面展开攻击，向她的左肩敲去，真子猝不及防，让罗利一击得中。就这样，她得意扬扬的神情瞬间化作怒目圆睁。

"一比一。"罗利乐滋滋地说道，他差点忍不住挤眉弄眼起来。

这个失误让真子窘迫不已，她赶忙匆匆瞥了一眼潘提考斯特。

她身手不凡，绝非一名普通驾驶员或 PPDC 员工那么简单，罗利开起了小差，她表现得更像是一个……

瞥见攻击机会，他赶紧掐断了思绪。罗利迅速转动手中的短棍，再次击中了真子的左肩。

"二比一。"罗利说道，这次他终于忍不住幸灾乐祸地眨了眨眼睛，"专注点。"

迎接他的是一双充满愤怒的眼睛。罗利几乎能听到她心底愤愤不平的声音：其他选手你都给时间重新调整。

没错，罗利在心里继续着这场无声的对话，他们需要时间，而你不需要。

事实证明她的确不需要。只见真子迅速举棍出击，一击戳中罗利腹部，比分瞬间追平。罗利倒吸了一口气，疼得弯下腰去，真子却没有就此收手。她委身朝他的双腿猛然踢去，罗利瞬间跌倒在地。在他倒下的同时，真子就地打了个滚，凑到罗利身前，举拳欲击——这一拳下去恐怕罗利的鼻梁难保。不过在最后一刻，她选择了手下留情，只是在罗利脸颊上轻轻地拍了一下，戏谑之意显露无遗。

"森さん、もっと制御しなさい。（森小姐，不要松懈。）"潘提考斯特在一旁提醒道。

真子蹲在罗利身边，凑近脸去，朝他一笑，雪白的牙齿一览无余。

"二比二。"她说道。

两人进入决胜局。真子站起身，罗利也翻身跳起，两人警惕地盯着对方的一举一动。

几个回合后，罗利开始感觉到两人之间的默契。每次真子出击，他都看得清清楚楚，但是速度太快，他根本来不及抵挡。而他的每一次反击，真子也深有同感。

罗利以前只是感觉她像运动员一般灵活，而今天，他终于亲眼证实了这一点。他比真子重70多斤，在伸展范围和力气方面占绝对优势，可他几乎碰不到她。两人在比试中你来我往，走遍了场地的每个角落。短棍相接时，噼啪作响；躲过攻击时，棍子划过空气，发出飕飕的声响。每一次倒地后都迅速翻身跃起，瞬间恢复防御姿态；每一次格挡都转眼间化作攻势；每一次进攻都被完美地化解。

格斗变成了跳舞，两人宛若一个统一体。真子和罗利呼吸同步、脚步合拍、动作和谐。你攻我挡，你击我让……这绝不是一场比试。仿佛在跟自己打斗，另一个你完全能读懂自己的想法，因为你和他思想相通。

或者，此时此刻，是和真子思想相通。

就像通感一样。

潘提考斯特之所以创设机甲武士格斗技能和空武馆体能鉴定，不就是为了找到能与罗利一起达到他和真子这样境界的候选人吗？

"可以了。"潘提考斯特出面结束了比试。

他俩停了下来，但依然警惕地看着对方。

"不用比了，我已经心中有数。"潘提考斯特说道。

"我也是，"罗利回应道，"我的副驾驶就是她了。"

潘提考斯特摇摇头。

"不行。"

罗利抬眼看向他，发现查克早已离开了。不过没关系。他会另找时间与查克单挑。

"为什么不行？"罗利大惑不解，"你以为我哥哥和我之间的通感就那么轻而易举吗？他比任何人都更容易惹恼我，但是我们在格斗中有一种默契。我和真子之间也有。"

他还想说什么却欲言又止，即便是直言快语的罗利也偶有谨言慎行的时候。他想补充的是：你也看到了，我们刚才几乎融为了一体。刚才格斗的过程中我们实际上已经实现了通感，大家有目共睹。从某些方面来说，那种通感强度甚至超过了他和杨希，因为他需要预料杨希的举动。但和真子格斗时，根本不需要预先猜测。他完全能把握当下感受到每一秒。

她是副驾驶的不二人选，这一点毋庸置疑。

"森小姐不是候选人。"潘提考斯特解释道。他的语气和神态始终如一。

愚蠢的决定！罗利暗骂了一声。他们可谓黄金搭档。傻子都看得出来。

"你至少可以告诉我为什么吧？"他不服气。

"我会审核所有数据。"潘提考斯特说道。

罗利听到"数据"这个词就窝火。数据能打赢怪兽吗？只有驾驶员才能。

"两小时后到破碎穹顶报道，到时候你就知道你的副驾驶是谁了。"潘提考斯特继续道，"贝克特先生，做好测试准备，其他事情你就不用操心了。"说完后他离开了空武馆。

罗利看着真子，摇了摇头。他觉得两人之间存在真正的默契，不管潘提考斯特是怎么想的，他真心不愿就此放弃。

但是真子并没有看他。她一动不动地盯着斯达克·潘提考斯特之前站立的地方，脸紧绷着，怒气显而易见。她一言不发，随后默默地跟在潘提考斯特身后走了出去。罗利有些搞不清楚状况，众目睽睽之下，他感觉很不自在。

12

纽顿吃完了早餐，把三明治包装纸和土豆沙拉盒丢到一边。他设置好纪录软件，深吸了一口气。该动手了。纽顿·盖斯乐很快就会名垂青史。

他希望未来给他写传记的作者在描绘这一刻时，一定别忘了强调一点——他可是花了整整一个晚上，才用废物房里拣来的破烂和散落在实验室里的各种部件成功拼凑出神经连接装置。他喜欢捣鼓小发明，与他志同道合的人可从爱迪生、特斯拉算到达·芬奇，甚至追溯到某个发现包着兽皮的石头可以扔得更远的穴居人。

此时此刻，纽顿有百分之九十五的把握这个实验会成功。

这样的概率已经很理想了。这算什么，概率更小，风险更大的事情不都尝试过吗……好吧，其实没有。他从未冒过这么大的险。不过，管他呢。

纽顿开启了便携式录音器。"哦，现在是早上八点。"他说道，"怪兽与人类通感实验，现在开始！"纽顿把桌上的"鱿鱼帽"戴到头上，接着检查了液芯集合线和处理器的连接部位，稳稳当当。

他挑了一张椅子用作通感驾驶员宝座，旁边摆放着简陋的神经桥接设备——其实就是电缆和开关的集合体。纽顿希望他的杰作能与机甲操作舱里油光可鉴的装备相媲美。存储罐里的怪兽大脑让他想起一部由埃里克·冯·施特罗海姆 （Erich von Stroheim）主演的旧电影。可电影名却无论如何想不起来，纽顿顿时懊恼不已。纠结了一阵，他突然想起自己还有更重要的事情要做，于是他又拿起了录音器。

"大脑前额叶残片。有可能已经严重损坏，无法进行通感。不过，现在仍可监测到内部神经活动。"当然这只是保守评估，纽顿的直觉告诉他实际情况应该乐观得多。他认为这块大脑残片根本没有死亡，也许只是处于休眠状态。如果把它重新塞进怪兽头部，这只怪兽立马会站起来四处奔走，甚至可以把檀香山或墨尔本夷为平地。

这个实验就是要证明他的理论是否正确。

纽顿把手指放在开关上。这个按键将会启动他与怪兽脑部残片之间的神经连接。这只外来物种名叫……其实他也不知道。事实上，他不知道怪兽到底有没有自己的名字，或者是否把自己当成独立的个体。也许答案很快就会揭晓。

"说点无关科学的题外话，"他说道，"赫尔曼，当你听到这段录音的时候，如果我还活着并且证明我的实验是正确的，那么，哈，就是我赢了！"

句子是有些混乱，不过大快人心。

"如果我死了，"纽顿继续说着，"那就都是你的错！因为是你逼我这么做的。这样的话……哈！依然是我赢了！当然是从某些意义上来说。"

他让录音器一直开着，手指放在了神经连接系统的启动键上。

"准备开始，五，四，三，二……一！"

连接。

纽顿此前从未通感过，所以一开始他并不知道自己已经进入了通感世界，他以为这是在做梦。即使在梦中，他的意识依然清醒，直到被通感初期杂乱无章的记忆片断驱散。

他还是个小男孩。那是炎炎夏日。他和父母在度假，住在阿尔卑斯山脚下一处海拔较低的休闲圣地——赫赫有名的科莫湖畔（Lake Como）。那晚，他的母亲准备举行一场音乐会。湿润的沙子在纽顿的脚趾间穿梭。他在水里游来游去，闭上双眼，想象着周围的水幻化成由流动方程组成的矩阵。他想知道是否有鱼儿在看着他，它们在想什么。

"哦，对了，我正在通感。"

叔叔的书房，这里是纽顿学会音乐和捣鼓小发明的地方。冈特，我们发现了这个好东西，可以拿走吗？我们度假回来就付钱给你。

冈特捧腹哈哈大笑，笑声因常年抽烟变得有些粗哑。冈特叔叔总会在别人想偷偷拿走他的东西前主动赠予对方。录音室里的设备里传出一首别出心裁的新曲子。电脑显示器上的谱线翩翩起舞，正是这首歌的乐谱。乐曲和遐思带来的狂喜在纽顿的心里不断萦绕。

夏日的湖泊。天空骤然乌云蔽日，湖中波涛起伏，浪潮越来越高，越来越汹涌。

不要！纽顿心里呐喊着，仿佛知道自己的美梦即将破灭。童年的湖泊消失了，取而代之的是人类前所未见的场景。刹那，天空染成了绯色，湖水变作一片汹涌澎湃的大海。海中不断翻涌的活性淤泥涌进巨大的囊体，里面万物生长，四处游移。

纽顿喜出望外，"先驱者"也很满意。

"先驱者"这个词突然钻进了纽顿的意识，怎么也甩不掉。"先驱者"，谁啊？我怎么会知道这个词？天哪，是怪兽！它在跟我说话。

那些居高临下，满脑子都是征服欲望的家伙就是"先驱者"。

它们周围，一个由血肉白骨构筑的城邦无须他人修建，正自行孕育而成。然而随着周围世界的倾覆，城市也行将就木。纽顿忽而变成其中一个"先驱者"，忽而变回自己。这些家伙发现有人在旁观。

一只怪兽从囊体中腾跃而出，浑身沾满滑腻的液体。它摇摇晃晃地往前走，"先驱者"见到之后把它召唤到身旁。

它的身后是一座工厂。

逐渐沉寂的天空下，散布着囊体和守卫者，它们从浪涛翻滚的孵化池中跃出。

怪兽长得很像袭击悉尼的"病毒"（Mutavore），不过体型更大，它张开畸形的翅膀。"先驱者"气息奄奄，怪兽掉回活性淤泥中，瞬间没了踪影。另一个囊体破裂开来，又一只怪兽粉墨登场，外观依旧酷似怪兽"病毒"，不过体型更大，它张开畸形的翅膀……

母亲一直没有离开科莫湖，她深深地爱上了这个地方，后来……

后来她去逝了。

真相大白的瞬间，通感的强度被削弱了，纽顿清醒了片刻。天哪，我明白了。

前一只怪兽死了。

"先驱者"看着纽顿，怪兽也看着他。它们已经做好准备，这个新世界也为它们做好了准备。它们已经为此等待了许久，现在万事俱备。

它们就要来了。怪兽已经准备妥当，它们就要来了。

"我们度假回来就付钱给你。"

声音和画面一遍一遍循环往复。

"先驱者"冷酷的笑声透着征服人类的狂妄。声音逐渐支离破碎，荡漾开来。

"纽顿。"

他快清醒了。是吗？慢慢地……

大脑通感的世界中，纽顿脚下的科莫湖里，鱼从囊体中喷薄而出。

"纽顿。"

那些鱼可能死于环境污染，水质酸化，农药残留或者类雌激素。世界在毁灭，地球在毁灭，这是事实。但另一个世界也一样，它们的世界也要灭亡了。

是有人在叫他吗？纽顿！

"纽顿！"

周围的世界在颤抖。不对，是他自己在颤抖。也不对，是有人在摇晃他的身体。赫尔曼。是赫尔曼在一个劲儿地摇晃他。而他自己也在不停地颤抖、抽搐，发出奇怪的声音。

"纽顿！"赫尔曼再次大喊了一声。他一把扯下纽顿头上的鱿鱼帽，使劲拍打他的脸。

纽顿一动不动。周围的世界渐渐明朗起来。他的脑海中立刻冒出两个想法。

第一，他实在不明白驾驶员怎么能够承受多次通感。至于第二个想法……他抬头看看赫尔曼，然后说道："我是对的。"

话音刚落，他便倒头不省人事。

真子戴着耳机坐在床沿上，播放器里的乐曲随机播放着。但她的心根本不在音乐上。广播的声音透过宿舍门缝钻了进来，盖过了音乐。蔡天童的声音混合着吉他乐声和击鼓声。

"全体人员请注意！'危险流浪者'神经系统测试即将开始，请做好准备！"

广播结束时传出"嘭"地一声鼓响。

真子叹了口气，目光在房间里环顾了一圈。桌上放着一盘没有下完的棋。棋盘上方，是一个塞满各种文件和书籍的小书架。战术指南和示意图躺在书桌上。墙上还钉着几幅怪兽袭击区域的示意图。房间的主人似乎心无旁骛。这一点真子心知肚明，且欣然接受，因为她就是个一心一意的人。除了床边搁在架子上的一只小红鞋，房间里的一切都聚焦在机甲和格斗训练上。

这里按照潘提考斯特的要求，没有半点奢华享乐的色彩。他要真子努力争取一切，决不允许不劳而获。因为他知道，破碎穹顶里所有人都想当然地认为他会因为真子在东京的遭遇而对她偏爱有加。"恶魔女巫（Onibaba）"给真子留下的阴影久久挥散不去，除非她亲自消灭一只怪兽，否则这团阴影将会一直如影随形。

除了红鞋子，房间里的一切无不昭示着真子坚定的决心。所有物品都是为了她的目标：修复废旧机甲、全面了解怪兽、为最终成为驾驶员的那天做好准备。

然而遗憾的是，那天并不是今天。潘提考斯特元帅还没有准备好让她一试身手。

她和罗利·贝克特之间有默契，这一点大家有目共睹。他们在拼斗中打得醍畅淋漓、难分伯仲，到最后——甚至在那么短暂的时刻——他们甚至能预见对方的招数。两人风格一致，情感模式和神经结构相互匹配。他们都是实力战将。真可谓完美的二人组合，天生注定要在"危险流浪者"里并肩作战。

尽管如此，潘提考斯特还是一口否决了。

于是，她默默地躲进了房间，坐在珍贵的纪念物旁，将沮丧和生气转化成新的动力。她的整个人生都装在这片天地里，毕生的理想就是能够驾驶机甲英勇出战。

她的目光在红鞋子上徘徊良久。她想起了童年被摧毁的那一天，也是那一天注定了她余生的命运。这是一件意义非同寻常的纪念品，她发誓将永远铭记那一天，并且终有一天她会让怪兽血债血偿。

突然，外面响起了敲门声。真子起身向门口走去，她心想多半是某位技师来请她帮忙准备"危险流浪者"的神经连接系统。真子当然不会拒绝，因为她是一名好战士。她会监视神经桥接测试的整个过程及罗利和副驾驶之间的通感，虽然这个副驾驶的位置本应该属于她。她会校对数据、撰写报告、为了与新驾驶员相匹配而优化"流浪者"的各项系统。这些她都会一一做好，因为这是她的职责所在。但是整个过程中，嫉妒、雄心和渴望之火定会在她的内心熊熊燃烧。就跟平时一样。

这些想法在真子摘下耳机去开门时从她脑中一一掠过。然而打开门，站在门口的竟然是潘提考斯特元帅。

她等在那儿，不敢有所奢望。

"昔の約束だったよ。（很久以前，我答应过你。）"潘提考斯特说道。他的手心里捧着一只红鞋。真子一动不动地地凝视着，良久后她终于舒了一口气。她深鞠了一躬接过鞋子。手触到鞋子的一刹那，记忆如洪水般汹涌而至。但她努力控制着自己——现在不是哀伤过去的时候，而是迎接崭新未来的重要时刻。

过了一会儿，潘提考斯特用英语说道："去穿作战服吧。"

13

在天童的远程协助下，罗利把作战服着装程序回顾了一遍。期间还有两名技术人员帮他进行手动操作。一时间往昔的情境一一浮现，仿佛一切都未曾改变。当然，作战服已经焕然一新。新款式黑亮柔滑，与上一次出战时穿的衣服截然不同。

穿上作战服后，罗利登上操作舱的运动平台，他顿时感觉过去这五年如梦似幻。同样的控制台，同样的全息投影仪，同样的平视显示屏——全都一如往昔。然而这样的感觉并没有持续太久，罗利也不愿意缅怀过去。不过还能记得如何操作机甲这一点让罗利欣喜不已。

这才是真正属于他的地方。

罗利在平台上站定，头盔随即放下扣入了作战服衣领中。两者连接时传出一连串"咔嗒"声。头盔接入后，内部系统与作战服上的神经传输器顺利接合。

"运转良好。"他说到，"天童，能听到我说话吗？"

"声非加疾也，而闻者彰。"天童的声音传了过来。不止说话习惯，此君连穿着打扮都透着一股古旧气息。

"那就好。"罗利回道，"怎么就我一个人？难不成要我单独驾驶？"

"你回头看看。"天童说道。

罗利转过头，副驾驶走了进来，踏上他身旁的运动平台。不是那五个菜鸟候选人中的任何一个。是真子！

罗利难以置信。这一次老顽固总算开明了一回，不再依照什么破数据而是顺应内心感觉。他咧嘴一笑。

"你有什么想问的吗？"真子说道。她看起来既开心又紧张却表现得一本正经。

"没有。"罗利很高兴。真子的头盔也放了下来，与作战服连接后电源接通，系统激活。罗利透过话筒继续着这场对话："五分钟后你会进入我的大脑。相信我，我们之间的相互了解会骤然增多，绝对超出你的想象。"

在劳森特指挥中心的夹楼内，潘提考斯特与天童密切观察着。不一会儿，罗利耳朵里传来元帅的声音："蔡先生，准备投放。"

"开始投放。"天童立即响应。

负责投放"危险流浪者"操作舱的巨型机械开始轰鸣起来，紧接着 12 米高的机甲头部霍然下降，隆隆作响。

"需要我给你讲一下通感注意事项吗？"罗利问道。

"不用，我模拟过很多次。"她回答。

好吧，罗利心想。51 次空投，51 次杀敌。但这些数据都不涉及真正的通感。她接受过训练，做足了练习，所以就以为自己什么都知道。

"那些只不过是模拟而已。"罗利提醒道，"这次可是动真格的，强度会大得多。一瞬间，你所有的人生经历，每一个秘密全部会在头脑中快速闪过。"

"我能承受我的记忆强度。"真子一副自信的神态。

"好吧，"罗利说道，"那你能承受我的吗？"

真子转过头来，罗利看出她领会了自己的意思。不过她已来不及开口，指挥中心的蔡天童按下了投放键。

操作舱连同机甲头部底盘顺着竖井猛然滑下，井壁上的钢轨和磁推斥系统一方面用于牵引，另一方面有助于降低震动。真子惊声尖叫，一个站立不稳，她赶忙抓住罗利的胳膊维持平衡。

罗利原本双眼紧闭，这是他在操作舱下降时的习惯。真子突然伸过来的手使他睁开了眼睛，只见真子迅速把手缩了回去。

"我没说错吧！"他心想，"模拟训练时可不会遇上这种情况。"

机甲头部发出"嗖嗖"的声响时，终于减慢了下落速度，稳稳地插进危险流浪者的脖子。操作舱自动连接器随即启动，把头与肩牢牢锁定。

接合完毕后万籁俱寂。"危险流浪者"的影像出现在屏幕上。

"非常好，'流浪者'！"天童赞道。工作台上的全息影像传到了驾驶舱内，罗利和真子可以看见他的脸，还有指挥中心的某个角落。"运行良好，准备就绪。"

罗利也能看见站在一旁的潘提考斯特和赫克。平视显示屏上 "一切正常"几个字清晰可见。

"真子，你真是妙手回春啊，这机甲修得不赖！"他禁不住称赞道。

"是蔡先生指导有方。"真子回道。

"谦虚固然是一种美德，"罗利继续夸道，"但你就不要客气了。"

他还打算对潘提考斯特评头品足一番，活跃一下气氛——这次测试搞得大家高度紧张。他刚想继续说话，指挥中心较远的一扇门"砰"地一声打开了。赫尔曼·戈特利布匆匆忙忙地跑了进来，神情慌张，仿佛遇见了鬼似的。

"元帅，我有话要跟你说！"

"现在？"赫克不满地问道。

看见戈特利布奔过来，潘提考斯特并没有理会，而是回转头继续关注着显示器上"危险流浪者"的状态信息。

"我相信不用我提醒，你也知道这一刻有多重要。"他说道。

戈特利布靠上前来，但罗利听不清楚他在说什么。不管怎样，戈特利布的话立刻引起了潘提考斯特的注意。"赫克，你来指挥。天童，不用等我，按计划进行。"

"遵命，长官。"天童回答。

潘提考斯特与戈特利布疾步离开了。门正要关上的时候，查克走了进来，他并未近前观看，只是远远地站在墙边。

"驾驶员们，还有三分钟进行神经连接校准。"天童说道。

全息图上，赫克倾身凑到图像中央，靠近天童。

"今天我们期待的就是神经连接成功，看到些许进步就可以了。不要有压力。"他对罗利和真子说道。

在他身后，查克一副皮笑肉不笑的神态："真可惜没有对外卖票啊，绝对爆笑全场。"

罗利和真子交换了一下眼神。这一刻无须神经连接，两人都清清楚楚地知道彼此对查克的想法。

好半天，纽顿才有了点回归人类的感觉。通感的强度之大完全超出他的预期，并给他的身心留下了深刻的印记。起伏摇荡的有机海洋、不计其数的育兽囊、凌乱的怪兽意识片段等，一系列残留影像在纽顿脑海中时隐时现，他根本无法集中注意力。这时，潘提考斯特踩着重重的脚步赶到了实验室。他冲着纽顿大喊了几声，纽顿的意识愈发难以集中。甚至感到他的左眼有些朦胧看不清楚。纽顿照照镜子，发现左眼严重充血，而更多的血正从鼻子里淌出来。他一会儿必须去看医生才行。

但此刻，他的时间属于潘提考斯特和戈特利布。

"跟往常一样，这次我又对了。"纽顿说道，嘲讽同事也许有助于他恢复常态，"赫尔曼，你大错特错。"

赫尔曼转身去冰箱取东西，而潘提考斯特则目不转睛地瞪着他。

"具体细节，"他一字一顿地说道，"我需要所有细节。"

"好。"纽顿回答。他吸了一口气："这只不过是大脑的一块残片。所以我能看到的只是一系列画面，或者印象，就像你不停地眨眼睛一样。"为了示范一下，他快速地眨着眼睛。"你所看到的就像一帧一帧的画面。没错，就像那样，不过，这些画面都隐含深意。"

潘提考斯特眼睛一眨不眨，直直地盯着纽顿。

"不好意思，我说清楚些。"纽顿继续解释，"我认为它们不只是单纯地受兽性驱使出来狩猎和采集。它们是批量生产出来的。每一个细胞都有集体记忆。"

"它们会繁殖吗？"潘提考斯特问道。

"没那么简单——不。我的意思是，它们能够繁殖，能。它们也有生殖器什么的——但是我认为……"

说到这儿，他戛然而止。因为另一幅残留影像突然袭来。不是怪兽，而是其他物种，正目不转睛地望着他们。这些生物棱角分明，瘦骨嶙峋，看起来十分可怕。画面在纽顿脑中一闪而过，他能清楚地感觉到对方因为再次看见纽顿而惊恐不安。

"我认为它们有幕后首领。"他慢慢恢复过来，"它们袭击地球完全是奉命行事。我们一直以为自己在跟怪兽作战，其实它们只不过是有机武器，硅基有机自动工具而已。它们被设计制造出来，就是为了征服人类。"

"这绝不可能！"赫尔曼断然否决。

"嘿，你怎么不跟这块冷冰冰的东西通感试试，告诉我你看到了什么！"纽顿突然失控发飙了。赫尔曼就这副德行，什么事情都不相信。纽顿最讨厌他这点。

潘提考斯特身子前倾，拳头"咚"地一声猛砸在纽顿跟前的桌子上。

"够了！"他手指着戈特利布，大声吼道，"你，闭嘴！"他回过头看着双眼紧张地眨个不停的纽顿，"你，接着说！"

"这些生物想把地球殖民化。"纽顿说道,"它们侵占别的世界,等一切消耗殆尽后,就会继续寻找下一个目标。"他需要花点时间理清头绪,合理地解释所看到的一切。"它们已经来地球做过一次尝试了。在恐龙时代。"

就在这时,通感画面突然闪现:盘古大陆的裂缝,一片浅海的边缘,光线越来越亮,一只动物赫然显现,它身形庞大,遍体鳞甲,正低着头在寻找什么。

"但当时的大气环境不适合它们,所以它们一直在等待时机。什么?等了上亿年?这对它们而言根本不值一提。现在,臭氧大量减少,一氧化碳剧增,水体污染加剧……天哪,我们为它们创造了天堂!"

它伸出10厘米长的探测器,正在探查环境。脑组织自首至尾贯穿整条甲壳,这只节肢动物吹着气泡,寻找着未来打开豁口的最佳位置。

对,就是这儿。找到了!目标星球上各种生命形式均按照预想的轨迹发展,温度和大气成分进入理想状态。

准备发动第二代进行进攻。

开始投放。

"这些怪兽……我之所以在两只不同的怪兽器官上提取出一模一样的DNA,就是因为它们是被培育出来的。这些怪兽可以用零件合成然后进行批量生产。"

活性淤泥孵化池的外形不断扩大,囊体排列整齐,内部是一望无际的骨头和快要腐烂的肉体。这颗星球已近末日,它们需要另辟天地。

"它们是有血有肉的武器,元帅。第一拨怪兽,从一级到四级都不过是些虾兵蟹将。它们唯一的目标是清除寄生虫,也就是我们。第一拨怪兽主攻人口稠密的区域,下一拨才是世界的终结者。"

这时,一个庞然大物的幻影在纽顿的头脑里隐约显现。它的周围有怪兽在游来游去。影像支离破碎,实际上这并不是纽顿的感官印象,而更像是从另一种生物头脑中看到的影像。也许一开始它的确是感观印象,但是……

"它们会把这个世界上的生物消灭得一干二净。然后地球的新房客将强势进驻。"

再一次,那个不明生物又出现在纽顿头脑里。它们是怪兽的缔造者。纽顿看不清它们的真面目,但他明显感觉到怪兽在这些生物面前战战兢兢。

它看见纽顿,认出了他。

那个地方有令怪兽心惊胆战的生物,它们正准备侵占地球。其实在通感过程中这些生物的名字曾飘过纽顿的脑海，他真希望能回想起来。对了，纪录通感的驱动器里会不会留下蛛丝马迹？也不知道它是否正常运行？他环顾四周，想找赫尔曼帮忙，只见这死对头正在自己那半地盘生闷气呢。

"赫尔曼，真抱歉。实验证明我的理论是正确的，现在潘提考斯特元帅已经开始器重我了。"他不免自鸣得意，"话说回来，你刚才有没有查看通感纪录啊？"

"我一直在忙着救你的命，盖斯乐博士。"赫尔曼回道。

"别逗了，赫尔曼。"

"盖斯乐博士，你要找什么？"潘提考斯特问道。

"我刚刚试着把通感过程中的感官印象纪录下来。"纽顿回答。说话间，又一幅画面闪现，纽顿的语言中枢出现了暂时短路，他变得结结巴巴起来。

它们不断地从孵化池里上浮，从囊体里破体而出。它们直奔虫洞而去，一边转头俯瞰眼底的城市，仿佛在说，很快它们将离开这个奄奄一息的世界，征战下一个目标。

然后也把那个新世界也毁掉。剑龙，异齿龙，蛇颈龙，沧龙，蛇发女怪龙。我们称这些动物为恐龙，然而这却不是它们的真实身份。

现在人类为它们扫清了路障。

现在我们创造出它们梦寐以求的世界。

这完全在它们意料之中。

"盖斯乐博士。"潘提考斯特喊了一声。

纽顿的视线重新清晰起来。"赫尔曼，"他说道。"剑龙。它们来过地球……"

"你刚才已经说过了。"赫尔曼回道，"你的怪兽通感纪录断断续续的，基本上没什么用处。还不如你脑子里偶尔闪现的画面，没准儿还能促进怪兽科学发展。"赫尔曼的话总是大打折扣，他这么说其实就意味着通感纪录状态良好。纽顿得尽快坐下来好好研究一番，有这么宝贵的资料，他一定会满载而归。

"我要你再做一次，"潘提考斯特斩钉截铁地说道，"我需要更多的信息。"

哦，更多的信息，说得轻巧，纽顿心想。巧妇难为无米之炊，我拿什么再做一次。

"我做不了。"他答道，"除非你这儿碰巧有一个新鲜的怪兽大脑。"说完这句玩笑话，他自己都忍不住乐起来。

但斯达克·潘提考斯特一脸严肃。

"不是吧，"纽顿难以置信，"你真有？"

TOP NEWS

《猎人计划外史》
（节选）

托姆·戴维森

"其实一开始，我只是突发奇想。这种大胆想象成就了无数绝妙的科幻小说，"凯特琳·莱特凯普博士望着办公室外面的申利公园，回忆着"猎人计划"诞生的故事。她的办公室位于卡内基梅隆大学校园的外围地带。顿了顿，她又道："偶尔，它们也能成就伟大的科学现实。"

"猎人计划"想必就是这些"偶尔"之一吧。在巨型机器人站立和战斗方面，前期研究堆积如山。计划的领导人贾斯珀·舍恩菲尔德所需要的是神经生物学专业知识。于是他找到了该领域的资深专家莱特凯普博士。博士一般都在实验室工作。直到有一次，测试某台早期原型机时，驾驶员塞尔吉奥·多诺弗里奥突然发病。博士获悉他是因神经过载而生命垂危，于是果断利用名为"庞斯桥接"的控制机将自己的大脑并入机甲指挥系统（command system）。有了她的帮助任务圆满完成，"猎人计划"也顺利公之于众，并惊艳四座。逐渐地，被称作"神经连接"的双人联合驾驶系统——或者，按照驾驶员的说法，就是"通感"——应运而生。

离开驾驶舱后，莱特凯普博士很快回到了实验室。为了加快机甲的投产和使用，她开始投身于完善下一代庞斯桥接系统以及开发新版指挥界面的工作中。

"现在回想起来，我当时所做的一切只是为了拯救朋友和同事的生命。"莱特凯普博士说道，"但有时候科学就是这么回事。你不停地计划、计划、再计划，付诸实践时却往往事与愿违，漏洞百出；正当你心灰意懒的时候，情况又峰回路转，这些问题转而成了你取得突破性进展的切入点。其实，这些收获绝非偶然，不过能否转败为胜也并不在你的掌控之中。"

通感技术革新使新一代机甲猎人得以实现，毕竟这些巨型机器人精细复杂的系统不是单人神经能够承受的。脑力增加一倍实际上会使可用带宽变成原来的二次方之多。原因何在？去问莱特凯普博士吧。

14

在操作舱内，警示声响起。

"神经连接初始化中。"电子语音字正腔圆。

罗利静心等待着。破碎穹顶外面的世界似乎静止了。其他工作组成员聚在一旁观摩欣赏，俄罗斯夫妇关掉了随身携带的音乐，连魏氏三兄弟手里的篮球都安分起来。

蔡天童开始倒数。

"启动神经连接，十……九……"

"准备开始了。"罗利提醒真子，"记住，让记忆自然流过，就当它们跟你毫无关系一样。千万不要去追'兔子'。"

真子睁大眼睛看着他，一脸茫然。

天童的声音还在继续："六……"

"专业术语就是'随机读取脑脉冲信号'（Random Access Brain Impulse）。"罗利解释道。他一直很讨厌这个在培训时学到的专业说法，原本通俗易懂的概念被弄得高深复杂。"也就是记忆。通感过程中不要追着记忆跑。让它们随意释放，不要陷入其中。保持通感……通感是无声的。"

"一。"天童倒数完毕。

父亲身侧锻炉里的光照亮了他的脸庞：那是一张坚毅而有耐心脸。打断钢坯，准备好三种锻铸材料：低碳钢，玉钢和生铁。低碳钢是核心，另外两种作外层材料。真子，把钢块折叠起来。对折十六次，再锻焊十六次，一把剑就新鲜出炉了。

可以添加黏合剂。

是地震了吗？我从来没有经历过地震。

你是我唯一的女儿，无论别人说什么，你都要相信我并不重男轻女。一定要相信。

把钢块折叠起来。再锻焊一次。

你可以成为如钢铁一般坚强的人，但首先得经过锻造和磨炼。真子，森家祖祖辈辈二十代人都以锻造钢铁为生，钢铁也同样锻造了我们。

真子和罗利的意识交互重叠，他们能听见对方童年时期许下的雄心壮志：长大后，我想成为史派克·史比格（Spike Spiegel），尼尔·阿姆斯特朗（Neil Armstrong），温斯顿·丘吉尔（Winston Churchill），陶华泰（Towa Tei），保罗·麦卡特尼（Paul McCartney），"极限体能王"节目（Sasuke）的冠军。

妈妈！爸爸！

互相矛盾的情绪如幻影般在真子脑中盘绕回旋：癌症，我必须去东京医治。不过真子小姑娘，我们会痛快地玩一整天，做些有意思的事。

妈妈！爸爸！

这是什么警报声？

红皮鞋其中一只的鞋带断了，妈妈，爸爸。

接着，真子感受到罗利的恐惧：杨希，你在哪里？

哇！我们终于到这儿了，我们在这儿。

我最先看到的是"恶魔女巫"的影子，就是它把他们带走了。

操作舱内一片安静。两名驾驶员的身体忽然抽搐了一下，紧接着"危险流浪者"举起了右臂。

旁观的人群中爆发出一阵喝彩声。蔡天童全神贯注地盯着显示屏：此时罗利和真子的高清大脑影像正叠加在一起。庞斯桥接远程监控系统随即发出闪光信号，这意味着实现完美叠加。

"神经百分之百对接，信号强烈而稳定。"天童高兴地宣布结果。

"好歹他还记得怎么启动。"查克冷嘲热讽道，"就怕他已经忘了怎么驾驶。"

"放尊重点！"赫克训斥道，"他哥哥死的时候，他一个人把机甲弄回了海岸。到目前为止，能做到这一点的只有两个人。"

查克不服气地瞪着父亲。

这时，"危险流浪者"又举起了左臂。

在操作舱内，罗利和真子做出标准防御姿态。

"感觉到了吗?"罗利问道,"机甲猎人就是你自己。"

真子点头表示同意,其实罗利早就在大脑中感知到了她的想法。

他在空武馆和真子格斗时就有过这种感觉,只是现在这种思想相通的感觉比之前强烈数千、数万倍,强烈到"成倍增加"这种词根本不足以形容。两人在武馆感受到的默契与现在相比,根本不可同日而语。他甚至都已经探清两人的心理活动规律。

杨希,罗利想起了哥哥。

和杨希的通感就如同在激流险滩中航行,你根本不知道船桨在谁手中。当然总会到达彼岸,但要经历多少暗流和阻力根本难以预料。和真子却截然不同。她是……这么说吧,她一进入通感世界,首先浮现的就是铸剑的记忆,这是有原因的。可以说真子本身就是钢铁,经过折叠和锻造后成了一把利剑,吹毛断发,熠熠生辉。只是一直雪藏在剑鞘,无人问津。她热切地渴望拔剑出鞘的那一天,不再做老师(Sensei)身边的摆件。敌人的凶残锻造了她,而她要成为奋勇杀敌的武器。

杨希则不一样。兄弟俩加入猎人学院前,还有人打赌他们连初选那一关都过不了,毕竟有成千上万的人都在争夺入学资格。那时候学院才刚刚成立,怪兽首次袭击在人们心中留下的伤口仍未愈合,猎人学院几乎成了所有人的慰藉。然而他们在机甲训练中表现突出,最终技压群雄,从此与"危险流浪者"结下不解之缘。

"危险流浪者"非罗利和杨希·贝克特莫属。这是唯一的结果,其他人只能痴心妄想。

他没有继续想下去,但真子显然已经受到了影响。两人之间的神经连接出现波动。

哦,不,罗利赶紧解释,我不是说你。这是我和杨希的过去。它存在过但是已经成为历史,我需要学会放手。你也一样,也有一段历史需要学着忘记。虽然我还没有看到这段记忆的全貌,但我相信这只是时间问题。

罗利看到真子的脸上写满平静、力量和决心,他发现其实这次测试对她而言才更加重要。

保持此刻的状态,他告诫自己,遵从自己的建议。她不是杨希,也绝不会成为杨希。如果你紧紧抓住有关杨希的记忆不放,会把通感搞砸的。

罗利不愿看到通感失败的状况发生。自那次在武馆感受到两人之间强烈的契合之后，他尤其希望测试顺利。他们一定会成为出类拔萃的团队，他和真子。

"悠着点儿，一步一步来，'危险流浪者'。"全息屏幕上蔡天童提醒他们，"你们不是受过训练吗？"

受过训练是没错，罗利在心中回应道，但对真子而言那只是单纯的训练。我才真正体验过连接和切断通感的感受。

"现在有一些人专门从事怪兽残骸的保存和开采。"潘提考斯特说道。

"我知道，黑市交易商。"纽顿马上接口道，这事他最清楚不过了。"如果你看上哪个怪兽，想要它的兽鳍、獠牙或者其他器官，找这些人绝对没错。"他忽然意识到自己可能说漏了嘴，赶紧补了个蹩脚的理由："我是听别人说的。我的意思是，你也知道，为了买标本，有时候我们不得不跟这些人做生意。有人说这也无可厚非。再说了，我交过申请书的，可能还是你签字同意的。"

纽顿知道自己喋喋不休，说得太多，但是他无法自控。他还有部分思维依然停留在异世界。他能完完全全地从中走出来吗？那些画面已经深深地烙进他的大脑，就像身上的怪兽文身一样。纽顿手臂上文的是"山岚"，腿肚子上是"锤颌鱼"（Hammerjaw），肩膀上是一年前袭击上海的怪兽，身上一对残缺不全的翅膀，面目狰狞。他现在又想把异世界文在身上，只是这个世界的图案他恐怕难以用语言描述。如果我会画画就好了，纽顿懊丧地想。

"我敢确定就是你签的字。"纽顿继续唠叨，"你说过我可以买那些器官，这是唯一的途经。"

"盖斯乐博士，停一下。听我说，"潘提考斯特打断他，"我不在乎你问谁买怪兽器官。我也不在乎你拿着钢丝钳闯进'少林游侠'（Shaolin Rogue）维修仓。我真正在乎的是你必须明白自己接下来该做什么。所以，现在请你把注意力转回显示屏。"

纽顿转过头来。只见屏幕里，一群人在怪兽残骸上忙得不亦乐乎。

"他们进进出出，几个小时之内就能中和掉血液中的酸性成分，然后采集需要的部分。"潘提考斯特介绍道。他在屏幕上快速划了几下，播放了一段稍显模糊、延时拍摄的视频。纽顿认出视频里的是"尤里卡突袭者"（Striker

Eureka）刚杀死的那只怪兽。小如蚂蚁的人群蜂拥而至，在它身上爬上爬下。不难看出，这里是马来西亚的古晋市。不远处，PPDC 救援队正朝着"猛犸使徒"（Mammoth Apostle）的残骸急速空降。在"尤里卡突袭者"把怪兽杀死前，这台机甲就英勇牺牲了。看来这段视频是三个月前刚刚拍摄的。

潘提考斯特在屏幕上轻轻一敲，视频停了下来，他把其中一个旁观采集的人影放大几倍。

"这家伙叫汉尼拔·周（Hannibal Chau）。"他介绍道，"就是他控制着亚洲的怪兽黑市。"

纽顿心中霍然冒出几个疑问。他瞄了赫尔曼一眼，看到一张同样困惑的脸。

看出两人心中的疑问，潘提考斯特解释道："我们资金短缺的时候曾找他帮过忙。作为交换，我给了他这一区域所有怪兽残骸的回收专有权。"

"你还做过这种事？"赫尔曼简直难以置信。

纽顿也大吃一惊。没想到整个环太平洋防御计划竟然是由一个黑市商人资助的，这个聪明的家伙再通过贩卖怪兽残骸回笼资金。有些部分还直接卖给了怪兽科学部！纽顿实验桌上堆放的组织和器官多半就出自这个叫汉尼拔·周的人之手。

这样一来，我们之间不就成了公－私合作伙伴关系吗？纽顿心中大喜。

"马上就要开战了，先生们。"潘提考斯特递给纽顿一张橙黄色的纸片，"去芳路和园街的交汇口。如果还有谁能帮上我们的话，那就是他了。"

纽顿伸手接住纸片，但潘提考斯特并没有放手。

"务必谨记：不要相信这个人。"

这还用你提醒？非法买卖外来物种的黑帮能信得过吗？纽顿心有不服。说完后，潘提考斯特把手松开，纽顿拿过纸片仔细打量。纸上空空如也。他翻到背面，还是空白一片。

"我拿这个有什么用？"他不明就里。

潘提考斯特已经转身大步向门口走去。

"你不是有高光灯吗？"他回过头扔下一句话，然后消失在门口，留下纽顿和赫尔曼在实验室里面面相觑。

环太平洋联合军防部队（PPDC）
研究报告——怪兽科学部

托姆·戴维森

报告者： 纽顿·盖斯乐博士　赫尔曼·戈特利布博士

报告主题： "恶魔女巫"—二级怪兽

　　"恶魔女巫"于 2016 年 5 月 15 日窜出虫洞，体重达 2040 吨左右。可视监控显示其外形酷似螃蟹，这在怪兽现身东京时得到了印证。机甲猎人"探戈狼"临危受命，由驾驶员斯达克·潘提考斯特和塔姆欣·塞维尔驾驶奔赴前线。

　　"恶魔女巫"攻防严密，摧毁基础设施时破坏力极强，受到攻击时防御能力也不弱。为了避免在东京市中心与"恶魔女巫"直接对峙，"探戈狼"想方设法将其引诱至人口密度小的地区，确保数千人幸免于难。

　　"恶魔女巫"外形特点与甲壳纲动物一样，甲壳底部脆弱易攻。尸检分析表明其前爪碾压力达每平方英寸 50,000 磅。这些数据是根据"探戈狼"头部和操作舱的损毁程度得出的。怪兽头、胸部甲壳坚若磐石，无论是物理攻击还是炮火攻击均不奏效。

　　"恶魔女巫"死后产生的毒物和"怪兽毒蓝"（Kaiju Blue）毒性不大，身上只有少数器官完好无损。怪兽科学部保存了部分身体组织和甲壳残片用于研究。具体的实验结果见怪兽科学部相关报告。

备注：

　　怪兽残体的黑市交易正是始于"恶魔女巫"和同一时期的其他几只怪兽。自此，这种做法迅速蔓延。"恶魔女巫"死后，人们把它完整无缺的头部甲壳切割下来，摆放在三浦半岛的陆岬。当时，PPDC 特别派出一架跳鹰直升机（Jumphawk）负责搬运工作。日本政府发表声明，称怪兽巨大的头甲是"一座人类韧性和毅力的纪念碑"及"让敌人引以为戒的严正警告。"

15

"危险流浪者"漂漂亮亮地完成了预先设定的系列动作，可谓无懈可击。罗利深切感受到机甲猎人顶天立地的英姿，好像自己从未离开过它。甚至更像是"危险流浪者"依然记得自己，正高高兴兴地迎接他的回归。尽管科学家们不相信机甲拥有记忆，但驾驶员确信神经连接一旦嵌入头脑，就不可能完全消失。通感之后驾驶员与机甲融为一体，甚至可以像移动自己的身体一般让千吨重的机器人行走自如——所有这些怎能说消失就消失呢？

此前曾有传闻称，维修仓的工作人员见过灵异现象。他们发现机甲在操作舱电源关闭、里面空无一人的情况下竟然能自行微移和抽动身体。驾驶员圈内还有这样的说法，有时候当你梦见爱甲时，它能感应到你的梦，并随你而动。罗利对此深信不疑。

应该问问赫克是否有同感，他暗自思忖。真子在一旁忍俊不禁，结果导致"危险流浪者"在攻防姿势转换的瞬间暂停了一下。

罗利瞥了真子一眼，心里念道，不要胡思乱想，赶快消除杂念……

……奇怪的是真子从位置上消失了。

取而代之的是罗利。

眼前的人居然变成了自己。他发现自己则变成了杨希。

"哦，不——"罗利呐喊。

指挥中心的办公室里，神经连接显示图发生了变形。两名驾驶员的意识不再完美合一。

"'危险流浪者'……"蔡天童开始担心起来。

"流浪者"身体猛抽了一下，随即一个侧闪，仿佛在躲避迎面而来的攻击。它拉紧右臂，四处挥舞，像是要将怪兽击退。

"刀锋头"来势汹汹，操作舱瞬间被撕掉一半。片刻后，罗利重新变回自己，没有继续"追赶兔子"。他意识到通感出了问题，必须马上加以控制，但问题愈演愈烈。

哥哥惨遭怪兽毒手。

真子也看见了怪兽，她毫无心理准备。

"怎么回事?!"她大声惊呼。

罗利拉紧了右臂，真子随即做出同样的动作。他们之间的连接仍然强劲。

"我能行，"罗利安慰道，"我能控制。"

然而，他刚想继续说点什么，"刀锋头"突然不见了踪影。转眼间，他们来到一座满目疮痍的废城，到处是残垣断壁。道路上是汽车的残骸，天空中弥漫着浓厚的粉尘。真子僵住了。

指挥中心的神经连接显示图突然出现视觉噪音（visual noise）。

"两个驾驶员都失准了!"蔡天童高声喊道。

"危险流浪者"猛摇了几下，然后僵住不动了。旁观的人群不再拍手叫好，开始陆陆续续撤离现场。报警器骤然响起。

操作舱的专用通讯频道里蔡天童听到了罗利的声音。

"真子，放松，深呼吸。"他循循善诱，"让回忆自然流走，不要陷进去……"

蔡天童盯着显示屏，心想这倒是个好建议。

不过，已经来不及了。

"真子! 真子!"罗利不停地呼唤着，但真子无动于衷，仿佛听不见他的声音。

她解开控制平台上的鞋扣，慢慢地走了下来。神经连接出现波动。罗利闻到粉尘的气味，警报声不绝于耳，直升机在头顶嗒嗒作响。

真子弯下身子，疾步冲下水泥阶梯，向街上跑去。她手里紧紧地抓着一只红鞋子，断开的鞋带垂在半空，随风飘舞。另一只鞋子还穿在脚上，一双长筒袜裹满泥巴，破烂不堪。

"妈妈？爸爸？"

粉尘如雪花般漫天飞扬。不远处传来轰隆隆的巨响，犹若地震一般。但这显然不是地震，因为拉响的是怪兽警报。

"你们在哪里？"

轰隆声越来越大，真子愣住了。剧烈的晃动令她站立不稳，蹲了下来。接着，这个发出巨响的东西终于露出了庐山真面目。它直立起身子，耸然出现在高楼后面——是一只形如坦克，长着利爪的怪物！所有高楼大厦都矮它一截，这只 20 层楼高的怪蟹长着蓝绿的外壳和黄色的斑纹，四条尖腿直插入地面，每走一步都留下一个深洞。带螯夹的前腿一路狂舞，道路上的建筑物瞬间土崩瓦解。它的头比螃蟹伸得更长，黄色的眼睛狭窄如缝，行走时嘴唇一张一翕。

怪兽来了。

它仰天长啸，一只爪子横空掠扫，一栋楼房轰然倒地。刹那只见尘土升腾，遮天蔽日。真子拔腿狂奔，但不多时就迷失了方向。她只能在街道间胡乱穿梭，入眼处遍地散落着碎石和尸体。

怪兽一脚踏在她前面的地面上，发出轰隆的巨响，仿佛世界末日降临。真子失声尖叫。她转身朝另一个方向逃去，怪兽紧随其后，沿途房屋转瞬间被撕成碎片。它已经发现了真子，这个可怜的小女孩绝对跑不过它。她只能想办法躲起来。

真子以最快的速度在拐角处绕个弯，然后迅速钻进了小巷。一个穿着黑色套装，戴着头盔的人站在那里，注视着她。真子的父亲总是告诉她不要和陌生人搭讪，但她情不自禁地说起话来。

"我爸爸，"她细声细气地说道，"他叫我等着他。他说过会很快回来的。"

怪兽的脚步声逐渐逼近。

"他还说怪兽都是假的。"真子低声吟泣。然后她举起双臂，在滚滚尘烟中紧紧护住自己。

在机甲操作舱里，真子举起了双臂。信号灯闪烁起来，平视显示屏（heads-up display）上出现一排警示文字：武器系统启动。

"危险流浪者"前臂的等离子加农炮激活了，这可急坏了蔡天童。他在指挥中心忙得焦头烂额，想方设法控制局面。臭氧的气味扑面而来，事故警示灯照耀着整个破碎穹顶，现场一片深红。楼下旁观的人群已向四面八方散去。

加农炮旋转起来，炮管亮光闪烁，武器开始蓄能。废热掀起一股强流。"切尔诺阿尔法"旁的高台架上，俄罗斯工作组正驻足观望，突然间，等离子加农炮竟朝他们瞄准过来，所有人一哄而散。

强流直冲指挥中心而来，窗棂发出"嘎吱嘎吱"的声音，房椽上的灰尘纷纷洒落。其中几台显示器转眼间一片漆黑。

"打开自动防故障装置！"在一片嘈杂声中蔡天童心急如焚，大声疾呼。他急忙按下防故障系统启动键。

毫无变化。

负责另一个控制台的工程师喊道："没有反应！神经封阻系统有问题！"

"所有人马上撤离，快！"蔡天童奋力拉出控制台上的电缆，期望这样能使"危险流浪者"系统失灵。他突然意识到自己刚才喊话时说的是中文，不过人们显然零障碍地领悟了他的意思。技术师和操控人员齐齐奔向指挥中心后方，穿过后门涌向破碎穹顶内室。窗外香港湾的美景尽收眼底。

蔡天童和赫克·汉森并没有离开。赫克拼命拉扯厚重的导线管，试图切断指挥中心数据库主终端机的电力传输。

破碎穹顶里的强流渐趋平缓，但等离子加农炮的炮口依然光亮刺眼。

武器蓄能完毕。

蔡天童不敢想象如果这些加农炮开火后，破碎穹顶会变成什么惨状。机甲猎人们或许能幸免于难，但其他设施必定难逃厄运。所有维修仓将灰飞烟灭，整备区、生活区、食堂区……在"危险流浪者"的I-19式等离子加农炮面前，这些区域如蛛丝般不堪一击。如果炮弹瞄准指挥中心，那么只需一枪，就足以使破碎穹顶全线崩溃。过热的等离子体一旦触到电子设备，所有线路都将超过负荷，瞬间熔化。除此之外，维修仓和指挥中心的遗留人员就更惨了，只要被炮击中，绝对连渣都不剩。

简而言之，一旦离子加农炮开火，整个"猎人计划"的战斗力必将遭受重创。下一只怪兽途经这里时，只会朝他们得意地挥挥手，然后继续杀往布里斯班或雅加达。

蔡天童和赫克把所有的线缆都从墙里拔了出来。可是仍然没起任何作用。

"看你的了,罗兄。"天童喃喃自语,"快点啊。"

小巷外面的街道随着怪兽重重的脚步震颤不已。四周窗户爆裂,玻璃碎渣四处抛飞,砸到尘土笼罩的汽车上。真子蜷缩在墙角,除此之外,她别无选择。她低下头望着手里的红鞋子。

"真子。"旁边身穿套服,头戴帽盔的人说道,"这只是一段回忆,赶快走出来。这一切都不是真的。"

她拼命地摇头:"怪兽是真的,怪兽是真的……"

直升机的"嘟嘟"声越来越大,淹没了怪兽破坏建筑物的声音。一团硕大的影子飞过真子头顶,她抬起头来——一个吊在直升机下方的巨型机器人跃入眼帘,但很快便消失在视野中。

怪兽赫然耸现在小巷入口。它把头伸向地面,发现真子之后猛地扑了过来。身侧房屋临街的墙壁顿时崩塌碎落。真子身旁的垃圾桶仿佛用锡箔纸制成似的,轻易就皱成一团。它拽回手臂时,锋利的爪子在坚固的混凝土上划出几道深长的裂口。

真子吓得一动不动。她感觉自己很快就要死了。她父亲曾告诉她怪兽都是假的,而她却即将死于怪兽的魔爪之下。

就在这千钧一发的时刻,怪兽被某样东西猛地拉了出去,一下子没了踪影。街道变得空荡荡的。

真子眼前满是怪兽踩出的大坑,耳边不断回响着震耳欲聋的声音。三辆汽车在空中翻滚,旋即暴跌在地,真子赶紧捂住耳朵。她不由自主地沿着墙边向小巷口徐徐移近。是什么东西把怪兽抓走了?她听说过巨型机器人的故事,但是她也听别人说这些机器人无法阻止怪兽……父亲还说过世界上没有怪兽。

她脑子里混乱如麻。

真子的耳朵里嗡嗡作响。前方街道上一场激战正在上演。机器人对准怪兽膝部发起攻击,怪兽迅速向住宅区躲闪,转眼间一栋栋整齐的房子在它的冲击下化为断砖碎瓦。机器人的防护面具在灰尘和烟雾中闪烁着耀眼的蓝光,它的肩上两支柱状物威武生姿。其中一只手转变成加农炮管,管内开始灼热发光。

怪兽暴起发起反击,把机器人撞出老远。然后它紧跟着高高跃起,乘胜追击。

真子停了下来，呆在原地。她不敢跑到街上，更不敢观看庞然大物肉搏的场面。她把那只断了鞋带的红鞋子紧紧地拥进怀里。还穿在脚上的另一只已经污迹斑斑，面目全非。激战的隆隆声滚滚而来，在房前屋后回荡。

忽然，一道闪光照亮了整条街道，犹如闪电一般。确切地说，犹如数百道闪电和数百声雷鸣同时袭来。一瞬间，所有的声音都暂时消匿了——或者是真子的耳朵里出现了片刻的安静——紧接着，怪兽硕大的身子向一旁歪去，轰然倒地。倒地时的余震向周围辐射，真子站立不稳，摔得四仰八叉。

她赶忙爬起来，只见巷子远处那个身穿套服，头戴盔帽的人也摔倒了。但是他身上依然一尘不染。怎么可能呢？真子向巷子口走去，来到了街上。她的耳朵里充斥着各种噪音，隐约能分辨出汽车的警报声。

怪兽死了，静静地躺在那儿。它的伤口处烟雾升腾，血液把尸体旁的混凝土熔成液体。真子吓得后退了几步，这时，机器人出现在眼前，她又向后退了一步。

机器人巨如怪兽，身上同样伤痕累累。其中一只手臂已经严重损毁，与肩膀连接处火花喷溅。机油和某种发亮的物体形成细流从豁口源源不断地顺着机身往下淌。它的眼睛看着别处。水蒸气从它后脑勺的气门里排出来。

当它转过头面向真子时，小姑娘倒吸了一口凉气。原来机器人的头有一半已不翼而飞，蓝光闪耀的护面罩也变得支离破碎。在头部被撕掉的地方，有一个人独自站着——是驾驶员。阳光穿过如云的尘雾笼罩在他周围。他身材高大，威风凛凛，黝黑的皮肤上有伤口正在流血。他俯瞰着眼前的小女孩。真子心生怨愤：

父亲不是说过世界上根本没有怪兽吗？

潘提考斯特急匆匆地冲入指挥中心，只见蔡天童和赫克·汉森正在奋力地拉扯电缆。

"把线拔掉！"他大声喊着，虽然知道这句话完全多此一举，但他还是情不自禁地喊了出来。他二话不说加入了急救行列。控制台远端的一束光导纤维（fiber-optic）终于出现松动，顿时一股烟雾冒出来，同时响起一阵刺耳的声音。在紧靠破碎穹顶内室的窗户内侧，赫克·汉森拼尽全力将手臂般粗壮的导线管拉了出来，天童则忙着断开导线管和终端接口之间的连接器。这时，"危险流浪者"突然旋转炮筒笔直地瞄向劳森特指挥中心。在这千钧一发的关键时刻，天童手中的连接器终于断开了。

机甲猎人停了下来。运行指示灯逐渐熄灭，等离子加农炮喷出一股废热后缩了回去，炮膛耀眼的白光渐渐暗淡直至消失。

潘提考斯特仔细查看了一下受损的地方，破碎穹顶从未像现在这般安静。环视指挥中心，他发现查克·汉森并没有离开。这个年轻人正定定地看着外面的"危险流浪者"，他的下巴绷得紧紧的，嘴巴歪向一侧，满脸的怒容中还带着几分轻蔑的神情。

操作舱里，"流浪者"的灯全部熄灭后，罗利感觉神经连接已经彻底断掉。他踢开操作平台上的锁扣，脑海里仍然充斥着刚刚看到的画面。

早在加入"猎人计划"前，罗利就听说过潘提考斯特的大名，东京那场激战他也有所耳闻。据说当时元帅的副驾驶塔姆欣·塞维尔（Tamsin Sevier）不堪重负，精神彻底崩溃。在这样艰难的条件下，潘提考斯特独自一人力挽狂澜，击倒怪兽，挽救了当时的东京。整个历史经过罗利都听说过。但从别人口中听说是一回事，在通感中亲眼目睹并切身体验又是另外一回事。

在这之前罗利并不了解真子。原来是潘提考斯特救了她，在"恶魔女巫"肆虐东京的那天挽救了她的生命，还在袭击事件后把她从孤儿院里接出来，开启了她的女驾驶员培养之路。罗利觉得自己在阿拉斯加见过她，就在他……是的，就在他离开之前。

难怪潘提考斯特不想让她上战场，也难怪这样一来，反而使她备受煎熬。她心心念念的就是替父母报仇，并追随这个成为她唯一亲人的导师。潘提考斯特把她塑造成了一名驾驶员，而现在，出了这次通感事故后，他再也不会轻易答应她驾驶机甲了。

真子跪倒在地，瘫软的双臂在身体两侧来回悬摆。罗利蹲伏在她身旁，轻轻地护着她侧躺下来。她还未完全走出通感世界，罗利深知一旦她彻底清醒过来，意识到自己的所作所为，一定会崩溃的。

"嘿，"他安慰道，"没事儿，都过去了。"

她只是呆呆地望着他。

罗利明白情况大为不妙，他知道真子其实也心知肚明。但除此之外，他还能说些什么呢？

环太平洋联合军防部队（PPDC）
人事档案

姓名：森真子

所属编队：驾驶员编队（ID 号：R-MMAK_204.19-V）

入伍日期：2020 年 3 月 4 日

当前服役状态：现役；香港破碎穹顶基地

个人简介：

生于 2003 年 4 月 23 日。父亲名叫森正雄（Masao Mori），铸剑师；母亲名叫森须磨子（Sumako Mori）。独生女。从小生长在种子岛（Tanegashima）的一个小村庄。第一次到东京，是陪父亲前往治疗癌症。不料惨遇怪兽"恶魔女巫"袭击此地，父母均在袭击中遇难。她近距离目击了"恶魔女巫"和"探戈狼"之间的激战。

自此森真子成了孤儿，但"探戈狼"的驾驶员斯达克·潘提考斯特对她关爱备至。潘提考斯特领养了这名小女孩并支持她完成学业。真子加入"猎人计划"这一选择让他矛盾不已。一方面，他对真子的机械工程技能赞赏有加；另一方面，她的心理创伤又让他忧心忡忡，这种心理阴影会动摇她与其他驾驶员建立的神经连接。

真子一心向往成为驾驶员，并为此倾注了满腔热情。她想替父母报仇，也希望借此向周围人证明自己的实力，这些人总认为潘提考斯特偏宠她。这些动机让她承受着沉重的心理负担，而让她沮丧无奈的是，改善自我形象的唯一途经就是成为"危险流浪者"的驾驶员。

PPDC 心理团队建议称，虽然潘提考斯特对真子的情感脆弱性分析不无道理，但她的技术能力更适合操作舱，而非维修仓。然而，与往常一样，心理咨询师在机甲任务中的建议仅供参考。

【后续内容有待更新】

备注：

真子是 Mark 三代机修复工程的技术领头人，成功恢复"危险流浪者"的战斗能力。

16

故障风波平息后过了好一会儿，潘提考斯特的呼吸才顺畅过来。他感觉自己的身体力不从心。事实上，很多事情都给他力不从心的感觉。但是，怪兽才不理会他的感受呢，人类对此也漠不关心。他要工作，还要履行许下的诺言。只有等他的棺材盖被钉上的那一刻，他才会停下来，而在此之前，他将一直奋斗。

蔡天童从控制台下方爬了出来，身后拖出一大把松散的缆线。

"全面检查'危险流浪者'。"潘提考斯特吩咐道，"天黑前把报告送到我的办公室。"

"'危险流浪者'没有任何故障。"天童回答，"是真子的神经连接出了问题。她一陷入恐惧，机器人也跟着起了反应。我从没见过这种现象。"

潘提考斯特想起驾驶员圈内广为流传的机甲灵异事件，技术师们也深谙此事。

"叫他们快点出来。"他命令道。

二十分钟后，在潘提考斯特的办公室里，查克·汉森正对着两位长辈大发牢骚。

"这太荒谬了！"查克气急败坏地嚷道，他一直压制的怒气终于有了发泄的机会。"他们根本在拿我们的生命、甚至整个任务开玩笑！敌人的力量本来就够强大了。我才不想让这样的人掩护我运输炸弹！他们根本没有资格驾驶机甲，长官。"

小汉森一边咆哮着最后一句话，一边向办公室的门口走去。"长官"这个词还没落地，他便怒气冲冲地摔门而去。赫克跟了几步，然后停了下来。

潘提考斯特见他瞻前顾后，心想：想兼顾两头，我又何尝不是呢。

"在外面等我一下。"赫克冲儿子喊道，他关上门，走回到潘提考斯特跟前。

"你儿子太放肆了，"潘提考斯特不满地说道，"傲慢无礼，自以为是……"

"他说得没错，"赫克语气平缓，"我知道你不喜欢他，但这次他说得对。他们的状态的确不适合作战。"

潘提考斯特耐心听他把话说完，但他还不愿像汉森那样急于下结论。毕竟他们还没有完全弄清实际情况。"危险流浪者"神经连接测试数据已经打印出来，厚厚的一叠夹在桌上的笔记板里。

"我们还在检查'危险流浪者'。"他说道，"也许机器出了故障——"

"斯达克，"赫克显得语重心长。他也许是破碎穹顶及其附属机构中唯一一个直呼斯达克·潘提考斯特名字的人，当然这仅限于私下场合。"我也是父亲，我知道你的感受。但是这是我们亲眼所见。你我都心知肚明。"

潘提考斯特将笔记板一把扫到地上。他抬起眼，与赫克目光相撞。

"我是看见了，心里也很清楚。可这实在让我难以抉择。"

"我非常理解，"赫克缓缓道，"还记得吗，斯达克？当年你和我都驾驶过Mark一代机；第一只怪兽袭击时，我们就加入了战斗。我们见证了下一代驾驶员的成长，看着他们站在前人的肩膀上不断进步。这是事物的发展规律。可现在我们不得不面对两个事实：第一，这一代驾驶员也许不及我们当年；第二，无论如何，他们迟早会接替我们。"

"但最重要的问题是，"赫克继续说道，"老大，如果让他们过早上战场，我们将更快走上绝路。"

"我之前也是这么想的。"潘提考斯特回道，"但是扪心自问，你是宁愿要一个不够理想的驾驶员，还是干脆不让'危险流浪者'加入任务？"

"但愿我们还有其他选择。"赫克感叹道。他本想再说几句，但就在这时，大厅里传来喊叫声。

医护人员刚检查完毕，罗利和真子就接到通知前往潘提考斯特办公室。他俩在门外心神不宁地站了几分钟，将办公室里查克·汉森的咆哮声听得一清二楚。当查克冲出来迎面看见罗利时，他才知道刚才两人就站在门外。

"看来我说的话你都听到了。"他满脸傲慢，径直凑上前来，鼻子几乎贴到罗利的鼻尖。"那就好。省得我再重复一遍。"

接着，他又往前凑近了一点，双眼紧紧地瞪着罗利，笃定对方不敢动手。

"你已经五年没有驾驶机甲了？"他继续挑衅，"就你那点技术，早就落伍了，你自己心里清楚。我告诉你，这次任务我还想活着回来，我可不想白白送死。"他用手指在罗利脸上戳了一下，"要不这样吧，不如你帮大家一个忙，直接消失好了？这好像是你唯一擅长的吧。"

真子这时再也无法袖手旁观，罗利几乎在同一时刻感知到她忍无可忍的情绪。

"你给我闭嘴！"她怒道，同时向前迈出一步。

罗利伸手把她拦了回来。他毫不怀疑真子会朝查克一拳挥过去，而且有百分之五十的胜算能把对方打倒，但如果因为一个乳臭未干的毛头小子而失去搭档的话，那就得不偿失了。

真子停了下来。但查克却不依不饶。

"这就对了，管住你的女朋友。"他冷嘲热讽道，"别让她出来乱咬人。"

是可忍，孰不可忍？

罗利一记重拳直冲查克的脸。

查克摇晃了几下，不过他可不是豆腐做的。小伙子立刻展开反击，罗利的嘴上马上挨了一拳。

两人开始扭打起来。

这不是空武馆的格斗训练，没有指定技巧，也没有套路可循，这是一场争锋相对的搏斗。他们手臂相绞，一起撞到墙上。罗利的右拳雨点般落在查克的脸上，查克也不甘示弱，对着罗利的肋骨和侧脸一阵连续猛击。

打架声在走廊里回响，所有听到声音的人都把目光转移过来。没过多久，两人身旁就聚集了不少围观者。技术师们和几个驾驶员站在一起，看着这两个斗士一决雌雄。那些在食堂目击了查克和罗利第一次冲突的人早就料到两人迟早会动上真格，现在他们也围拢过来，看看谁更胜一筹。

罗利毫不在乎。他知道有人在旁观，但是他一心只想着让查克·汉森尝点苦头，免得他以后再多嘴多舌。他朝查克的腹部猛然出击，然后在心里呐喊道，你知道眼睁睁地看着自己的哥哥死去有多难受吗？紧接着，他向查克的眼角挥出一记左手拳，暗自想道，你能独自一人把机甲开回海岸吗？

查克也不是吃素的，他立刻还以颜色，一记重拳不偏不倚击中了罗利脸部。罗利立刻鼻血横流，眼睛发痛。不用说，明天早上起来肯定会变成熊猫眼。一击得中，查克接着抬高手臂冲他的耳朵又是一拳。罗利耳中顿时嗡嗡直叫，通感失控时真子脑中翻涌的记忆里各种声音在他耳朵里回响。

查克再次猛击过来，罗利感觉眼前星星闪烁——原来"眼冒金星"并不是传说。

回过神后，罗利放低身子，重心下移，然后把查克狠狠地推到墙角，这时战局出现反转。查克痛得大口呼气，仿佛肺里所有的气息全被他一下子呼了出来。但剧烈的疼痛并没有阻止他的反击，他甩出的前臂径直朝罗利的嘴飞来，罗利及时挡开，并顺势反弹，肘弯直捣对手耳朵下方的颌关节。

查克滞钝了片刻，罗利再次把他猛地推到墙上。查克试图旋转脱身，但是罗利迅速抓住他的胳膊并使劲往后扭，查克的肩关节绷到了极点，稍不留神，关节就有可能脱臼，所以这非常讲究力道和着力点。

"住手！"

罗利马上停了下来。他转过头，发现赫克站在后面，眼睛里燃烧着熊熊怒火。

"你们两个到底怎么回事？"

罗利一把推开查克，举起了双手。但查克仍不服气，他又挥出一拳，罗利忽地弯下身，轻而易举地避开了，如同避开武馆里那几个候选人的短棍一般毫不费力。不过就算他来不及闪避，也不会中招。因为赫克已一个箭步冲上前，制止了儿子没完没了的攻击。查克被再次推到了墙上，父亲怒气冲冲的咆哮劈头盖脸地砸过来。

"你闹够了没有！"

查克拼命挣扎，但赫克丝毫没有放松。不过查克还不至于无理取闹到跟父亲动武的地步。父子俩四目相瞪，谁也不甘示弱。

罗利的呼吸终于顺畅了些，此前他一直控制着气息。他环顾四周，发现真子安然无恙。虽然她所站的地方和最后的战场有点距离，但从她的姿势不难看出她早已跃跃欲试，随时准备加入搏斗。罗利看到她上身前倾，前脚掌在地上不停弹跳。罗利突然很想走上前去拉起她的手。

他刚走过去，潘提考斯特元帅的命令传入耳际。

"贝克特先生！森女士！"他火冒三丈地喊道，"马上来我办公室一趟。"

罗利和真子没有丝毫怠慢。他们经过汉森父子身边时，赫克放开了查克，量他也不敢当着父亲和潘提考斯特的面再次撒野。

查克只是怒睁着双眼，先瞪着罗利，接着又转向赫克。随后，他转过身，沿着过道慢慢地向前走去。穿过旁观的人群后，他的身影逐渐消失在通往破碎穹顶的路上。

环太平洋联合军防部队（PPDC）
人事档案

姓名：赫拉克勒斯·汉森

所属编队：驾驶员编队（ID 号：R-HHAN_832.84-G）

入伍日期：2015 年 11 月 28 日

当前服役状态：现役；香港破碎穹顶基地

个人简介：

出生于 1980 年 11 月 10 日，澳大利亚悉尼市。父亲名叫多诺万·汉森，母亲苔丝，弟弟斯科特。儿子查尔斯出生于 2003 年 8 月 14 日。赫克与斯达克·潘提考斯特同属首批驾驶员。潘提考斯特晋升为"猎人计划"领导人之后，赫克继续一如既往的积极贡献。驾驶的第一个机甲名叫"幸运七号"，已被摧毁。

2014 年 9 月 2 日，汉森的妻子在怪兽袭击悉尼事件中丧生。* 他成功救下年仅 12 岁的儿子查克（现在是他的副驾驶，两人共同操作"尤里卡突袭者"）。2015 年，赫克从空军部队转到"猎人计划"团队。同年，猎人学院开始招募第一批学员。他英勇歼灭 11 只怪兽，最近的一只代号为"病毒"，于 2024 年 12 月 27 日葬身悉尼（这些战果中有 8 只死于与查克·汉森驾驶的"尤里卡突袭者"之手；完整怪兽名单请查阅机甲档案）。

* 她的具体死因不明，因为两颗战术核弹虽然炸死了怪兽，却也带来诸多不确定因素。汉森被告知妻子死于怪兽袭击，而非核攻。官方记载亦是如此。

【后续内容有待更新】

备注：

PPDC 医疗团队称，由于汉森出战次数较多，年龄逐渐增大，其反应速度呈现降低趋势，神经连接强度渐不如前。虽然目前为止其机甲操作能力似乎还未受到影响，然而整体状态需要密切观察。如果汉森的作战能力衰退至可接受的底线之下，他可以退出驾驶员队而转战后台指挥，并将继续发挥举足轻重的作用。

PPDC 心理团队指出，汉森和儿子查克之间的紧张关系也会影响通感强度和持续时间。（参见查克·汉森的档案。）小汉森虽然尊重父亲，但长期力争取代其父的主导角色而成为"尤里卡突袭者"的主驾驶。自妻子遇难后，汉森独自将查克抚养长大，对于儿子成长的不易，他深怀内疚。这种情感负担迟早会影响父子之间的通感。

需密切观察汉森和查克的状态，此外，为了确保机甲作战能力，如有必要，应重新对两人的岗位进行调整。

17

打斗结束后，罗利和真子别无选择，只有遵照命令前往潘提考斯特的办公室。两人心里十分清楚，这无异于奔赴刑场，绝对没有好果子吃。不过至少这里的环境优美而安静。

没错，这个私密处所就是斯达克·潘提考斯特的办公室兼宿舍。墙体用深灰色的石头砌成，可能是板岩或者抛光大理石吧——毕竟罗利不是这方面的行家。一进门，首先看到的是一条过道，两旁是长方形的水池，池水平静无波。门口往右几步之遥的地方是浴室，左手边的衣橱敞开着，旁门有一扇门，罗利猜想门后应该是潘提考斯特的卧室。如果他还记得睡觉的话，这里就是他的休息区了。衣橱架子上搁着八件一模一样的蓝色衬衫，架子下方的衣杆上则挂着五套一模一样的西装。

水池的尽头是潘提考斯特的办公区，这里只有一张书桌和一个固定在墙上的全息投影仪。罗利暗想，一个英国人住在这样的环境里，让人感觉怪怪的。这个地方更像一个禅宗园林，仿佛潘提考斯特虽身为巨型机器人部队的首领，却渴望做个苦行僧一样。从这里唯一的窗户向外望，香港湾的景致一览无余。眼前的美景让罗利如痴如醉，这般赏心悦目的画面几乎弥补了早上所有的不快。

罗利和真子进了办公室里，在门边默默地等着。潘提考斯特来回地踱着步，刚才明明大发雷霆，现在却一言不发。打个架被吼几句，对罗利来说算不了什么。以前没少因为打架挨军官训斥。军官、教师、偶尔还有警察，罗利都领教过。其实他们也知道有时候有些人就活该吃一顿拳头，但作为公职人员，他们不得不教训你一番，让你吃点苦头。对于打架这件事，潘提考斯特的怒气也只是出于照章办事罢了。

而另一件事——被他俩搞砸的通感,后果就不容乐观了。通感结果确实令人大失所望,不过出现问题前,两人之间的神经连接强度超过了罗利以往的所有经验。他想天童应该知道这个情况,或许已经上报给潘提考斯特了。但这是否意味着处理结果会有所不同,他也没有把握。也许不会吧。

罗利穿过水池中间的过道,深吸一口气后走上前来,他决定打破沉默。

"是我先失控的。"他说道,事实的确如此,而且他主动承担责任或许还管点用。"她的记忆因我而起。一切都是我的错。"

"不,"潘提考斯特没让他继续往下说,"是我的错。我本就不该安排你们两个做搭档。"

他的口吻仿佛表明这事另有隐情,或许情况没那么简单。不过罗利此刻管不了那么多。

"什么意思?"他十分惊讶,接着他用挑战的语气质问道,"你要我们退出吗?"

潘提考斯特直视着他的眼睛,示意其退后,并郑重其事地回答:

"不是你。"

在过去的十分钟,罗利已经爆发过一次。他不想再次发作,在潘提考斯特面前尤其如此。但要真子去做替罪羊,这个决定简直是胡扯。他抬眼望向真子,只见她肃然站立,眼里强忍着的泪水微微闪烁。接着,她十分标准地敬了个礼。

"我请求退出任务,长官。"她的声音哽咽。

潘提考斯特点头示意。

"请求批准,森小姐。"

真子快速看了罗利一眼。虽是匆匆一瞥,却道尽两人通感时的所有感受。她的眼睛仿佛在告诉罗利:我知道你在想什么,你也清楚我的想法,我们是"危险流浪者"的绝佳搭档。

她转身离开了。

罗利看得出来,潘提考斯特心里也不好受,但说到底,他是否好受并不重要。他的决定是错误的,罗利必须让他看清事实。

"她和'流浪者'的连接畅通无阻。"罗利力图挽回局面,"而且我从未感受过如此强烈的通感，甚至强过——"

他突然打住了。想了想自己即将出口的话，确信绝无半点夸张。

"甚至强过和杨希的通感。"

潘提考斯特并没有任何吃惊的表情。

"不要再挑战我的忍耐底线，士兵。现在不是你违抗上级命令的时候。"潘提考斯特从罗利身旁向门口走去。罗利转过身，紧跟其后。"真子缺乏经验，战场上很容易被记忆控制。"

这是显而易见的事实，而罗利也不想就此争辩。但因为这个就剥夺真子的机会，罗利的确心有不甘。

"我知道这不是你要她退出的真正原因。"他坦言道。

"我征求你的意见了吗？"潘提考斯特大为不满。

是该向这位一把手摊牌的时候了，罗利寻思着。没必要继续懂装不懂，让他以为自己的秘密还无人知晓。

"我知道。"罗利直言不讳，他快步追上正前往指挥中心的潘提考斯特。"你救过她，那时她还是个小女孩。我都看见了。"工作人员正在演习，楼道里挤满了人，大家正争先恐后地朝破碎穹顶涌去。"你把她抚养成人，但现在你不是在保护她。你是在压制她的能力。"

最后一句话也许已经足以激怒潘提考斯特，但以防他没有听清，罗利毅然打破所有军规和准军事协议，一边说着话，一边猛地抓住潘提考斯特元帅的肩膀。

潘提考斯特骤然停下脚步，转过身奋力甩开罗利的手，罗利顿在原地。路过大厅还有准备乘坐电梯的人群见情况不妙，纷纷闪到一旁。

"第一，以后不要碰我。"潘提考斯特警告道，他的声音低沉而严厉。"第二，你给我记住，以后无论如何不准碰我。第三，你根本不知道我到底从哪里来，我也绝对不会告诉你我的人生故事。"

"而我对你的底细一清二楚。对于你和这里的每一个人而言，我是上级，是不会动摇的顶点，是一直战斗到最后的人。我不需要你的崇拜或者同情。我只要你的服从和作战技能。如果你给不了我这些……那好，你可以滚回去继续修你那堵破墙。"

一派胡言,罗利再次暗暗骂道。他从和真子的通感中了解到了一切。他知道潘提考斯特收养了她,保护她免受父亲家族成员的指责和谩骂,那堆思想落后的乡巴佬因为森正雄没生儿子延续家族的铸剑传统而迁怒于她。他知道潘提考斯特收养真子后,一心一意供她完成学业。之后,又让真子加入"猎人计划",好留在自己身边。还把她分配到 Mark 第三代机甲修复工程队,因为他不想让真子成为驾驶员。罗利清楚地知道这一切,因为他曾进入过真子的大脑。

潘提考斯特显然早就知道这一点,但他根本不在乎。如其所言,他只需要罗利绝对的服从。并且他相信罗利不会让他失望,因为罗利·贝克特是一个好战士,集体的需要他会坚决服从。但是他也深知如果站在罗利面前的不是他本人,恐怕这个年轻士兵早就动手了。

潘提考斯特看着罗利,这些思绪在头脑里迅速闪过。

"明白了吗?"他声色俱厉。空气里弥漫着无声的挑战,但潘提考斯特知道罗利不敢做得太过火。

罗利没有立即说话,他的表情透露出妥协的神色,因为他是一个好战士,懂得孰轻孰重。

"明白了,长官。"罗利答道。

"很好。"潘提考斯特说完后走进了电梯。罗利本来同路,但他决定等下一趟。

较量也得看对象啊。

潘提考斯特办公室外的打架闹剧结束后,赫克花了整整十五分钟来控制心中的怒火,并想好了要对儿子说的话。随后他来到"尤里卡突袭者"维修区寻找查克。他发现儿子正用一把将近一米长的扳手拧着螺栓,螺栓头部比赫克的拳头还大。但与"突袭者"其他机械部件相比,这般大小的零件简直微不足道。

"他让真子退出了任务。"赫克的声音混合着收音机里某位跨世纪的吉他大师弹奏的某首曲子。所有吉他曲子在他听来都一个调调。

"好啊,不过他只做对了一半。"查克总是一股傲气。他擦了擦手,继续说道，"比起菜鸟来，我更希望那个过气的土包子退出。"

在艰巨的任务面前查克竟如此狂妄无礼。如今 PPDC 需要靠汉尼拔·周来资助，正是需要每个战士都做出贡献的时刻。偏偏这种关头，他因为罗利可能对自己构成威胁就不假思索地要毁掉盟友！他的言行彻底突破了赫克忍耐力的界限，他一直竭力控制的怒火终于忍不住要爆发了。

他伸出手把收音机的声音调低了。没有关掉，只是调低。

"干吗？我正在听哪。"查克不满道。

"你是谁？"赫克诘问儿子。

查克在迷茫中还有些愤怒。本身这个不知如何作答的问题就已经令他大为光火，更让他怒火升级的是父亲居然会问出如此让人摸不着头脑的问题。

"什么？"

赫克突然把收音机猛地砸到地板上，几块小碎片飞速向外弹去。不过这台收音机是个车间模型，本身就是为抗击打而设计的，所以摔下来后并没有彻底报废，但是这已着实让查克吓了一跳。在赫克的印象里，这么些天以来，他第一次像现在这样将查克的注意力全部吸引过来。

"你是谁？"赫克凑到儿子脸前，继续追问。

"我是整个团队中投掷核弹的唯一人选，这就是我——"查克答道。

"我不是问这个！"赫克怒道。

"——但是有人牵制着我前进的脚步，两个老顽固、三个篮球怪胎，一个东京菜鸟还有一个失败者。"

"我没有问你这个！"赫克吼道，他提高了嗓门儿。

查克的声音也变得更大："潘提考斯特也许能力很强，但是他很久没有亲历战场了。有多久了？也许十年，也许更久。我们未来唯一的机会就是投掷那颗核弹，这项使命将由我来完成——"

"这根本不是我想要的答案！"

"但这就是我！"

"我知道。"赫克稍稍压低了声音，"我知道你是一名优秀的驾驶员，我为你骄傲。但是，真他妈的，孩子啊……你为什么不能做个品性更好的人？为什么我没有把你培养成一个品性更好的人？"

"品性更好的人?"查克重复着,好像他不敢相信赫克还关心这个。"你不用自怨自艾。反正你也没怎么培养过我。妈妈死后,大部分时间我都和这些机器待在一起,比你陪我的时间多多了。"他用扳手轻轻地敲了敲"尤里卡突袭者"的底盘,眼神里满是怜爱。

赫克回想起升腾在悉尼上空的蘑菇云。那是第二颗核弹。一个小时前,第一颗核弹在外围群岛爆炸,终于迫使怪兽放慢了袭击的脚步。政府当局给悉尼市中心所有人一个小时的撤离时间。

五百万人要在六十分钟内转移至安全地带。

第二颗核弹投了下来,怪兽死了,安吉拉也香消玉殒。他不知道到底是怪兽袭击还是核弹轰炸夺走了她的性命。潘提考斯特曾告诉他怪兽才是罪魁祸首,她工作的房屋发生倒塌,而她未能及时逃出。对此说法,赫克一直持保留态度。他只记得当时刻不容缓,只有一个小时去拯救亲人。他从当时服役的空军基地驾机一路狂飞,在所有人向外出逃的时刻,不顾一切地奔向悉尼。当时移动通信网络已完全中断,谁也联系不上。他只能猜测亲人的位置,并且只能营救其中一个。他最后救出了查克,儿子至今都未原谅他的选择。

查克的学校在怪兽袭击中幸存下来,但是第二颗核弹却把它轰得灰飞烟灭。蘑菇云在悉尼市中心升腾翻涌,赫克开着一架陈旧的奇奥瓦侦察机从那里冲出来,这架飞机的首次服役时间应该可以追溯到越战时期。他们逃出来时安吉拉是否还活着呢?他再也无从知晓。

赫克·汉森为儿子放弃了一切,但查克却一直心怀恨意。有时候,赫克很想让儿子坐下来问问他:你真的宁愿我放弃你而救你母亲吗?这真是你想要的吗?我向诸神祈祷你永远也不用面对这样艰难的选择。

这些话查克是听不进去的,因为他从来都不会倾听任何人。

"面对事实吧。"查克不耐烦地说道,"我们到今天还会跟对方说话,只不过因为我们通感兼容,在一起无往不胜。实际上,你我之间也用不着说话。"

他捡起破损的收音机,把音量调回原来的大小。

"老爸,通感世界里再聊。"他说完话后,径自调大了音量。

潘提考斯特亲启

环太平洋联合军防部队（PPDC）
人事档案
非官方资料，PPDC 承包商登记处提交

姓名：汉尼拔·周（化名）；本名不详
所属编队：此项不适用
入伍日期：此项不适用
当前服役状态：此项不适用

个人简介：

出生日期不详。据说此人是土生土长的美国人，但现有国籍不详。现居于香港。此前居住地不详。家庭情况不详。

备注：

黑市交易商。此前走私外国物种器官，还可能涉嫌毒品和武器走私。亚洲、俄罗斯和东欧地区有组织犯罪集团的知名合伙人。

曾通过官方渠道与PPDC订立合同，协助回收采集死亡怪兽的有机材料。截至2021年，该合同到期。现行私订合同属高度机密，不得透露给任何行政机关。"猎人计划"现由汉尼拔·周资助，作为交换，其享有怪兽残骸开采专有权。周负责为怪兽科学部提供样本以作研究之用。

虽然周从事的活动可能涉及违法犯罪，却帮助怪兽科学部实现多项研究的重大突破，因为他为达目的不择手段，也极富革新精神。怪兽科学部和周之间的直接合作渠道正在酝酿之中。戈特利布会投反对票；而毫无疑问，这么好的机会来敲门，盖斯乐定将紧抓不放。

双方素来严格遵守联络协议。接头地点是九龙骸骨贫民窟（Kowloon Boneslum）边上的药店，通行证是以当前开采的怪兽为蓝本印制的图像标记。

此人服饰华丽，外貌独特，左脸上的刀疤引人注目。

【后续内容有待更新】

18

在芳路和园街的交汇处，纽顿从出租车里走了下来。这里是香港隔离区的边缘地带，隔离区的非官方名称就是"骸骨贫民窟"。当年军方投下一连串小型战术核弹才将怪兽消灭，这块区域从此成了放射性物质纪念地。谁也没有想到人们这么快又搬回这里，但是话说回来，又有谁能想到更多的怪兽会接二连三地袭来呢？现在有数千人居住在九龙骸骨贫民窟，庞大的骨架已经变成旅游景点——当然未经官方审批，中国政府不会允许在带有核危害的地区发展旅游项目。

纽顿抬头仰望着怪兽的胸廓。在低矮的建筑物上方，这副拱形骨头直入云霄，在高楼群里穿进弯出。香港的重建工作进展很快，怪兽死去已经 11 年，它的痕迹已经逐渐消褪，不过头骨依然保留着。纽顿听说这是出于宗教之类的目的，但是他不敢确定传闻真实与否。这也不是他的兴趣所在，怪兽身上唯一吸引他的部分就是能用于研究的残块，再说了，很久以前他就把骨头了解透过了。其实，它们和地球上的动物骨头相差不多，只是尺寸和密度要大得多，还有制造材料——没错，就是制造，纽顿现在知道怪兽的来头了——是硅化合物，而非碳酸化羟基磷灰石。

头顶乌云密布，将城市照出的灯火反射回来，整个区域笼罩在粉红色的暗光里，显得有点病快快的。这倒与骸骨贫民窟的氛围十分契合。纽顿用肩膀推挤着周围的人群，好不容易钻到角落处一块巴掌大的空地，他用便携式高光灯照了照潘提考斯特给的橙黄色纸片。

在灯光的映照下，一个怪兽标志跃然纸上。附近一带正是依傍这只怪兽的骨头建起来的。

太好了，现在他终于知道该寻找什么了。但是它到底在哪里呢？纽顿四下张望，相似的图标竟随处可见。这下可好，他心想。我就一家家铺面敲过去吧，挨个寻找那个贩卖怪兽残块的家伙。如此一来我还可以快速环游一下。

想得倒挺美。潘提考斯特派你来可不是让你四处瞎逛的。他需要你完成使命。他要你回去时带上再次通感所需的怪兽大脑，这是命令，无可推卸。所以，好好开动脑筋，盖斯乐，还有什么是你没想到的？

每次找不出答案的时候，他总是闷闷不乐。聪明的他，想不出答案就会倍感气恼。突然，他灵光一闪了悟了：其实自己要找的图标只有在高光灯的照射下才会现出真身。

为什么潘提考斯特不直接告诉他呢？因为他知道纽顿才智过人，这点事根本难不倒他。事实的确如此。

好了，因自己疏忽造成的小障碍解除了。现在目标明确，纽顿继续搜寻起来。他拿着高光灯向周围照了照，离街角最近的建筑物墙上空空如也。随后，他将灯光转移到人行道上，照理说路面各处都可能印有这些图标，就像导航系统一样，将他带到神秘人物汉尼拔·周的大本营。结果还是一无所获。

看来得扩大查找范围才行了。街角的任何东西他都没有放过：垃圾桶，装满免费报纸的盒子，道路交通标志。

哈！

可算找到它了！在这块单向通行标志上，有一个箭头指着一条与主道垂直的小巷，通往怪兽拱起的胸廓。

纽顿顺着小巷向深处走去。这里和香港大部分地区一样——尤其是像九龙这样的老区，更确切地说像九龙那些表面看起来陈旧的区域，毕竟这些地方都是怪兽袭击之后才建起来的——这条小巷两旁不光只有一扇扇排列的后门，还林立着各种铺面和房子。在这里，街道和巷子之间几乎没有区别。人们都盯着纽顿，他感觉其中一些人冷漠至极，一副完全不会关心他死活的神情。他真后悔之前没有好好用心学点中文……但说实话，你又学过什么破语言呢？

他手里的高光灯到处照着，门框，指示牌和窗沿全都看过了。有好几次他干脆直接对着显形图标照上照下，虽然可能性微乎其微，但他想碰碰运气，搞不好汉尼拔·周就近在眼前。

终于，在一间小药铺的正面，隐形怪兽标志闪入眼帘。

果然高明，纽顿暗想。像汉尼拔·周这种靠怪兽残片谋生的人，药店不就是做生意的最佳场所吗？

他走进药店，一个上了年纪的中国男子看了过来。他手里握着研杵，正在捣磨研钵里的某种糊状物。

"要买骨粉吗？"他神秘兮兮地问纽顿。

"骨……什么？哦，不是。"纽顿大惑不解，"我买这东西干吗？"

"壮阳啊。"老男人斜睨了他一眼，脸上荡漾着淫笑。

"保证百分之百的正品。我亲自采集的，并亲自试用过。"

从怪兽身上采来的，纽顿恍然大悟。老男人扬扬自得之情溢于言表，毕竟不是每个人都敢去挖掘怪兽的尸体，因为里面含有大量极具杀伤力的酸性物质。纽顿倒不觉得这有什么值得骄傲的，不过的确需要胆量而已。也许这远不如与怪兽大脑通感的勇气，但说实话，胆小怕事的人是绝不敢尝试的。而且人家年纪这么大了，你总得尊重一下吧，他——

等，不是吧？纽顿如梦初醒。这家伙居然认为我需要吃骨粉壮阳？想到这儿，纽顿气不打一处来。

"正品？切，我才不要。"

他往前走了一步，伸出手里的橙黄色纸片。老男人本来弯腰猫在装着不明物的研钵上，看见纸片，他抬起头来，表情发生了微妙的变化。

"我要找汉尼拔·周。"纽顿坦明来意。

老男人随即从他身边走到店门前，把营业牌翻了一面，然后锁上了门。他领着纽顿来到一个小架子前，轻触了一下架子上的机关。一道暗门缓缓滑开，露出了一大排架子，架子上面整齐地摆放着各种罐子。罐子背面打着琥珀色的灯光，映衬出泡在溶液里千式百样的怪兽标本。

"祝你好运。"老男人说了一句就走开了。

接着，这排架子再次滑开了，后面居然还有一排架子！纽顿激动万分，说不出话来，他感觉自己极有可能心脏病突发。然后第二排、第三排架子纷纷移动，纽顿已无法确定自己是否从地球穿越到了科幻世界。第三排架子滑开后，纽顿眼前的世界他只想用一个词来形容：天堂。

被惊得目瞪口呆的纽顿一脚踏进了汉尼拔·周神秘的世外桃源。

这片天地比外面的药铺大，但与纽顿实验室那半壁江山比起来就小得多了。房间四周的墙上镶着架子，里面塞满了怪兽身上各式各样的标本：篮球大小的淋巴结、小型腺体、神经束、器官切片、皮肤和甲壳碎片、玻璃体中提取的黏液，还有一些也许只有汉尼拔·周才认得出的不明残块。

房间靠后的地方，一群来自不同种族的粗犷壮汉威风凛凛地站着，眼神冷酷无情——周的保镖。在他们的密切监视下，两张长桌旁的工人正忙着给怪兽残块剥皮切肉，仿如饭店营业前备菜的热闹景象。工人们面无表情，默不作声。

"噢，天哪！"纽顿情不自禁地发出感叹，他兴奋不已，眼睛一眨不眨地紧盯着架子。"简直就是天堂啊！"他无法自己，"二级怪兽的淋巴结！啊，胆囊，新取出来的！"

没有人在乎他的存在。工人们都在埋头苦干，壮汉们靠在楼梯扶手上监视着，偶尔用中文聊上几句。纽顿冲到一个装满螃蟹状生物的鱼缸旁。

"怪兽皮肤寄生虫！"他惊叹道，好像发现了圣物一般。"我从来没有见过活的。每次我赶到现场，它们都死了。我以为——"

"把它们泡在氨水里就死不了了。"其中一个壮汉发话了。纽顿正打算还以具有盖氏特色的尖锐反驳，但目光落到壮汉身上的瞬间，他竟一时语塞。

这名壮汉高大魁梧，说起话来像碎玻璃在威士忌里摇晃的声音。但这还不是吸引纽顿注意力的地方。他身穿一套暗红色西装，仿佛正准备前往 1938 年的棉花俱乐部去拜访美国爵士歌手凯伯·凯洛威。鞋头上覆盖着像鱼鳞般层层交叠的纯金薄片，每走一步都会发出轻微的叮当声。他的牙齿上镶着各种金属，每片金属花纹各异。鼻梁上的太阳镜在镜片四周装了一层皮制薄膜，看起来更像风镜。他身上佩戴的珠宝饰品总价值足够买下纽顿家曾在波士顿附近住过的整套房子。

看着纽顿错愕的神情，大块头似乎乐在其中。他朝纽顿走了过来。

"你来这干什么？"他得意地问道。

"哦，嗯，我来找汉尼拔·周。"纽顿缓过神来，"有人告诉我他在这儿。"

"你是什么人？"

"这个嘛，"纽顿犹豫起来。他在心里琢磨着能向周的走卒透露多少信息，但考虑到潘提考斯特的项目安全性，他决定缄口保密。"我真的不能说。"

突然，他听到一阵"咔嗒"声，这个可恶的暴徒快速耍出一套动作，看得纽顿眼花缭乱，待他定下神时，蝴蝶刀尖已伸进他的鼻孔，挠得他直痒痒。

"是斯达克·潘提考斯特派我来的！"纽顿赶紧坦白。

大块头仔细打量着纽顿的脸，过了一会儿，他的态度稍缓下来，挥了两下把蝴蝶刀收了回去。

纽顿茅塞顿开。唉，他懊叹道。真蠢。光顾着怪兽器官，连人都不会看了，这不明摆着典型的老大范儿嘛。

"这么说……你就是汉尼拔·周？"他不禁问道，虽然他已猜到答案。

潘提考斯特曾描述说，周身材魁梧，皮肤白皙，外表粗俗，头发如灌木丛生，黑白相间，左脸刀疤一目了然。此人态度傲慢，不按常理出牌，不会刻意追求心狠手辣，但只要有钱赚，也绝不心慈手软。既然纽顿是专门来找人的，从一开始他就应该搞清楚谁是他要找的那个人。

我还真是缺乏军人的侦察力啊！纽顿心想。

"喜欢这个名字吗？"周皮笑肉不笑地问道，"取自我最喜欢的历史人物和我第二喜欢的布鲁克林川菜馆的名字。"

"你最喜欢的历史人物是汉尼拔？"这让纽顿难以置信。"你应该知道他是一个政治和金融改革家吧？所以他一生都被罗马人跟踪追捕，他也终身与罗马为敌，坚持与其斗争到底。后来他被迫流亡小亚细亚（Asia Minor），最后服毒自尽。"

"看来你还挺懂历史的嘛。"周说道，"你想让我知道你很聪明，我已经知道了。现在老实交待你想要什么吧，否则把你当猪宰了去喂寄生虫。"

纽顿开始滔滔不绝地介绍起来。

"我们，嗯，以前做过交易。"他说道，"我叫纽顿·盖斯乐，PPDC怪兽科学部的负责人之一。我从你这买过怪兽器官。"

"从马尼拉到札幌（Sapporo）的任何地方，只要你买过器官，你都和我做过交易。"周趾高气扬地说道，"你说是潘提考斯特派你来的？他想要什么？"

"这是，嗯，机密。"纽顿回道。周的手随即向装着蝴蝶刀的口袋伸去，纽顿见状，慌忙说道，"好，好，我告诉你。但这里人多口杂。哪里，嗯，方便咱们谈生意？"

环太平洋联合军防部队（PPDC）
战斗武器档案——机甲

名称："探戈狼"

机型： Mark-I

启动日期： 2015 年 12 月 30 日

终止日期： 2022 年 11 月 6 日

驾驶员（先后两组）：

斯达克·潘提考斯特，塔姆欣·塞维尔；

贡纳尔·图纳里（阵亡），维克·图纳里（阵亡）

战绩：

"探戈狼"共歼灭两只怪兽，分别为：

2016 年 5 月 15 日，怪兽"恶魔女巫"，东京；

2021 年 10 月 9 日，怪兽"破浪"，夏威夷。

在与"恶魔女巫"的交战中受损，此后停用了整整一年。怪兽科学部和机甲技术团队发现核反应堆屏蔽层出现问题后，继续往后推延了一段时间才重新启用。在延期过程中，原驾驶员斯达克·潘提考斯特从驾驶员晋升为指挥官。

操作系统：

鹦鹉螺-4 型 Zirca SNYC 系统

动力系统：

Iso-thor 核动力驱动

武器装备：

● 肩部弹道重型迫击炮；

● 前臂 V-P1 能量投射器（伸缩式），可在五种模式间自由调整。

备注：

"探戈狼"出战东京时创下首个有文字记载的驾驶员单人操作实例。驾驶员潘提考斯特在副驾驶塞维尔精神崩溃后，一个人继续操控机甲猎人。

据观察，Mark 第一代驾驶员均出现辐射病症状。为此，"探戈狼"经过改装翻新，安装了升级版核反应堆屏蔽层。

2022 年 11 月 6 日毁于圣劳伦斯岛。

19

虽然食欲不振，但罗利深知肩上责任重大，因此必须补充营养保持最佳状态。此外，他还坚持每天锻炼身体。说起来，香港食物之丰富，一直让他惊叹不已。于是，在健身房活动了一个下午后，他回宿舍冲了个澡，然后来到了食堂。

在走进大厅的一刹那，罗利立刻感觉到早上那场失败的测试已经改变了他在其他团队心目中的形象。在此之前，他的实力还蒙着一层神秘的面纱。他杀过几只怪兽，在失去杨希之后，独自除掉了"刀锋头"并将"危险流浪者"驾回了海岸。这样光荣的战斗经历一直激励着其他驾驶员。

但这也是一群容易翻脸的人，在他们看来，今天早上的败笔几乎将罗利在怪兽战争早期赢得的名誉一笔勾销。没有一个人跟他打招呼。连厨房伙计往他盘子里装食物时都一言不发。他沿着一排排的桌子向前走着，正面朝向他的人只是定定地瞪着他，一副"看你敢坐过来"的神情。

你们就是这种态度，是吧？他心想，好吧，说实话，我要真动起火来，只怕你们都得给我让出一大块地盘来。

他四下环顾，看见真子手里拿着一个托盘，周围的人也都有意疏远她。甚至连"危险流浪者"维修队都挤在一张桌前，刻意避开她和罗利的目光。

他走到真子跟前："我们出去吧。"

把食物端出饭堂是违反规定的，不过眼下他们已经无所谓了。来到"危险流浪者"维修区后，两人坐在高台架上，默默地吃起来。旁边，技术人员正按照潘提考斯特的指示对"流浪者"进行测试，并恢复它的战备状态。

还有，罗利心想，为迎接下一组驾驶员做好准备。潘提考斯特没有让他退出任务，但罗利认为其他任何候选人都比不上真子。潘提考斯特十分清楚他的想法，为了避免罗利的不满情绪和心不在焉影响神经连接，他有可能会安排全新的组合。

"我今天深感惭愧。"真子终于说话了，她凝望着"危险流浪者"。

"我也是。"罗利叹道。他指着忙里忙外的技术人员，继续说道，"他们想搞清楚机器出了什么毛病，但实际上没有任何问题。我从没见过像你和'流浪者'之间这么强的人机连接。"

受通感后的余波作用，罗利仍能感觉到当时的场景。他能闻到东京的粉尘味，尘粒随风穿进小真子的鼻子。他能听到"恶魔女巫"的螯钳刮裂路面的声音。他还记得"危险流浪者"对真子的反应，好像彼此早就认识一样。不过，这倒合情合理，毕竟真子在第三代机甲修复工程队待了那么长时间。他想起了当年在猎人学院听到的传闻：即便神经连接断开后，机甲仍会随驾驶员而动，协调一致。他还回想起以前通感结束后他和杨希之间的高度默契，而此时，与真子通感后的余波仍在发挥作用。

真子也应该深有同感吧，罗利心想。她看起来一脸沉静，罗利的失亲之痛在她脑中长久挥散不去，让她感触颇深。她是否也感受到了杨希的存在，听到了杨希心底的呐喊呢？这种感受达到了怎样的程度？

"我没想到通感这么强烈。"真子说道，"我根本控制不了。"

罗利打算消除她内心的歉疚。如果她对过去的错误无法释怀，将很难成为一名优秀的驾驶员。于是他决定继续这个话题，让真子明白自己不但理解她，还会大力支持她。

"そこではたってを見た。子供に。そんなに寂しかった。怪獣が全部を取った。（我看到小时候的你站在那儿。孤身一人。怪兽夺走了你的一切。）"罗利用日语说道。

真子一点点打开了记忆的匣子："那是一个星期天，我们全家去公园玩。父亲给我买了一双红色的新鞋，母亲把我的头发梳得整整齐齐。怪兽是突然出现的，吓得周围人到处跑，于是我们被冲散了……一眨眼的工夫我就找不到他们了。"

她低头看着手里的盘子。那天的场景历历在目，相同的画面也在罗利脑中重现。在通感世界中，他就站在小真子身旁。这是前所未有的体验。虽然中间时断时续，但是强度更大。通常来说，通感一开始只是一系列支离破碎的影像，直到两只大脑逐渐适应对方，最终合二为一，实现神经连接。而与真子通感时的画面就像在放电影一样，他既是场景外的观众，同时又是电影里的角色。他手里拿着一只断了带子的小红鞋，听到仿佛得了肺癌似的重咳声——罗利不知道真子是否也如此强烈地感受到他的经历。他猜想应该不会——通感断开的原因之一就是她在自己的记忆中陷得太深。如果像罗利一样，她也能强烈地感受对方记忆的话，两人的大脑意识就会重新叠合，通感也不会中途断掉。

"从此以后，我再也没有见过他们。"真子哀伤道。

"当杨希……被怪兽抓走时，"罗利的声音有些哽咽，"我们还连接在一起。我感受到他的恐惧，无助……还有痛苦。然后，他就这样离开了人世。"

真子点点头，把手放在心口上。

"我感受到了。"她说道，"我知道。但你也不能总是自责，你要学会原谅自己。"

"我们待在彼此的大脑里太久了，最难适应的就是对方突然变得沉默无声。"他沉重地说道，"让别人进入你的思想——实现真正的连接——你必须信任他们。今天……今天的通感很强烈。"

"是的。"真子赞同道。

在他们眼前，起重机正把一块外壳从"危险流浪者"身上揭下来。随后，技工们小心翼翼地爬进了机甲，焊接喷灯闪耀的光照得内部一片通明。

"它的心脏。"真子问道，"你看过吗？"

旧的核动力涡轮发动机已从核反应堆安全壳（reactor housing）中取出。机甲核反应堆本身采用独家设计，发明者是一名曾供职于西屋电气公司（Westinghouse）的工程师。由于公司禁止他在实验室里研究便携式核武器微型化技术，他一气之下，毅然离开了西电。之后他想方设法搭上了参与建立PPDC 的承包商，终于将自己设计的小型核反应堆变成众多前三代机甲的动力核心。然而由于防护不足，它们也成了夺走几个驾驶员性命的罪魁祸首。现在，"危险流浪者"的核反应堆在三个地方安装了新屏蔽层：反应堆室内部，反应堆安全壳和涡轮发动机的汽缸内壁。

"很久以前看过。"罗利回答。

他回想起曾经的"流浪者"。真子在一旁注视着，罗利几乎能感觉到她多么渴望能再次通感，这样她就可以分享关于"流浪者"的记忆了。

"你给它取的名字，对吧？"她问道。

罗利点点头。

"我父亲是个铸剑师，"她继续说道，"每把剑都是他亲手制作的。他说过，当战士给自己的武器命名时，他们之间就会结下不解之缘。"

"真有道理。"罗利感叹，"我一直很想念它，它是我的一部分。"

"在我们搞砸之前——"真子语中带着遗憾。她犹豫了片刻，然后问道："我们今天的连接算得上好吗？"

罗利仔细思考了片刻。"是我所有经历当中最强烈的。"他回答。这是事实，只是说出来后感觉对杨希有失恭敬。也许这就是真子所说的"原谅自己"的部分意思吧。

"危险流浪者"转了个方向，发出"咯吱咯吱"的声响。罗利突然迷信起来，好奇心油然而生。他真想知道"流浪者"到底能不能听到它的驾驶员如此亲近的交流。

"很抱歉，我以前说你很'危险'。"真子有点难为情。

"你说的是'难以捉摸'。"罗利打趣道，"不过我更喜欢'危险'这个词。"这时，通感中的某样东西突然飘过罗利脑海，他脸上泛起了微笑。"在通感的时候，我听到一首曲子……"

真子的笑容也荡漾开来。她从口袋里掏出一副耳机，解开绞缠在一起的线后，把其中一只递给罗利。

"涩谷系流行音乐（Shibuya Pop）。"她介绍道，"淡中透着甜。你想听吗？"

罗利点点头，戴上了耳塞。她按下播放键，音乐声响起，他们在一起静静地欣赏着。音乐的潮水冲刷着两颗心灵，将两人连接在一起。这是一首轻快活泼的合成流行音乐，带着些许爵士乐的味道，听来身心舒畅。一起听音乐也许是通感之外最好的连接方式，罗利私忖道。

同时他也在思索，只要在接下来的一周内世界没有灭亡，他和真子就会再尝试一次通感。不管早上发生了什么，潘提考斯特还不至于愚蠢到无视他和真子之间的连接性。

"这次失败给他们创造了让我们退出的理由。"他说道，"但以后这种情况绝不会再发生。"

"如果我们还有机会的话。"她无奈地叹道，"这里很多人都认为我只不过是受老师的偏宠。"

"老师？"

真子显得有点尴尬。

"这是我对他的昵称，其实更确切地说是尊称。他……在我父母遇难后，是他一直照顾我、指引我，没有他，就没有今天的我。"她看着罗利，眼里透出不服输的神色，"但是对于取得的一切，我都受之无愧。他没有有失公允。"

"嘿，你不说我也知道。"罗利微笑道，"如果他偏心的话，就不会是现在这个结局。"

"我们必须先说服他。"真子有点激动，"其他人就等着瞧吧。"

蔡天童花了数个钟头才把控制台终端复原。系统中有很多冗余配置，有些根本没用，连"贝克特－森"通感失败后产生的垃圾程序都没有处理掉。某些终端机在天童猛然扯出电缆时部分受损，不过当时情况紧急，只能不顾一切地阻止"流浪者"开炮，否则破碎穹顶难逃灭顶之灾。他从"暴风赤红"——备战状态最佳的机甲——借调了一支技术队，经过大家一段时间的齐心努力，控制台终于可以启动，重新运行起来。他刚打开机子做完初次检查，这时，虫洞警报器骤然响起来。

看来有问题，他琢磨着。刚才哪一步操作有误呢？

天童的目光投向警报显示仪。他全神贯注地盯着仪器，等待数据分析结果出来，以为是控制台误读了远程传感器信号。他们在海面和深海处布设了多台传感器，全天候密切监控着虫洞的动静。然而此刻，所有传感器都在向蔡天童传达着同样的信息。

他赶紧转移至广谱视觉图。虫洞是一个位于海底深处的形状不规则的裂口，只有在怪兽穿越过程中产生强烈的多光谱辐射时，才能在可见光光谱图上显示出来。同时，虫洞开启时会喷射出超密度和超高温的等离子体。于是，漆黑一片的海底深处一时间火光冲天，酷热产生的气泡更以暴风骤雨之势升腾，海底压力根本无法阻挡。

这等奇观壮景绝对令人过目难忘，但蔡天童平时都不屑一顾，他更习惯用非视觉工具来把握敌情。而现在，由于他怀疑这些工具出了问题，于是转到视觉图前一探究竟。眼前的信息告诉他，控制台系统确实没有误报。

实际上，虫洞里共蹿出两只怪兽。

天哪，天童惊叹。果然不出戈特利布所料。

他立即按下与潘提考斯特之间的视频链接键。元帅打着赤膊，正在做身体自动扫描，但他没有丝毫怠慢，马上接通了视频。天童听到里面传来电脑语音的最后一句："……自上个月开始衰退，下降百分之六。"

潘提考斯特身体和左臂上伤痕累累。稍懂点机甲历史的人都知道他负伤的原因——"恶魔女巫"之战。潘的许多手下，包括蔡天童在内，都怀疑老大一直深受内伤之苦。天童亲眼目睹他鼻子出血，数次出现精神萎靡之态。他把这些症状归因于潘提考斯特驾驶"探戈狼"时遭受的辐射，以及服用抗辐射药物的副作用。看来斯达克·潘提考斯特元帅确实病了，而且一直没有任何好转的迹象。

但既然元帅不打算公之于众，天童也不便过问此事，只好将担忧埋藏在心底。

"蔡先生，有什么情况？"潘提考斯特问道。

"虫洞有动静，长官。"天童报告道，"比我们预计的要早。"

"这只怪兽信号有多强？"

"是两只，长官。"天童应道，"我读取到两份数据。它们正朝香港这边前进。"

"立即拉响警报。"

TOP NEWS

揭秘怪兽崇拜

凯利·凯利斯基，ZNN 记者

我是凯利·凯利斯基，这里是旧金山隔离区的边界。第一只怪兽"入侵者"最后就是在这个地方倒下的，当年美国空军出动多个部队联合攻击，并在美国本土首次使用了战术核武器。

靠近隔离区边界的区域已经变成无主之地，到处是心生不满者和反叛者。如今虫洞教会每天都举行宗教仪式，由此可见一斑。虫洞教会是当今为人所知的怪兽教的本地派别之一。

你没听错。怪兽从连接不同空间的通道窜出来祸害人间，摧毁文明，可它们仍然不缺乏狂热崇拜者。观众朋友们，你们别忘了，这里可是旧金山哪。也许你永远也不会相信，但这儿的确有人对外来怪物顶礼膜拜！

我们尝试采访几位教会领袖，但没有一个人愿意上镜头。他们称怪兽为王，说它们是虫洞另一端世界的领主。

虫洞教会的成员数量每年都在稳步增长，不过在 2023 年出现一次骤降，那年只发生过两次怪兽袭击。当时人们一度以为怪兽似乎就此收手了，但去年的事实证明这种猜想大错特错。怪兽袭击的次数越来越频繁，虫洞教会的成员数也随之一路飙升。正如你们现在看到的，很多人聚集在这里参加"日落仪式"，纪念最后一颗核弹轰在"入侵者"身上的时刻。因为那一刻标志着外来侵略者首次死在人类手下。

大家看看现场吧。罗伯特，把摄像头转到那边。在家看电视的人可不愿错过这样的场面。我们看到有数百人手持蜡烛正前往隔离区边界，他们一遍又一遍地念着祈祷文。他们相信怪兽是上帝或者宇宙派来的信使，是要提醒我们：人类严重地破坏了地球，没有资格再继续生活在这颗星球上。

可以想象，环太平洋联合军防部队（PPDC）对虫洞教会不以为然。他们婉拒了采访请求，但我可以告诉大家 PPDC 随时都在关注教会的任何宗教仪式，说不准虫洞教会的活动能为他们提供一些线索，猜出怪兽下次袭击的目标。

旧金山绝对是怪兽最有归属感的地方。

20

汉尼拔·周决定放过纽顿之后，带着他走过几段楼梯，来到外面的阳台上。从这里可以俯瞰整个骸骨贫民窟：昏暗的天空下，贫民窟显得十分诡异。纽顿却激动得小心肝扑通扑通直跳。怪兽死后，人们只好在它骨头周围重建城市，其身躯之庞大可想而知。它最后落得如此下场，的确有点恶有恶报的意味。毫无疑问，九龙骸骨贫民窟诠释了人类抗争命运、适应环境以及重建家园的坚强意志。

从阳台上眺望，隔离区的边界线一览无余。它把整个区域围成一滴泪珠的形状——怪兽骨架周围面积最宽，往南延伸则变得越来越窄，只有一条非常细小的地带伸展至滨水区。以前滨水区附近高档酒店云集，而现在整个区域给人的感觉已截然不同。紧挨隔离区边界线的自然是香港霓虹闪烁的商业区，各种物品琳琅满目，人们把那里挤得水泄不通。每一寸地皮都只为一个目的而存在——赚钱。

但这番热闹在贫民窟的边界线戛然而止。在隔离区内，建设情况跟纽顿想象的完全一致，这里仿佛无建筑条例可循，连当地政府也无能为力。街道走到一半突然中断，不知从什么角落又突然冒出来。各色房屋林立，墙贴着墙，屋子貌似用怪兽踩碎和核弹轰烂的石块砌成。隔离区内，除了骨架本身及其附近一带，看起来就像回到了一百年前、甚至两百年前的香港。太不可思议啦！纽顿心下暗叹。他差点就以为这里是影视城拍摄基地，简直难以相信闪闪发光的钢筋建筑和霓虹闪烁的城区竟然包围着这样一片破败不堪的天地。

有些居民在过去十年中一直住在骸骨贫民窟里，纽顿很想知道资深的遗传学家在这群人身上会有何发现，说不定偶尔还会出现几个完全畸形的人。

一个想法突然从他脑中闪过，像骸骨贫民窟这样的地方不就等同于异世界的怪兽孵化池吗？想到这儿，他不禁浑身起鸡皮疙瘩。有那么一会儿，这地方看起来还真像孵化池，满眼皆是骚动不安、混乱无序的原生动物群。霎时，异世界的幻影与贫民窟重叠在一起，纽顿被惊出一身冷汗。他使劲眨动眼睛，试图消除眼前的幻象。这招还算管用，但他暗自发誓，以后再也不能将城市贫民区与怪兽孵化池相提并论。

周的阳台正好位于怪兽肋排上方，而怪兽头骨则正对着他们。纽顿有一种强烈的感觉：这些骨头里面仍有活物。怪兽的每一条 DNA 序列都携带着该物种的所有记忆。谁知道这些骨头里面是不是还流淌着某种信息、感知力或者意志力呢？

"那只怪兽早在十年前就死在这里了。"汉尼拔回忆道，"它的血把方圆三里的路面都腐蚀了——而现在呢，你瞧。"他向南面指去，只见一队卡车的工作灯把周围照得通亮，一大群工人在忙着切割、运输和装载。"这么多年了，这些骨头还没开采完。"汉尼拔咧嘴而笑，"我不得不说跟斯达克做生意赚大了。"

也许潘提考斯特也是这么想的，纽顿暗想。为保持机甲的战斗力，他的上司愿意不惜一切。人类处理事情的方式让纽顿深受触动。你的一生不可能事事如意，但你得继续生活下去，你得挺过艰难时期，该做的事情还得做。如果这意味着要将大城市的一部分重建在外来怪兽具有放射性的残骨上，那也只好顺其自然。在汉尼拔的工人忙着刨挖骨头上的财富时，周围的建筑队伍则忙着焊接工字梁。九龙曾在数次灾难中幸存下来——只要这个世界还存在，它总能重新建立起来。

工地旁向着阳台的这边矗立着怪兽巨大的头骨。它毙命后的十年间，随着辐射日渐减弱，隔离区的居民胆子越来越大，他们把头骨直接建成了神庙。数千支蜡烛在庙里庙外静静地燃烧着。闪烁的烛光在朝圣者脸上摇曳生姿，这些虔诚的人做着某种仪式在神庙里走进走出。

"你知道吗，有的人相信怪兽是从天堂下来的。"周说道，"他们认为众神在表达对人类行为的不满。"

这是因为人类在被教化前只不过是一群迷信的猴子，纽顿心想。他曾经看过某部纪录片，讲述的是怪兽崇拜者和虫洞教会等群体。片子里介绍了好些派别的名称，他只记得其中一个叫作"底界领主之门徒"（Disciples of the Overlords of the Lands Below）。有人为怪兽祈祷，还有的人声称怪兽袭击期间他们有权享受宗教假日。全是一派胡言。

纽顿点点头，问道："那你相信什么？"

周爽声大笑起来："我相信怪兽骨粉一斤可以卖 500 美元。对了，你来这里干什么？你又不需要骨粉讨你女朋友欢心。像你这样的家伙根本不会有女朋友。你只能娶实验室做老婆。"

"哦，我需要一个怪兽大脑。"纽顿回答。对于近乎异想天开的高要求，他不想拐弯抹角。"最好完整无损。"

周的头摇得像拨浪鼓。

"开什么玩笑？简直是天方夜谭。头盖骨这么厚，等你钻进去——"

"没错，没错，大脑已经腐烂光了。我知道。但总还有次级大脑啊。"纽顿道。

其实他一开始就是冲着次级大脑来的。主颅脑庞大而笨重，不便操作。大得跟条小鲸鱼似的东西怎么运回去？即使运回去了，怎么通感？而这个次级大脑就……

"恐龙的脊柱底端也有次级大脑，就在骨盆附近。"纽顿继续侃侃而谈，他想起小时候第一次从书里获知剑龙髋部下方有个第二大脑。这让他兴奋难抑，不亚于其他任何让他兴趣盎然的事情，正是这种激情成就了今天的纽顿。"它们——"

他差点想告诉周恐龙是早期粗制的怪兽，但他还是强忍住了。相反，他开始滔滔不绝地介绍怪兽各种身体组织，大谈特谈其硅基构造如何加快神经细胞活化，使它们庞大的身躯行动起来灵活敏捷。

"这就是它们，嗯，与恐龙不同的地方。"纽顿最后总结道。他知道自己早该停下来让周说几句，但是他实在无法关上话匣子。

他兀自想道：通感余波不可思议的影响之一就是，通感世界里的一切事物似乎都能在现实生活中找到关联物，次级大脑，怪兽孵化池，基因突变……汉尼拔回道："看来你对怪兽构造挺有研究的嘛，是吧，小伙子？"他心里另外打起了算盘。"我可以给你弄个大脑……条件是我要南半球所有怪兽尸体的合法开采权。"

纽顿对此毫无心理准备，一时间茫然不知所措，不过片刻工夫后他就恢复了平静。他非常清楚自己无权以潘提考斯特的名义达成协议，不过管他呢，豁出去了。潘提考斯特事后再尽情抱怨吧，谁让他派自己来这里呢。再说了，既然纽顿没有权利与周订立协议，他现在答应任何条件都无伤大雅，反正周以后仍需要过潘提考斯特那关才算数。

"考虑到世界快要灭亡了，行，就按你说的办吧。"纽顿答应道。这时内心那个"怪兽疯狂粉丝纽顿"占了上风，于是他补充道："至少可以送我一颗兽牙吧？"

汉尼拔·周摇头否决："不行。"

"那腺体总可以吧？我要个小的还不行？"

"想都别想。"周不容商量。

纽顿长叹了口气。这人真不好讲话。不过主要目的已经实现，其他的只不过是想锦上添花罢了。

"好吧，"他无奈道，"你赢了。"

他们握了握手，但手还未松开，汉尼拔就问道："等会儿，你要个次级大脑到底干什么用？怪兽几乎每个部分都能卖钱——软骨、肝脏、脾脏，甚至粪便。一立方米粪便所含的磷都足以用来给一大块农田施肥。但怪兽大脑里面几乎全是氨，根本没法使用，甚至没法加工成任何有用的东西。这玩意儿腐烂得太快了，等我想到可以用它来做什么的时候，恐怕早烂成糨糊了。"周一脸阴笑地凑近纽顿，九龙街道上的灯光照得他的风镜片和牙齿的金属片闪闪发亮。

"还有什么是你能想到而我却想不到的？"

"这个，这是机密。"纽顿应道，"不过这东西真的很酷。"

汉尼拔紧紧抓着他的手，半是威胁，半是怂恿。他想激活纽顿爱炫耀的神经，打败那颗为怪兽科学研究保密的责任心。这股致命的合力正中纽顿要害。

经过内心一番激烈的斗争后，他决定就范。

"行行行，我告诉你吧。我想方设法和怪兽实现了通感。"他一副神秘兮兮地样子，"但是只有几分钟而已，连接也不算完美，不过足以让我弄清一些疑问。唯一的问题是，我当时使用的是一小块已经存放了很久的怪兽大脑，几乎没有任何活力。现在我的兽脑组织用完了，所以才到这儿来找你。从理论上说，如果我能更深入地挖掘，说不定能揭开虫洞内部神秘的面纱……怪兽战争从此结束。"

汉尼拔满脸狐疑。他左脸上的伤疤像充了血一样，在周围皮肤的映衬下红得格外醒目。

"没错，没错，"纽顿越说越激动，"就是与怪兽大脑神经完全连接。"想到未来的美好图景，连他自己都忍不住连声惊叹。也难怪像周这样的科学界外人士深表怀疑。

"你真做过？"汉尼拔仍将信将疑。

"是啊，"纽顿笑开了花，"是不是很赞？所有怪兽的大脑互相连接，有一个共同核心，蜂巢式思维……"

周终于爆发了："你个该死的白痴！"

这时，整个香港响起了警报声。

环太平洋联合军防部队（PPDC）
战斗武器档案——机甲

名称："暴风赤红"

机型： Mark IV

启动日期： 2018 年 8 月 22 日

终止日期： 此项不适用

驾驶员： 魏昌，魏金，魏虎（隶属香港破碎穹顶基地）

歼灭战绩：

编号 OS-19，2019 年 4 月 12 日，大阪；

编号 HC-20，2020 年 5 月 25 日，胡志明市；

编号（无），2021 年 1 月 20 日，怪兽"酷刑（Hidoi）"，曼谷；

编号（无），2022 年 9 月 7 日，怪兽"欲望之神（Tentalus）"，南中国海；

编号 SH-24，2024 年 1 月 2 日，上海；

编号（无），2024 年 8 月 13 日，怪兽"鞭挞者（Biantal）"，台北；

编号（无），2024 年 11 月 19 日，怪兽"毒液"（Tailspitter），札幌；

编号（无），2024 年 11 月 30 日，怪兽"鬼车（Kojiyama）"，渤海。

操作系统：

"三阳"地平线闸道器（Tri-Sun Horizon Gate）

动力系统：

"午夜"Orb 9 数字等离电子力场

武器装备：

● I-22 等离子发射器

● 左臂双拳钳爪

● 增强型平衡系统，腿部推力喷射器

● 肢臂增强型格斗甲胄

备注：

"暴风赤红"专为魏氏三胞胎设计，莱特凯普博士制订出三人神经连接操作规范和三重庞斯桥接系统。魏氏兄弟和"暴风赤红"融合度极高，其他任何三人驾驶员组合很有可能无法操控该机甲。

环太平洋联合军防部队（PPDC）
战斗武器档案——机甲

名称： "切尔诺阿尔法"

机型： Mark IV

启动日期： 2018 年 6 月 4 日

终止日期： 此项不适用

驾驶员： 阿历克西斯·凯达诺夫斯基，萨莎·凯达诺夫斯基

歼灭战绩：

编号（无），2018 年 11 月 6 日，怪兽"雷神（Raythe）"，鄂霍次克海；

编号 OS-19，2019 年 4 月 12 日，大阪；

编号（无），2020 年 11 月 10 日，怪兽"炎像（Atticon）"，首尔；

编号 HC-20，2020 年 5 月 25 日，胡志明市；

编号 KM-24，2024 年 4 月 7 日，堪察加半岛；

编号（无），2024 年 9 月 14 日，怪兽"石魔（Taranais）"，夏洛特皇后湾。

在 2024 年，因海参崴破碎穹顶基地关停，"切尔诺阿尔法"调派至香港基地。

操作系统：

防火墙（Pozhar Protyev）6.4

动力系统：

眩晕核心 88 数字等离子体反应器

武器装备：

● 肩部燃烧弹发射器

● 双手火花拳（SparkFist），能在臂铠之间产生强如闪电的电弧；两手合攻时效果最佳

● 足部爆裂钢钉

备注：

"切尔诺阿尔法"的驾驶舱被移至胸口是因为头部用于燃料供应和能源存储。该机甲的设计初衷是远程巡逻俄罗斯白令海和北极海岸线等危险地带。因其在深海中的耐久性超过其他可用机甲，建议将"切尔诺阿尔法"指定为核攻虫洞计划核弹携带者替补。

21

劳森特指挥中心几乎忙乱成了一锅粥，控制系统还没有全面检查完毕，现在怪兽威胁又提升了一个等级。主控台上方的墙体大屏幕上显示着环太平洋地区的地图，代表虫洞的亮光在靠近屏幕中心的位置清晰可见，还有两个亮点正向香港移动——而且移动速度快得惊人。

蔡天童一直在竭尽全力恢复系统。这时潘提考斯特疾步走了进来，戈特利布和汉森父子紧跟其后，天童立即向他报告情况。真子和罗利站在离大家稍远的地方，仿佛他们在参加高中的正式舞会，正等着别人前来邀舞。

"报告元帅，"天童正色道，"虫洞打开的时间是晚上十一点。我们收到两组信号。"这是劳森特指挥中心的固定程序。虽然潘提考斯特早就了解到相关情况，但他素来要求照章办事，天童此时此刻才不愿坏了规矩。

"猜对的感觉真好！"戈特利布沾沾自喜。

天童恨不得揍他一顿。

潘提考斯特心领神会，向戈特利布使了个警告的眼色。

"怪兽多大？"他问道。

"都是四级。"天童回答。他已根据深海信号分别勾勒出两只怪兽的大致外形。其中一只呈圆块状，外壳密度较大；另一只长着锯齿状的角和爪子，身后拖着一条尖如利刺的尾巴。"代号是'尾立鼠'（Otachi）和'棱背龟'（Leathback）。它们不出一小时就会到达香港。"

"转移居民，清空码头并封锁桥梁。"潘提考斯特开始发号施令，"所有居民必须全部撤到避难所，一个都不能少！立即执行。港口还有船只吗？"

"海岸警卫队正在疏散船员。"天童回道。虽然潘提考斯特已经与联合国的官员断了往来，但和当地政府一直保持着良好的工作关系，他们都近距离亲眼见过怪兽，不像某些人只知道盯着表格里的数字胡猜乱想。潘提考斯特没有继续问话，而是默默揣度着该派谁出战。

所有的机甲工作组都涌进了指挥中心，魏氏三兄弟首先主动请缨。

"不管怎样，我们都要去迎战。"其中一个毅然说道。天童猜想说话的应该是魏虎，但是这三兄弟长得实在太像，他也不能肯定。通常来说，魏虎总是第一个发言。

"还有我们。"人群里传来萨莎·凯达诺夫斯基的声音。她指着罗利说道："但是他们不能去。"

"说得好啊，姐姐。"查克笑得一脸得意。

潘提考斯特平伸出一只手打断他们，大家都不说话了。

"长官，"戈特利布打破沉默，"你要三思而行啊。我的抛物线计算结果准确无误。也许会失掉一座城市，但我们必须保存力量才能完成重大任务。我们要坚定最终目标啊。"

让人头疼的问题不就在于此吗？核攻虫洞计划需要基地里所有机甲群策群力。怪兽的实力不断壮大，越来越多的机甲在最近的交战中牺牲。光2024年他们就损失了八台机甲，却只消灭了十四只怪兽。形势不容乐观啊。

另一方面，潘提考斯特如何忍心袖手旁观，为了未来的计划而眼睁睁地看着香港被毁？天童暗自庆幸需要做出最后抉择的人不是他。

"嘿，"赫克这时再也忍不住了，"一千万条生命和你黑板上的数字比，孰轻孰重？"

"我计算的结果没有错。"戈特利布固执道，"一千万条生命和整个世界，孰轻孰重？我们不可能拯救所有人。如果机甲都牺牲了，谁去投掷核弹？那保护这座城市又有何意义？"

接着又是一阵沉默。天童发现罗利正望着潘提考斯特，而潘没有理会他。天童回想起五年前在临近阿拉斯加海岸线的地方也有过一段相似的对话，只是当时涉及的人并不多，他看得出来罗利和潘提考斯特都没有忘记当时的场景。那艘船的名字叫什么来着？天童一下回忆不起来了。

"你救不了所有人，"罗利说道，"是吧？"

潘提考斯特默而不语。天童观察到他脸上疲倦的神色，心中再次担忧起来，他的病情到底有多严重呢？

"长官，"他提醒潘，他们需要做出决定。"还打算部署吗？"

良久之后，潘提考斯特转向除罗利和真子之外的七名驾驶员。

"'暴风赤红'，'切尔诺阿尔法'，"他命令道，"你们去港口前线作战。待在最后防线。"

接着他对赫克父子吩咐道："'尤里卡突袭者'留在后方守护海岸线。我们承担不起失去你的风险，所以不到万不得已不要出击。"

天童内心忐忑不安，平时大战怪兽前他都会紧张，这次有过之而无不及。在他眼前倒下的怪兽将近五十只，可每次机甲出战前他仍然惴惴不安，因为在他眼前倒下的还有十七个机甲猎人。潘提考斯特说得没错——他们不能失去"尤里卡突袭者"。与现有的其他机甲相比，它更快速、更灵巧、更坚固，这些优点使它成为目前为止核攻虫洞最好的赌注。天童很清楚潘提考斯特派出"突袭者"背后的原因，说实话，他并不喜欢这种想法。

"是，长官！"赫克一脸严肃。

潘提考斯特终于把目光转移到罗利和真子身上，他注视了两人很久，天童以为元帅准备给他们重新表现的机会。和其他三组驾驶员不同，罗利和真子没有接到穿好作战服的命令，但只要潘提考斯特现在发话，他们很快就能做好准备。

然而，他只说了一句："你们两个原地待命。"

俄罗斯夫妇和中国三胞胎已经前往各自的操作舱，准备进行神经连接。查克和赫克并没有立即离开，因为潘提考斯特还有一些事情要交代他们。过了一会儿，查克扬扬得意地笑着和父亲出门而去。天童看着罗利和真子，他很想找几句话来安慰一下他们。但他实在不知该说些什么才好。此外，还有三个机甲猎人在等着离开基地，拯救香港呢。于是，他把"危险流浪者"暂时抛出脑外，专心致志地工作起来。

罗利羞愧难当，他也能感受到真子失落的情绪。"暴风赤红"和"切尔诺阿尔法"巍然耸立在紧急行动通道末端的部署准备台上，头顶上空几架跳鹰直升机分别与两台机甲相连。"尤里卡突袭者"耸立在运送带上平缓地出了维修仓，来到"暴风"和"切尔诺"身后。在劳森特指挥中心里，所有人无不紧张地屏住呼吸，凝神观望。

"神经连接正常。"天童依次通报各驾驶员组，"设置机甲通讯连接。打开频道。"

两台部署机甲的操作舱内景出现在指挥中心的屏幕上。魏氏三胞胎的动作如出一辙，仿佛三人已身心合一。所有驾驶员组在通感时都能协调一致，但是三兄弟的神经连接性质与众不同。罗利很想知道这是一种怎样奇特的感觉。他和杨希虽然有过多次通感，可毕竟两人不是双胞胎。罗利觉得这三兄弟似乎连自己都记不清谁是谁了。他之所以有此感觉，也许只是因为三重通感对他来说太神秘吧。

相比之下，俄罗斯夫妇就没有这种不可捉摸的感觉了。他们的动作同步，举手投足充满力量，全然不走优雅路线。他们所有行动都透着爆发力。随身携带的乌克兰嗨歌从通讯器里砰砰地响着传入指挥中心。出战时听这样的音乐非得让罗利抓狂不可，即使是真子喜欢的涩谷系音乐也会使他分散注意力。这两口子居然丝毫不受影响，真是让人匪夷所思。

这时，屏幕上出现了第三台机甲——"尤里卡突袭者"的内部环境一览无余。赫克和查克已空投入海，父子俩的动作显得坚定果敢，义无反顾，活像两名路见不平拔刀相助的江湖好汉。罗利不由得肃然起敬，不过他心里早已打算好下次找个机会再与查克大干一场，而且绝不会再让他老爹这把保护伞多管闲事。

"指挥中心，我们已接近阵地，等待指示。"赫克报告道。

"'尤里卡突袭者'，你们一定要稳住后方。"潘提考斯特语气坚定，"'切尔诺'和'暴风'已前往十英里防线。"他停顿片刻，接着自言自语道："一定不要有什么闪失。我们还要核攻虫洞。"

环太平洋联合军防部队（PPDC）
研究报告——怪兽科学部

报告者： 纽顿·盖斯乐博士　　赫尔曼·戈特利布博士

报告主题： 人－兽通感喜获成功

　　怪兽科学部联合负责人纽顿·盖斯乐博士宣称他已经成功实现与怪兽大脑残块的通感。实验设备是盖斯乐博士自行装配的庞斯桥接（Pons）系统，整个通感过程持续时间将近二十分钟，盖斯乐博士在此期间获取了有关怪兽起源的部分信息。有关这些发现的阐述详见相关报告。

　　从实际操作角度看，最重要的是盖斯乐博士观察到怪兽似乎在循着既定的模式进化。换句话说，它们是被制造出来的有机生物，专为战斗而设计。它们实质上是有机的战斗机器。

　　戈特利布博士认为，如果所述为实，怪兽的作战装备和格斗战术将不断创新。也就是说，如果它们是一种武器的话，武器制造者必定会千方百计寻求升级换代。

　　一直以来，怪兽普遍善于使用毒液、酸液和各种徒手格斗技巧。所有嗜杀成性的有机生物对这些惯用伎俩都乐此不疲。回想一下，其实不难发现，某些怪兽只是新式格斗术的试验品。它们不断加快肉搏的动作速度，并重三叠四地使用酸性物质，这显然表明怪兽制造者将这些手段视为制胜机甲的必杀技。其他任何已成功力挫机甲的战术十之八九会被反复运用，因为怪兽的 DNA 会将其所有的记忆进行编码，直至它们生命的最后一刻。

　　由此可知，在不久的将来，怪兽的战斗力和战术将日新月异。2023 年它们保持了一如既往的作战特点，2024 年其战斗力开始突飞猛进，今年也许它们已经初步掌握出战机甲的优势与弱点。

　　盖斯乐博士与怪兽的通感对实验室研究具有划时代的意义。这也标志着神经覆盖矩阵技术向前迈出了重要的一步，打破了庞斯桥接装置只用于人脑与人脑连接的格局。能适应不同大脑结构的庞斯桥接程序未来将会带给人类怎样的惊喜呢？

22

汉尼拔·周听到警报声后，立刻飞快地离开了阳台，沿着迷宫般的楼道和错落的房间朝楼下狂奔。纽顿好不容易才跟上他的步伐。怪兽要袭击香港了，他心想。肯定不会有事的。除了"危险流浪者"，所有机甲都处于良好的战备状态。对付一只怪兽，三台机甲应该绰绰有余了。

他们刚跑到底层时，周的一个手下赶紧迎了上来。他向老大报告道："有两只该死的怪兽正往这边杀过来。"

两只？

纽顿心中同时激起两种反应。其一非常简单：哦，见鬼！另一种反应就稍显复杂了，好奇和恼怒参半。他好奇的是这两只怪兽是什么类型——什么级别，它们是否适用于他煞费苦心建立起来的怪兽分类法。他恼怒的是两只怪兽同时来袭，这意味着赫尔曼有些结论果然没错，如果说世上还有什么事情能让纽顿火冒三丈的话，那就是不得不承认赫尔曼是正确的。

"这完全有悖于常规啊！"他不禁叹道，"从来没有一次来两只的先例。"

周出其不意地捏住纽顿的鼻子，把他猛地拉到跟前，纽顿被狠狠地吓了一跳。

"还不是怪你，谁让你跟它们通感！看你干的好事，大天才！机甲驾驶员的通感是双向的。通过桥接，是吧？架起一种双向连接。说什么蜂巢式思维……这些怪兽就是来找你的！"

他放开纽顿，但纽顿一动不动地呆在那儿，他被周的话惊得目瞪口呆。他说得没错。纽顿早该想到这点，从通感结束的那刻起他就应该知道迟早会有这一天。

"那我们该怎么办？"他惊慌失措。想到怪兽要来找自己，他突然惶恐不已。这种生物在他看来确实很酷，但仍让人毛骨悚然啊。

如果被它们抓到，会有什么下场呢？

"这个嘛，"周冷冷地说道，"我得去自己的怪兽避难所躲过这一劫。"

周稍微向前倾身，并摘下太阳镜，只见他左脸上的伤疤穿过眼眶，直跨鼻梁。眼眶里面一颗眼球混浊泛白，应该是人造的仿真眼球。

"公共避难所保护不了我，"他斜睨着纽顿，眼神令人汗毛倒竖，"我又不是没去过。"

他打了个响指，四个职业打手齐刷刷地掏出手枪，对准纽顿。怪兽奔他而来的想法让纽顿魂飞魄散，他此时惊魂未定，即使见那么多枪指着自己，也完全没有反应。

"和其他人一样，你就去外面的公共避难所。"周指着街道，一脸漠然地说道。"当然首先你要进得去。我是不会冒险收留你的，不值得。但我可以跟你打包票，如果你能保住小命，我就把那个大脑给你。这可不是闹着玩儿的。"

他朝门口用力推了纽顿一把。可怜的家伙跌跌撞撞向门外走去，四根枪管一直尾随其后。

"赶快给我滚蛋！"周不耐烦地吼道。

纽顿撒腿就跑。

他的脑子里塞满了各种新知识，腿上的步子完全赶不上思考的速度，渐渐地，各种脉络变得明晰起来。怪兽是在巨大的囊体里组装起来的，就像电影……天哪，那部电影叫什么名字来着？虽然早在他出生前就有了这部电影，但里面的故事和现在的情形如出一辙：组装而成的外来生物占领地球。第一次看这部电影时，纽顿还只是个小孩子。父母睡着后，他一个人深更半夜地捧着平板电脑在五寸大的屏幕上看得津津有味。不过，此时他再没有时间去回忆片名了，因为突然间，警报声再次鸣叫起来。

它们要来找他了。

不，不是它们。是它，大的那个。它就要来了。他从虫洞经过，留下了隐约的痕迹，但足够怪兽循迹而来。纽顿突然灵光一闪，一个问题蹦了出来。在此之前，有哪座城市被怪兽袭击过两次吗？没有。那么这次袭击意味着两层含义。

第一，怪兽很清楚该怎么做。它们要不断寻找新的人口密集区，避免重复的地点，因为在某个地方第一次出现才能达到最大的震惊效果。第二，它们选择再次袭击香港，绝非偶然。尤其值得考虑的是，在纽顿与怪兽大脑通感之后还不到二十四小时，这次行动就降临了。显然，这是一次任务，要把这个名叫纽顿·盖斯乐的家伙抓回去或审讯或杀掉。

汉尼拔·周所言极是。纽顿此刻的恼怒转移到了自己身上，他气恼为什么没有第一个想到这点。

恐龙来地球只是一次演习而已。它们的头领显然对当时的环境没有好感。于是，它们等待着气候变化，并在此期间完成了碳基到硅基的升级。于是怪兽粉墨登场。硅酸盐分子基础能赋予更多的力量，支撑更大的体积，基因里面也能储存更多的信息。

恐龙出没与2013年怪兽"入侵者"袭击事件有上亿年的时间差，如此漫长的间隔足以好好完善试验武器并确保它们准备好随时可以上战场。

这么长的时间也足以使空气成分发生改变，使海水酸性变得更浓，让工业文明的进步将地球生态系统转变成怪兽制造者梦寐以求的状态。纽顿在街道间马不停蹄地奔跑着，他记得曾告诉潘提考斯特，人类把地球改造成了怪兽的天堂。这种说法看来八九不离十。是不是怪兽制造者早就知道地球的变化趋势？它们会不会有什么工业文明发展蓝图，而怪兽制造者——先驱者——早就了如指掌？所以它们可以一边观望地球，一边琢磨：该进攻了吗？碳基生命，脊椎动物开始涌现，往后的五千万年可能是哺乳动物的天下，接着灵长类动物登上舞台，后来人类学会钻木取火，最终走向工业革命，等等。这些都是按照蓝图发展的吗？还有多少个世界以同样的方式上演着同一个剧本中的一幕又一幕？

如果"先驱者"不是事先了解的话，又怎么可能如此精确地把握卷土重来的时机？

纽顿越想越害怕，他越害怕就越晕头转向，搞不清街道上纷乱的人群涌向何处。想在隔离区弄清方向在任何时候都不是一件容易的事。加上现在怪兽愈发逼近，人们相互推挤，要分清东南西北几乎难如登天。纽顿决定不再做只无头苍蝇，索性任由人潮裹着他向前涌动。他们好像知道该往哪里跑，大家都没有惊逃四散——至少现在还没有——而是开始朝一个特定的方向移动。纽顿跟随着人流，他心想总有人能听懂扩音器里用中文大声播报的通知，既然他听不懂，也许眼下最好的办法就是加入大部队，跟着懂的人走。

潘提考斯特和蔡天童站在指挥中心里最核心的位置，两双眼睛不停地扫视着各个显示屏和控制台监控器。他们身后，系统控制组默默地工作着。在一旁观看的戈特利布显得十分专注，同时在旁边观看的，还有罗利和真子。跳鹰直升机已飞抵香港湾口附近的十英里警戒线。后方一英里处，"尤里卡突袭者"威严挺立，严守阵地，以免发生最糟糕的状况。

"切尔诺阿尔法"内部源源不断地传出俄罗斯夫妇那令人讨厌的嗨歌噪音。

"到达目标区域，"萨莎的声音响起，"准备脱离运输机。"

跳鹰直升机开始向海中空投机甲，数千吨重的负荷骤然消失，直升机不由得一个劲儿向上升腾。半秒钟的工夫，"切尔诺阿尔法"和"暴风赤红"就纷纷落在海水里，淹没在冲击力掀起的滔天巨浪中。待浪花向四周散去，两台机甲的航行灯亮了起来。

"'切尔诺阿尔法'掌控海岸线，"萨莎报告道，"夜航灯开启。"

香港湾口出现了片刻的宁静。突然，天童前面的监控器追踪到了怪兽逼近的信号。

"它们来了！"他说道。但是两台机甲里的显示器上除了向海岸涌去的浪花，别无他物。"'暴风'，'阿尔法'，在你们附近能读取到两只怪兽的信号。你们看见图像了吗？"

"这里是'暴风赤红'，没有任何怪兽图像。"魏氏三兄弟中的一个回道。

"我们也一样。"萨沙给出了同样的回答。

两个机甲猎人转动身体，向四周扫描。

"正在按要求撤离居民。"一个技术人员过来报告。

潘提考斯特点点头，目光始终没有离开代表怪兽的两个信号标志。他再次感慨如果有足够的时间、资金和技术实现海底追击就好了。被动等待的情况下，机甲只能防卫，这不仅使其处于极为不利的地位，也让指挥中心所有人承受着巨大的心理压力。怎么还看不见，他不免焦急起来，怎么还看不见呢。

仿佛听到了他的召唤似的，"尾立鼠"刹那破海而出。

"我的天哪，好大的怪兽！"一名技术人员情不自禁地发出惊叹。

是啊，潘提考斯特默认道。硕大的怪兽像一座高山猛地从海下进出，它张开前肢，压低带甲壳的脑袋，以乘风破浪之势直冲"暴风赤红"攻来。眨眼间，它那像蝎子一样向上弯拱的尾巴突然急速横甩，狠狠地打在机甲身上，"暴风赤红"的机身顿时出现一个凹洞。

"暴风"趔趄了几步，但身手敏捷的它并没有摔倒。魏氏兄弟很快从怪兽的第一轮进攻中恢复过来，并立即调整机甲，准备反攻。本来他们之前就打算用这招给怪兽一个下马威，但还没来得及出手，就被"尾立鼠"先发制人了。怪兽毫不停歇地朝机甲头部又是猛然一击，操作舱被打穿了一个洞。

屏幕上，潘提考斯特眼睁睁地看着"尾立鼠"的利爪将"暴风赤红"戳破。魏氏兄弟的通感状态保持良好，并没有就此乱了阵脚。他们挥出左臂的一对拳头，迅速来了一记反击。"尾立鼠"被逼退了几步，"暴风"乘机重新摆正姿势。但很快，怪兽再次发起了进攻。

"暴风赤红"果敢迎击，三个手腕处分别伸出一组每分钟能旋转 6000 次的硬质合金锯齿刀片。三兄弟出手快而猛，接二连三一串狂扫，同时还像杂技演员一般灵巧地避开了怪兽大部分的强力攻击。"尾立鼠"的鲜肉随着刀片的舞动被一块块抛飞。但它的动作没有丝毫凝滞，仿佛"暴风赤红"的连续攻击对它而言只不过是小打小闹。

"鼠立尾"前肢的攻击变得毫无章法，同时速度奇快无比，"暴风"躲避不及，接连受创。怪兽抓住时机，甩起尾巴用力向前一挥，"暴风"护甲上关键的接合瞬间处变得残破不堪。手腕处的刀片自动缩了回去，但其中一个已严重弯曲卡在了腕口。魏氏兄弟准备启动 I-22 等离子发射器，却猛然发觉等离子输送通道已被"尾立鼠"摧毁。

怎么不见怪兽"棱背龟"的踪影？

直到此时，"切尔诺阿尔法"才有机会上前来与"尾立鼠"交战。

"双钩，阿历克西斯！"萨莎用俄语发出指令。她奋力地挥扫出右臂，阿历克西斯的左臂做出同样的动作。"切尔诺阿尔法"的火花拳能量激增，每一个指关节都充满了力量，形成一个极具杀伤力的钳钩，向怪兽拂掠而去。但是，"尾立鼠"的反应速度远远超乎他们的想象，它迅速挡开"切尔诺"的攻击，惊人的力道竟将"切尔诺阿尔法"弹了回去。

"尾立鼠"松开钳制后，"暴风赤红"开始下沉，它身体倾斜，两边的胳膊在空中无力地垂着。左臂原本叉分为两只支臂，此时，只有一只残存，手腕上的锯刀组件变得凹凸不平，锯齿断裂，已毫无用处。微弱的等离子电流从已启动的发射器炮管里慢慢排出，因为损毁严重已经无法完全充能。它的头部构架被撕开了几道豁口，海水随之灌入，动力系统遇水后出现短路。但魏氏兄弟依然不屈不饶，他们努力尝试着启动机甲自我修复程序，并尝试导出次级系统中的动能。

"'暴风'已失去作战能力。"天童报告道。

"暴风赤红"传出的数据信息全是坏消息。指挥中心人人都明白它走到了穷途末路。

另一边，"尾立鼠"和"切尔诺阿尔法"正上演着一场激战。这台俄罗斯机甲不断遭到怪兽反复的敲击，震得萨莎和阿历克西斯在操作舱里东倒西歪，"切尔诺"也跟着摇摇晃晃。趁此机会，"尾立鼠"向已动弹不得的"暴风赤红"冲去。

操作舱里，魏氏兄弟只能无能为力地看着屏幕上杀气腾腾的怪兽火速逼近。他们低下头，满脸都是沉着坚定，充满了视死如归的自豪感。"尾立鼠"用前肢一把抓住"暴风赤红"的头部，一只布满利刃的后肢钩进机身中部，将机甲牢牢地定在原地。伴随着震耳欲聋的金属撕裂声和电线爆裂处闪闪发光的火花，"尾立鼠"把"暴风赤红"的头扯了下来，揉皱后，把它高高举起，然后奋力扔了出去。只见机甲头部在香港湾的海面上飞出老远，无头机身缓缓地倒了下去，逐渐消失在海面。

控制中心的显示器上，"暴风赤红"内部的图像忽隐忽现。最后定格的画面惨不忍睹，固定装置支离破碎，魏氏兄弟被压在一堆运动平台的残骸里。接着，"暴风赤红"的头部掉进了水里。操作舱的图像消失了。

"'暴风赤红'损毁。"天童报告道，其实他不说，大家也知道了。

潘提考斯特点点头。宣布结果是明文规定，即便事实已摆在那里。

"尾立鼠"掉转方向，迅速冲向"切尔诺阿尔法"。

赫克·汉森深沉而洪亮的声音从"尤里卡突袭者"的通讯器里传来。

"指挥中心，'暴风'和'阿尔法'遇上麻烦了。我们去解围。"

"留在原地，"潘提考斯特命令道，"不要过去。坚守你们的阵地。"

查克咒骂了几句，但"尤里卡突袭者"也只好守在原地。海湾深处，怪兽

"棱背龟"突然从"暴风赤红"机身沉没的附近水面腾跃而出。跟此前的推断一样，它外形浑圆粗壮，甲壳极厚，前臂部位的甲壳延伸出肘关节，形成突出的硬板，活像两块盾牌。某种发光器官从脑袋上沿着一根突出的棱脊伸向粗短尾巴的根部。

"切尔诺阿尔法"在"尾立鼠"的强攻下节节败退。

不！潘提考斯特心里喊着。俄罗斯夫妇很快就要失守了。尽管他们一直在顽强抵抗，但显然很快就要被摧毁了。无论如何，"切尔诺"也不可能在这场二对一的激战中幸免于难。凯达诺夫斯基夫妇发射出肩部燃烧弹，"尾立鼠"的脸立即被烧焦了一块。它后退了几步，但很快又恢复了平衡。"切尔诺"丝毫没有喘息的机会——"尾立鼠"的魔爪刚松开，"棱背龟"就接踵而至。

"救援队，你们能到达'暴风赤红'的降落点吗？"潘提考斯特问道。一位跳鹰直升机飞行员给出肯定的答复。"注意与战场保持距离。"潘提考斯特指示道，"仔细搜寻幸存者。'暴风赤红'的头部有裂口，也许还有驾驶员活着。"

虽然机会渺茫，但值得一试。天童没有看到有任何逃生舱弹出，不过有可能某位驾驶员已经从操作舱的豁口跑了出来，游进了水里。所有驾驶员都会游泳。

一架跳鹰直升机飞离了正返回基地的编队，往操作舱的坠落点驶去。为避开战场，它刻意绕了个大弯。战场上，"棱背龟"和"尾立鼠"正联手攻击"切尔诺阿尔法"。俄罗斯机甲的燃烧弹发射器熄灭了。两个都被"棱背龟"损毁，里面的涡轮机叶片严重碎裂，控制系统超过负荷，由此导致的超压最终会引爆燃料库。

"棱背龟"骑在"切尔诺阿尔法"的肩膀上，挖穿了燃料库圆柱形的外壳。两只怪兽的重量把"切尔诺"压进了水里。

天童拼命地试着远程关闭发射器，但"切尔诺阿尔法"的系统早已瘫痪。

"管不了那么多了！"赫克愤怒道，"指挥中心，我们现在出击！"

环太平洋联合军防部队（PPDC）
研究报告——怪兽科学部

报告者： 纽顿·盖斯乐博士　赫尔曼·戈特利布博士

报告主题： 怪兽样本中 DNA 的重复现象

　　纽顿·盖斯乐博士已经得出明确的结论，不同怪兽身上的 DNA 一模一样。在不同怪兽的所有器官样本中，盖斯乐博士发现了重复的 DNA 遗传标记。这些完全一致的 DNA 序列表明了三种可能性：

1. 怪兽全是被制造出来的；
2. 有些 DNA 分子链用作该物种的记忆编码器；
3. 穿越虫洞的怪兽把它在地球上的所见所闻传送回异世界。

赫尔曼·戈特利布博士赞同此结论。

　　怪兽科学部认为怪兽是一种特制武器，这点令人十分担忧。同时结论告诉我们：人类其实是在和怪兽进行军备竞赛。它们的体型逐代增大，实力也越来越强（所附图表中列出了虫洞打开的规模和频率）。可以预见，未来怪兽的战斗技能将会不断呈现出我们前所未见的特点。通过蜂巢式思维和基于 DNA 的物种记忆，每一只怪兽都会把它们所有的经历反馈给制造者，包括死亡前最后一刻的记忆和死亡的具体原因。（盖斯乐博士已详细阐述了他和怪兽大脑残片之间史无前例的通感，请参阅相关报告。）

　　狡猾而残忍的敌人显然非常善于利用这些信息。未来的怪兽将有可能具备专门针对机甲标准战斗程序的反击策略，因此我们必须面对这种令人不安的可能性。直捣机甲头部操作舱的作战手法已屡见不鲜，这说明它们已经了解到驾驶员是机甲最核心的部分。接下来它们又有什么新发现呢？它们又将如何运用搜集到的新信息？

　　我们不知道答案。通过提出这些问题，我们希望能对"猎人计划"有所裨益，使机甲更好地应对未来的战斗。

23

"尤里卡突袭者"战斗起来绝非等闲之辈。无论罗利对查克·汉森有什么意见，他都不得不承认"突袭者"的动作的确漂亮利索。运行速度上，它比"危险流浪者"更胜一筹；击打力度上，令"切尔诺阿尔法"甘拜下风；动作节奏上，连"暴风赤红"也自愧弗如。Mark 第五代机甲果真名不虚传。罗利渴望有朝一日能在这样的机甲上一试身手——但这个想法刚蹦到脑子里，一股莫名的内疚感油然而生，好像他背叛了"危险流浪者"似的。

"尾立鼠"正准备向"切尔诺阿尔法"发出致命一击，在这千钧一发的时刻，"突袭者"如离弦的箭般猛冲过来，二话不说，对准"尾立鼠"一顿重击。"尾立鼠"站立不稳，踉跄着退离了精疲力竭的俄罗斯机甲。"突袭者"毫不停歇再度朝怪兽的头部攻去，"尾立鼠"被打得无法抬头，刚要立起身子，"突袭者"坚实有力的膝盖就用力顶了过来。

换作以前的怪兽，在这样的狂攻下，多半不死也只剩半条命了。但是"尾立鼠"很快卷土重来，向"突袭者"发起反攻。战场离破碎穹顶不算太远，穹顶的探照灯把交战双方照得格外醒目。赫克和查克保持着完美的通感，他们专注凝神，一言不发，驾驶着"突袭者"与怪兽全力拼战。

这时，"尾立鼠"恶狠狠地反扑过来，父子俩顿时失去了平衡。但是"突袭者"并没有摔倒，而是急速调整，立即发起反击。就这样，机甲和怪兽你来我往，激烈厮杀。"尾立鼠"的血液喷溅在"突袭者"的铠甲上，滋滋作响，海面上洒血之处如开水般一片沸腾。"突袭者"激活了极具杀伤力的热力刀，准备让怪兽一命呜呼。

也许，天童暗想，当然只是也许而已，这次"突袭者"能力挽狂澜。汉森父子曾经几次反败为胜。

"切尔诺阿尔法"的操作舱里，萨莎和阿历克西斯正在为生存而战。然而，形势极为不妙。"棱背龟"将"切尔诺"机身上的铠甲撕掉了几大块，刺穿了位于中部的操作舱。这场由"尾立鼠"挑起的对决在这个恶棍的残忍冷酷下收场。俄罗斯机甲再也无法举起手臂，整体活动能力已然丧失。"棱背龟"的最后一击使它彻底倒了下去，并渐渐沉入海里。

操作舱里，海水汹涌地扑向凯达诺夫斯基夫妇，他们试图挣脱固定锁扣。溺水是导致驾驶员死亡的最常见原因，而此时此刻，又有两条生命正在香港湾的海水中陨落。"棱背龟"还不罢休，又重重地踩了机甲一脚，使"切尔诺"沉得更深了。

破碎穹顶里，罗利眼睁睁地看着"切尔诺阿尔法"消失在香港湾的海面上。"棱背龟"高声咆哮着，耀武扬威地伸开肢臂。操作舱的图像从屏幕上消失了，罗利知道在外面的某个地方，海水正吞噬着两条勇敢的生命。他目睹了机甲里翻涌的水中那两张坚毅的脸庞。夫妇俩很清楚厄运降临，但他们依然没有放弃。

片刻之后，"切尔诺阿尔法"的燃料库在海水底下发生了剧烈的爆炸。转眼间，海面上升起一团巨型圆丘状的水浪，在火光的照耀下通体发亮。

而后"棱背龟"潜入水中，消失了。

"'切尔诺阿尔法'损毁。"蔡天童声音低沉，"'突袭者'，再说一遍：'切尔诺阿尔法'损毁。'棱背龟'已下潜。"

"收到。"赫克回复道。

与此同时，"尤里卡突袭者"使出双拳狠狠地锤中了"尾立鼠"的头顶，把它打得头晕眼花。紧接着一把将其举起，然后使劲扔了出去——这为准备导弹赢得了宝贵的时间。

"启动导弹。"赫克发出指令。

指挥中心里，罗利专注地看着屏幕，只见查克调出了虚拟发射器的全息图。

"导弹正在启动。"他说道。"尤里卡突袭者"胸部的导弹舱打开了，露出几颗粗短的K-Stunner无氧化剂导弹头。

"准备齐射。"查克大声说道，"滚去安眠吧，'尾立鼠'。"

然而就在此时，"棱背龟"忽然从海面上一跃而起。它距离"尤里卡突袭者"仅一百八十米左右，与相对而立的"尾立鼠"和"突袭者"形成一个夹角。

"小心，'尤里卡突袭者'！"天童赶紧提醒，"'棱背龟'在侧面出现，八点钟方向。"

"发射——"赫克指令还没说完,"棱背龟"的电冲击波就呼啸着喷出,淹没了他的尾音。冲击波掠过海面向"尤里卡突袭者"袭去,强大的力量将海面挖出一个深沟。击中"突袭者"的一刹那,同样的巨响直冲云霄,丝丝电火花在"突袭者"周身蜿蜒缠绕。

"尤里卡突袭者"的线路全部断掉,整个操作舱漆黑一片,导弹发射器也熄了火。

"那是什么鬼东西?"查克破口大骂。

赫克解开控制平台上的锁扣,将身子探到操作舱的左侧,想摸个究竟,"棱背龟"赫然跃入眼帘。罗利在指挥中心里听到查克缓慢而带有些许畏怯的声音:"该死的……"

就在这时,劳森特指挥中心的电路也全部断掉了,明亮的办公室瞬间被黑暗笼罩。窗外,跳鹰直升机在不停地盘旋着,机上的聚光灯照射着海面,罗利看见"尾立鼠"逍遥自在地穿过香港湾的浅水区向城内游去。

"这是某种电磁脉冲,"天童惊呼道,"机甲的电路被扰乱了!"

"它们进化了,"戈特利布叹道,恐惧的声音里掺着钦佩。"这不是防御机制,而是一种进攻武器!"

应急电源接通后,劳森特指挥中心又明亮起来。

"'突袭者'?"潘提考斯特喊道。

"没有任何回应,长官。第五代机甲都是数字系统,已经损坏了。实际上,所有的机甲都是数字系统操控的。"蔡天童似乎要崩溃了。两台机甲牺牲,现在"突袭者"又动弹不得,最要命的是,还有两只怪兽在香港近海为所欲为。

"不都是。"罗利发话了。

所有人都扭头看着他。有些人已经猜到他准备说什么了,而有些人则期待着他能给大家带来奇迹。罗利感觉众人不再无视他的存在,他不再是个失败无用的人,一个无法重新胜任驾驶员岗位的人。

此时此刻,他是这里剩下的唯一一位有经验的驾驶员。

而且……

"'危险流浪者'是模拟系统,"他说道,"核动力。"

纽顿看见硕大的怪兽出现在海滨最近的一排建筑物后。它拖曳着长长的尾巴爬上海岸，然后立起身子，将整个庞大的上身支撑在高层停车场上，它的鼻子对着四周嗅来嗅去。其实，这只四足动物无须倚靠外物，光用后腿也完全可以站起来。怪兽的头部像一支磨钝的箭头，鼻子上突着两个向后倾斜的钩状物。这应该可以保护眼睛吧，纽顿暗想，这样脸部也不易遭受正面攻击。两只前足比后足长出好几倍，所以四足同时行走时，它的肘部——也长着突起物——高高地向两侧撑起。

那条末端三开叉的尾巴上布满锯齿状的刺，走路的时候，整条尾巴在身后摇来摆去。怪兽仰天长啸，附近汽车的挡风玻璃纷纷震落。它再次嗅了嗅四周，弯曲的尾巴轻弹了一下，结果路面竟掀开了一大块。它开始横冲直撞，深入城市腹地。

来找我了，纽顿心想。它要来找我了。

街上仓皇逃难的人群卷着他向前涌，他好不容易放慢脚步，回过头仔细盯着怪兽。也不知道蔡天童给这怪物取了什么代号。毒牙？雪怪？

突然间，纽顿脑中通感画面快速回闪，他的幽默感顿时荡然无存。

囊体里某种怪物在移动，它来到"先驱者"面前，展开巨大的翅膀

他以前见过这只怪兽。他亲眼目睹了它的诞生，看见"先驱者"毁掉了前一个复制品，然后新的怪兽呱呱坠地。通过与兽脑通感，他出现在这只怪兽问世的现场，而现在它正奔他而来。就像一只幼鸟时刻铭记着有生以来第一眼看见的东西。

"先驱者"看见他，并记住了他的模样，由此，所有的怪兽都记住了他。

当通感画面消失后，纽顿眼前清晰起来，他发现自己正跟着人群向前移动。他抬起头来望了望黑压压的人群。

"嘿呀！"他情不自禁地叹了一声，发现了某样从一开始就应该注意到的东西。原来沿街一路张贴着"怪兽避难所"的中英文标志，还标有指示箭头。

难怪怪兽都把滨水区践踏成碎石了，这些人都没有撒腿就跑，乱逃乱窜，纽顿恍然大悟。他以前就听说过避难所——大部分尚存的环太平洋城市都建有几个——但因为他几乎足不出实验室，因此从未亲眼见过。

怪兽暂停下来，朝周围嗅来嗅去，张开利爪……然后，它直直地盯向纽顿。

他的通感回闪再次涌来。眼前颜色错乱，他洞穿了怪兽的想法：皮肤吸入各种命令和信息，主人赋予它杀戮的狂热，灼烧的疼痛，残缺的皮肤和折断的骨头，它急不可耐地要找到……

他。也就是我，纽顿愈加害怕。现在它们都认得我了。

"别怕，别怕，"他极力稳住自己，"你不会有事的。"

人群从他身边擦过，往最近的避难所门口奔去。他随着大家跑下台阶，穿过巨大厚重的保险库门，走进了避难所。地下避难所被数百人挤得水泄不通。父母把孩子抱在怀里，或者用手护着他们以免撞到墙上。纽顿很不喜欢全封闭的空间，除非有大声的音乐可以让他一展舞姿。其实他知道自己跳舞非常难看，不过他脸皮够厚。

此刻，他也知道一只怪兽正在追踪自己。庞大的怪兽，也许是人类所见过的最大的一只。

越来越多的人挤进了避难所。即使有明文规定的最大容量，人们也管不了那么多了。纽顿开始担心会不会缺氧。如果窒息而死的话，逃过了怪兽也白搭。

地下室的保险库门轰隆一声关了起来。纽顿当时就想，在埃德加·爱伦·坡小说里，当贵族蒙特雷索（Montresor）关上地窖远处那扇门时，被锁在里面的意大利人福图纳托（Fortunato）听到的也许就是这样的响声。只不过这扇门的声音要大得多，好比怪兽远远大过人类一样。也许这些比喻都不贴切，但纽顿之所以想到这篇小说，是因为爱伦·坡一生最害怕的事情之一就是被活埋，而此时纽顿就切身体会到这种恐惧感。

"噢，这种感觉糟透了。"他喃喃抱怨，"这意味着赫尔曼的推断没有错。"

承认赫尔曼的正确让纽顿极度郁闷，无异于被活埋。两只怪兽。这个数据点对赫尔曼的结论非常有利。但也只是数据点而已。如果下周同时出现四只怪兽，那就更有说服力了……

不过话说回来，如果下周真有四只怪兽袭来，或者出现如赫尔曼的几何级数所预测的数量，那么整个世界在一个月后短时间内就会成为怪兽主人的地盘。

隆隆的脚步声越来越近，声音在逃难者头顶的穹窿形空间里回响。人们失声尖叫，有的在祈祷，有的在胡言乱语，各种各样的语言不绝于耳。婴儿也被大人们的恐惧感染，一个个吓得哇哇大哭。脚步声更近了。母亲们赶紧用手捂住孩子的嘴巴，她们有一种莫名其妙的恐惧——但在纽顿看来，这完全可以理解——虽然避难所里人声鼎沸，但怪兽可能偏偏被自己小孩的哭声吸引过来。

慢慢地，周围静了下来。怪兽笨重的身体震得避难所颤抖不止，现在它几乎就在人们头顶的正上方。纽顿嘴里唠叨不休，他实在无法控制自己，而且他没有想到居然还有那么多人能听懂他的话……况且自己还无意识地压低了声音。

"它停下来了，"他小声说道，"就在我们头上。它知道我在这里。它知道我在这里……"

突然纽顿的唇上有某样东西碰了过来，他吓得直跳脚，随后才发现原来是一个中国小女孩在用一只小手指示意他不要出声。

"它知道我们都在这。"她一口标准英语。

"不，你不明白，"纽顿大声说道，"它要抓的人是我……是我！"

他也不知道自己为什么要说出来，但这立即激起了女孩反应。她吃惊地睁大双眼，然后侧向旁边的大人耳语了一句，一时间，大家口口相传，议论纷纷。这时，天花板上的尘土刷刷抖落，接着嘭地一声，一颗铆钉从头顶横梁上蹦了出来，并穿过人群直接掉落在地。人们开始瞪着眼睛看着纽顿，还在一旁指指点点。纽顿被盯得浑身不自在。

"怎么了？"他问女孩，"你跟他们说了什么？"

"Guai shou yao lao wai!（怪兽要老外！）"女孩突然大声喊叫起来。

哦，糟糕，纽顿暗叹。没错，他的确不该把秘密说出来，但是她也不能把这句话当真啊！她怎么可以当真呢？这已经不重要了。她这么一吼可不得了，人们隐隐的忧虑迅速沸腾为全面大恐慌，大家惊叫着从纽顿身边撤开。

与此同时，怪兽掀开了一大块天花板。

碎砾残渣从边缘参差不齐的大洞口砸落下来。一辆小汽车在洞边摇摇欲坠，眨眼工夫车头朝下一路撞着墙翻坠到避难所的地板上，下面的人群迅速闪到了一边。巡逻飞机明亮的探照灯从洞口射进来，吞噬了避难所里昏暗的应急灯光，无数尘粒在光线下四处旋转。

探照灯也将怪兽庞大的上身轮廓带入了人们的眼帘。只见怪兽把铁和混凝土制成的天花板甩了出去，犹如扔一个直径十八米的飞盘一样。一排小型办公楼和楼前的大排档瞬间被砸成了废墟。

接着，怪兽将头伸向洞口，深深地吸了一口气，隆隆声从它身体里传出来。

纽顿·盖斯乐一直渴望有朝一日能与活生生的怪兽近距离接触，但这一天真的到来时，他觉得十分有必要重新考虑这个想法。

环太平洋联合军防部队（PPDC）
战斗武器档案——机甲

名称："尤里卡突袭者"

机型：Mark V

启动日期：2019 年 11 月 2 日

终止日期：此项不适用

驾驶员：赫拉克勒斯·汉森；查尔斯·汉森

歼灭战绩：

> 编号 MN-19：2019 年 12 月 16 日，马尼拉；
>
> 编号 HC-20：2020 年 5 月 25 日，胡志明市；
>
> 编号（无）：2021 年 10 月 9 日，怪兽"破浪（Ceramander）"，夏威夷；
>
> 编号（无）：2022 年 1 月 31 日，怪兽"豺狼之脊（Spinejackal）"，墨尔本；
>
> 编号（无）：2022 年 7 月 24 日，怪兽"妖魂（Taurax）"，菲律宾棉兰老岛；
>
> 编号（无）：2024 年 7 月 5 日，怪兽"暴徒（Insurrector）"，洛杉矶；
>
> 编号（无）：2024 年 7 月 30 日，怪兽"鱿骨（Bonesquid）"，巴布亚新几内亚首都莫尔兹比港；
>
> 编号（无）：2024 年 8 月 28 日，怪兽"猎犬（Hound）"，奥克兰；
>
> 编号（无）：2024 年 9 月 25 日，怪兽"狼蛛（Rachnid）"，布里斯班；
>
> 编号 KC-24：2024 年 10 月 4 日，马来西亚古晋市；
>
> 编号（无）：2024 年 10 月 31 日，怪兽"狂暴（Fiend）"，墨西哥阿卡普尔科；
>
> 编号（无）：2024 年 11 月 30 日，怪兽"鬼车（Kojiyama）"，渤海；
>
> 编号（无）：2024 年 12 月 27 日，怪兽"病毒（Mutavore）"，悉尼；
>
> 该机甲已于近期调派至香港基地，此后悉尼基地关停。

操作系统：

> 领航者 12 战术控制舱（Arbiter 12 TAC-conn）

动力系统：

> X16 超级单体内核（X16 Supercell Chamber）

武器装备：

- 刺刃耐高温弹射刀，边缘配备碳纳米管（伸缩式）；

- 脉冲臂铠，可调节式射弹发射器；

- 胸部 AKM 联动式导弹；K-Stunner 无氧化剂导弹伸缩式弹仓；

- 连发射击推进器，重力感应电容系统，近身格斗增加平衡装置。

备注：

> "尤里卡突袭者"是"核攻虫洞计划"的指定核弹携带者（详见"计划"资料）。

24

在香港湾,"尤里卡突袭者"正遭受着"棱背龟"接连不断的重击,而破碎穹顶里的同事对此却无能为力。赫克和查克只能孤军奋战,他们此时可谓手无寸铁。靠着闪光信号灯电池,"突袭者"一息尚存。

"备用电源太不稳定了!"赫克怒气冲冲地咆哮,"一次只能维持一到两秒。"

不过这还足以让他们保持直立状态,甚至偶尔还能避开"棱背龟"的攻击,只是它已完全丧失还击能力。但这样下去,"突袭者"迟早会倒在"棱背龟"手下并坠入香港湾的海水里,并且有去无回。

"我们需要紧急救援。"查克说道。

"不用,我快搞定了。"赫克回道。杂乱的线缆横躺在操作舱的平台上,他正努力从这堆纷杂的缠绕物中解脱出来。同时,他也尝试着松开靴子夹具,这是他和查克通感连接开始时保持固定站位的装置。就在他脱离夹具和线缆的一刹那,"尤里卡突袭者"被"棱背龟"撞得转了个身,赫克被甩了出去,飞过操作舱,重重地砸在支撑梁上。

赫克青春年少时踢过澳式足球,那时世界上还没有怪兽的侵扰。他至今仍坚持认为,是真爷们儿就要踢澳式足球,虽然有时候他也玩玩英式橄榄球。十七岁那年,他在一次非正式比赛中打中场,结果不小心摔倒在地,当时锁骨突然折断的声音就跟现在它撞击在梁上的声音一模一样。

赫克发出一声惨叫,这时"棱背龟"再次向"突袭者"的头部袭来,晃得他在地板上翻来滚去。查克赶紧解开固定装置,且跑且滑地奔向父亲。

"起来,"他说道,一边拦腰扶起赫克。"快起来,老家伙。"

"不要这样叫我!"赫克大声吼道。他一站起来就用力甩开儿子,然后伸出一只手捧着摔痛的腹部。另一只手猛地拉开了镶嵌在操作舱壁上的钢制门。

两把信号枪跳入眼帘，据说这种枪的子弹即使在风雨肆虐的天气，最远的可见距离也能达到五公里。赫克不敢肯定这是否有夸张之嫌。不过这两把信号枪的确大得惊人。

"儿子，我们就待在这儿，哪儿也不去。"他说道，"现在你和我是挡在这丑陋的畜生和一千万平民之间唯一的希望。我们必须做出抉择：是坐在这干等还是去做一件相当愚蠢的事情。"

破碎穿顶的探照灯光穿透"尤里卡突袭者"震裂的窗户掠过汉森父子的脸庞。

"你又不是不了解我，"查克回答，"我从来不反对愚蠢的事情。"

不到一分钟的时间，父子俩就经维修楼道从操作舱爬到了最近的紧急逃生舱口。查克用曲柄转开舱盖机械装置，舱门开启的一刹那，内部增压空气嘘地一声泄了出来。他们走出舱门，来到"尤里卡突袭者"的头顶。

将"突袭者"打得遍体鳞伤后，"棱背龟"也消耗了不少力气，这会儿它暂时停下了无情的爪子。突然冒出的两个人使它蓦地昂起头来，脸上的表情——赫克百分之百地肯定——写满了好奇。

"嘿！"他朝怪兽大声呼叫，"你打坏了我的机甲，你这该死的……"

他还没骂完，查克就迫不及待地开了枪。

可恶的小子，赫克心底下立刻怨道。总是一副猴急的德性。

紧接着他也开了一枪。两颗巨大的照明弹应声射出，钻入"棱背龟"同一只眼睛里。

怪兽发出撕心裂肺的咆哮，这猝不及防的袭击烧得它痛不欲生。它慌忙闪身，将头扎进水里猛地摇来摆去，试图淹灭眼球上灼烧的火焰。激起的海浪几乎要掀翻"尤里卡突袭者"，不过这款机甲具有强大的平衡功能，可以在飓风、海啸、地震和怪兽袭击多管齐下的肆虐中屹立不倒。所以，它最终仍然稳稳地立在那儿。

赫克盯着查克。他不知道自己是该为儿子的英勇感到骄傲，还是因查克操之过急而发怒，抑或像其他父亲一样因为儿子太像当年鲁莽任性的自己而大失所望。

然而，他已来不及表示任何态度。因为就在此时，"棱背龟"缓过神后再度气势汹汹地杀来——这下，死神真的来了。

"不如咱们游水逃生。"赫克说道。笑话够冷的，况且他的锁骨还受了伤，但他实在想不出其他笑话来。

"偏不，让它放马过来吧！"查克坚决不服输，"我枪里有的是子弹呢。"

赫克最终没有忍住，粗声大笑起来。

在暴风骤雨的呼啸声和"棱背龟"怒不可遏的咆哮声中，他们突然听到跳鹰直升机"嘟嘟嘟"的声音。阴沉暗黑的天空中，一个硕大的机甲正乘风破雨而来！

可是基地里哪里还有机甲，莫非……

"不是吧？"赫克不禁感叹，"看来斯达克已经豁出去了。"

这时，"危险流浪者"从跳鹰直升机下方投了下来。它的双腿触到海浪的瞬间，夜航灯打开了。"危险流浪者"英姿飒爽地矗立着，与"棱背龟"四目相对。

机甲猎人拉开了架势。

"跳梁小丑秀准备开演了。"查克冷嘲热讽道。

"你要是看不惯，可以跳下去啊。"赫克心中不爽。

两人同时往下望去，"突袭者"头顶距离海面有三十多米高，而海浪溅起来就高达三米。

他们转回身时，发现"危险流浪者"一个侧闪，避开了猛冲过去的"棱背龟"，并将电磁脉冲发射器官从怪兽背上扯了下来。"棱背龟"仰天长啸，然后一个急转弯。"危险流浪者"把器官奋力抛向天外，紧接着向再次冲来的"棱背龟"当脸一记狠拳。

"漂亮！"查克情不自禁地高喊道。

"危险流浪者"乘胜而上，一阵暴雨般的拳打脚踢落在怪兽身上。查克回想起几天前在空武馆看到的招式。那天，他在现场旁观了罗利·贝克特的格斗。也许真子的风格与此不同，但此时此刻，罗利才是真正的主驾驶。"棱背龟"节节败退，被逼至一座香港湾大桥的桥墩下。然而，"棱背龟"趁"流浪者"稍不留神把它拎了起来，向远处甩去。

在空中飞了将近两百八十米后，"危险流浪者"重重地坠落在大型集装箱港口码头的一端，数排纸板箱和施工车辆被撞得四分五裂。

机甲刚刚站起身，"棱背龟"突然间从浅滩里窜了出来，码头边缘又是一场激战。"危险流浪者"的机身惨遭磨损，碎片被打得四处抛飞。双方的战场逐渐向陆地转移，周围堆放的货运集装箱像乐高积木般散落一地。

　　"危险流浪者"的最后一击把"棱背龟"翻了个仰面朝天，背部甲壳托着怪兽躯体在码头上急速滑行，所过之处，起重机翻倒在地，小型建筑物土崩瓦解。

　　稳住身形后，"棱背龟"翻身跃起，向"危险流浪者"迎面袭来。机甲猎人拾起一辆起重机，像挥板球拍一样朝怪兽的头打去。看着"流浪者"挥舞手臂，发出如此致命一击，查克仿佛已经看到了怪兽惨不忍睹的结局。但出人意料，"棱背龟"灵巧地闪开，将一只带爪的拳头直掏"流浪者"心窝。就在那一刻，查克猛地明白了，他原以为"危险流浪者"如"尤里卡突袭者"一般敏捷。原来各代机甲之间差异竟如此之大。

　　被怪兽又一次重击后，"危险流浪者"单膝跪倒在地。"棱背龟"趁机逼近前来，抡起巨锤般的拳头把这台老机甲打得一点点往下弯。

　　前一刻还情绪高涨的查克此时像泄了气的皮球一般。

　　"那两个家伙完蛋了。"他说道。

　　赫克没有回应。

　　这个世界也要完蛋了，查克失望地想着。如果今天所有的机甲都被摧毁了，实验室那两个呆瓜子又没说错的话，怪兽将会来得愈加频繁。人类不能总用核弹应对危机，否则地球将无法居住，很快自取灭亡。

　　"危险流浪者"摇摇晃晃，站立不稳，"棱背龟"的长臂正如疾风般横扫过来。

　　就这样结束了，查克想着。四比零，怪兽胜出。

　　但是"危险流浪者"迅速向旁边倾斜，"棱背龟"一记有力的重捶彻底落了空。"流浪者"再次捡起地上的起重机，而这次，"棱背龟"没能幸免，它那张爬行类动物的大脸被砸了个正着。腐蚀性血液向四面八方喷溅，凌乱不堪的码头上烟升雾起。

　　"棱背龟"一时间头晕眼花，向后打了几个趔趄。"危险流浪者"紧追不舍，它用两只手分别操起地上长约十五米的金属集装箱，对准"棱背龟"的头部两面夹击。怪兽被打得七荤八素，步伐不稳，而"危险流浪者"则后退了一步，利用这宝贵的时间启动等离子加农炮。

　　"恐怕话不能说得太早。"赫克面露喜色。

　　"棱背龟"冲了过来。

伴随着撕裂空气般的轰鸣，等离子加农炮穿膛而出。方圆十五米的雨点瞬间蒸发，战场上一时间雾气升腾，然而转眼又消散得无影无踪。

"棱背龟"吃了第一轮火炮后并没有停下来。

"危险流浪者"又开了一炮。怪兽的甲壳碎块漫天纷飞，等离子爆炸的强大冲力将集装箱如同泡沫塑料般四处抛扬。

然而，"棱背龟"依然没有罢休。

它伸出双臂像摔跤手一样紧扣"危险流浪者"，巨大的压力使"流浪者"脚下的混凝土地面骤然间弯曲变形。

"危险流浪者"第三次开炮。怪兽前胸的甲壳被炸掉了几大块，它后退几步，旋即侧身倒了下去，翻滚了几下后，终于纹丝不动了。烧焦的和冒烟的怪兽残块在集装箱堆场随处可见。怪兽尸体上一个豁口大张着，部分甲壳的内侧构造一览无余，还能看见一些仍在跳动的奇怪器官。

赫克和查克身后的紧急逃生舱口依然开着，"尤里卡突袭者"内部的机甲互联通讯器里传出说话声。

"它死了。"真子说道。

"我以前粗心大意过，"罗利回道，"这次我要确认一下。"

"危险流浪者"将等离子加农炮瞄准了俯卧在地的"棱背龟"，威力巨大的加农炮炸穿了怪兽的尸体，"流浪者"继续一炮接一炮地猛射，直到炮管因过热而发出炽热的光。"棱背龟"的残块七零八落，覆盖了大半个集装箱码头。

赫克父子听到"尤里卡突袭者"舱内罗利的声音响起。

"没气儿了。"

随后，"危险流浪者"将目光从烟雾升腾面目全非的"棱背龟"转向了香港市区。

"这 I-19 还真是个好东西。"赫克叹道。

查克没有说话，心下却不以为然。如果你驾驶的机甲老得掉牙，而且这还是你唯一的武器，那它当然是个好东西了。

罗利的声音再次传来。

"这只死了，去找下一只。"

PACIFIC RIM

环太平洋联合军防部队（PPDC）
ZNN 亚洲频道（6 台）现场直播

明，开始拍了吗？不，我想从香港湾这边的情况开始报道。然后我们……不，有两台机甲快撑不住了，我要去现场。如果连机甲倒下的第一手资料都错过了，我们还出来干什么？你拍到"暴风赤红"了吗？好的……什么？不，在公开报道前我们需要向 PPDC 确认它们的代号。我们派了谁去破碎穹顶？问问他们的代号……

大家好，我是 ZNN 亚洲频道的记者格蕾丝·大桥。现在从怪兽袭击现场为大家进行直播。这是人类世界首次遭遇的双重袭击，PPDC 部署了四个机甲猎人出战。目前，两台机甲被怪兽摧毁，另一个因遭受电波攻击而陷入瘫痪。第四个机甲——也是这里面最老的一个——"危险流浪者"是经过重新装备的 Mark 第三代机甲。刚才它在蓝巴勒海峡峡口附近的滨水区成功消灭了一只怪兽。怪兽的尸体此刻就躺在昂船洲的集装箱码头，距青沙公路通往昂船洲大桥的入口非常近。抢修队已经来到现场。大家都知道，这个时段正是容易感染怪兽"毒蓝"的危险期。

我们现在的具体位置是昂船洲对面的船坞，一架起重机的顶端。这只代号为"棱背龟"的怪兽再也无法祸害人间。"危险流浪者"用等离子加农炮连续轰炸了好几次，大家可以从我们拍摄的镜头看到，"棱背龟"怎么也不可能死灰复燃了。

现在请跟随我们的脚步前往西南方，第二只怪兽——我们刚收到消息，代号叫"尾立鼠"——已直冲九龙心脏部位。这两只怪兽比以往任何一只都大。我"尾立鼠"和"棱背龟"已经摧毁了两个机甲猎人，第三个严重受损。远远望去，我们能看见维多利亚港里静止不动的"尤里卡突袭者"。从现场情况看，直升机营救队好像正在解救"突袭者"的两名驾驶员。位于"突袭者"后方的正是香港破碎穹顶基地，这是环太平洋联合军防部队剩下的最后一个机甲基地。

现在只有两个机甲猎人幸免于难……或许只有一个……

我们现在就前往九龙旧城中心，跟踪"尾立鼠"的最新动向，稍后我们将带来更多第一手信息。

ZNN 记者格蕾丝·大桥，香港报道。

25

　　碎裂的混凝土块纷纷落入避难所，人群从洞口挤向阴暗的角落，以免怪兽发现自己。近在咫尺的庞然大物让人们惊恐不已。连纽顿这个无时无刻不在研究怪兽的科学狂，也不敢相信自己现在离它竟只有一步之遥。

　　怪兽埋低头，在街面上探来探去。纽顿能清楚地看到它头上每一块鳞片，鳞片间壮如比格猎犬的寄生虫，还有身上皮开肉绽以及烧焦的部位，那是驾驶员战士竭尽全力、英勇迎战的印记，可惜最后以失败告终。

　　怪兽将脑袋前端伸进了避难所，在人堆里东嗅嗅，西闻闻。纽顿突然意识到自己一直待在原地，没有跑开。而避难所里的人全都尽量离他远远的。他的位置靠近出口的门，离怪兽掀开屋顶的地方稍有一段距离。但尽管如此，他的周围仍空空如也，无人敢靠近。谁也不愿意和这个被怪兽追踪的白人站在一起。

　　突然间，他的眼前又出现了重影。怪兽的幻象和自己交错重叠。纽顿通过怪兽的眼睛看到了呆若木鸡的自己。

　　一只巨大的爪子一掠而过，霎时房顶又缺了一大块。更多的石砾掉落下来，数十人不幸被埋。其他人见状，惊慌失措地逃到避难所的另一端，尖叫声和哭喊声响成一片，他们蜷缩在仅剩的角落中瑟瑟发抖。

　　这时，怪兽伸出的附属器官一边打开，一边伸长，里面伸出一条发出蓝色荧光的卷须。蜿蜒而下的卷须扫刮着满是废墟的地板。最后，它停在纽顿面前，在他周围使劲地闻来闻去。纽顿一脸错愕，内心又惊又怕。它们竟然能造出这样的器官！不仅能发出生物荧光，并且感觉器官功能远超人类。这种组织构造极具弹性，但柔中带刚，还有保护层——近乎完美无缺。而且这竟然是制造出来的，最新式的版本。

　　下一个将会更先进。

　　纽顿发现自己居然能听到怪兽心里在想什么。这不是心灵感应，绝对不是，但——天哪，他豁然顿悟：这是驾驶员们常谈论的通感余波。从神经生理的角度说，这是通感的影子，或者回声。通感结束后，两者之间建立起的神经通路不会轻易消失。怪兽的心理活动渗进纽顿的大脑，这个过程称为突触渗透。而且，它是一个双向的过程，汉尼拔·周早就想到了这点。

这些信息怪兽脑中渗透出来，或者通过它们从某个地方传来。传达着那些监督、控制、掌握怪兽生杀大权的"先驱者"的想法——这些冷酷无情的杀戮并非出于心血来潮。想到此，纽顿震惊不已。

老兄，门儿都没有，纽顿心想。他也不知道怪兽是否能听到自己心底的声音。你从我这得不到任何信息，我什么都不会说的，大哥。再说了，你也不会讲人话吧。突然，他眼前竟然出现了自己的神经突触影像，微小的轴突和树突逐渐分离，直至解体，而"先驱者"在一旁注视着，眼神充满杀伤力。不，这不是纽顿·盖斯乐的突触。他可不希望自己的突触变成这样。

直到此时，纽顿才想到逃跑。他爬上堆积如山的废墟，但不慎绊了一跤，眼镜撞到一块突起的混凝土上裂开了花。他抬起头来，眼前怪兽的——什么来着？舌头？触须？还是触角？你们把这种器官叫作什么？——伸了过来，近到触手可及。器官上面的鳞片缝隙间，寄生虫爬来爬去，仿佛怪兽整个身体上都存在一个独立的生态系统。怪兽身上与保卫人类的机甲激战后留下的伤痕和裂口亦清晰可见。

也不知道那些机甲猎人情况如何？

像是为了回应纽顿的疑问似的，一系列画面涌入他的脑海："暴风赤红"在怪兽利爪下身首异处；"切尔诺阿尔法"沉入维多利亚港后剧烈爆炸；另一只怪兽喷发的电磁脉冲发出耀眼的光，势如破竹般吞没了"尤里卡突袭者"，机甲系统崩溃，动弹不得。但纽顿意识到怪兽不是在和他交流，而是向另一只怪兽传递信息，而他此时在通感余波的作用下窃取到了两兽之间的密报。

将电磁脉冲用作有机战斗武器？纽顿顿感惊惶不安，而又惊诧不已，当然还忍不住惊叹连连。

他心惊肉跳但又手足无措。

敌人进化得如此神速，人类何以抗衡？

又有几块屋顶被挖掉了，雨点从四面八方飘进避难所。怪兽的口水顺着大嘴流淌下来，大滴大滴的酸性唾液溅落在混凝土块上，土块转眼间熔化消散。人们不再奔跑躲避，因为已无任何藏身之处——仅剩的一小片房顶被甩进了风雨交加的夜空。

我还是主动就范吧，纽顿心里琢磨着。怪兽是想杀我还是只想见见我？只有我跟怪兽通感过。也许对它们来说，我还有点利用价值。"先驱者"的指示也几乎表明了这一点。再说，我主动投降还能拯救大家的性命，这是一件大好事……

他往前迈了一小步。怪兽弓着腰俯视洞口，它的眼睛直直地盯着纽顿。

就这么做，纽顿下了决心。这么做才是正确的。怪兽会不会需要先把他吃掉，才能让"先驱者"与自己建立对话呢？纽顿心惊胆战，吓得发起抖来，他还不想死。他时常念叨着渴望近距离接触活怪兽，现在他的想法彻底动摇，但时至今日才后悔恐怕已经晚了。

一束探照灯光朝怪兽直射过来，光线也撒进了避难所。纽顿面向灯光眨巴着眼睛。要是不戴眼镜，他眼前将一片模糊。此时虽有眼镜，但镜片上布满裂纹，加上探照灯炫亮刺目，他也很难看清楚究竟发生了什么……

噢，对了，他突然明白过来，肯定是机甲，可是它们不都……

令人惊心动魄的刺耳声驱散了纽顿的思绪。他太熟悉这种声音了，在哪儿他都能听出是谁。它完全是机甲猎人独特的识别标志或个性武器，纽顿简直不敢相信自己的耳朵。

潘提考斯特真的别无选择，铤而走险了吗？

他连忙撒腿跑了出去。怪兽听到刺耳声后猛地转过身子，而巨大的"危险流浪者"正赫然朝着隔离区的边缘逼近。

纽顿睁大眼睛，屏息凝视。透过开裂而朦胧的镜片，他感觉机甲猎人似乎正拖着一艘大型油轮。那油轮在"流浪者"的手中就像一根百米长的球棒。老天，那可是一艘油轮啊！体积比"流浪者"大太多了。虽然纽顿不是工程师，但他完全明白，制造出能用油轮拍击怪兽的机器人绝对是一项难能可贵且不可思议的壮举。

"危险流浪者"瞄准"尾立鼠"，像挥球棒一般将油轮甩了出去，怪兽应声倒地。"流浪者"随即面对怪兽摆好了架势，身上尖厉的号角声仍在怒嚎着。

怪兽很快恢复过来，它扬起前肢直立起来，不停地张牙舞爪——它被激怒了。"危险流浪者"立即调整成防御姿势。怪兽冲了过来，它猛地一击，"流浪者"撞到一排建筑物上。它紧随而至，狠狠地推着"流浪者"沿街碰撞，破碎的石块和墙砖纷纷掉落，怪兽和机甲双双淹没在碎玻璃和钢筋堆中。亮晶晶的玻璃碎片如瀑布般倾泻而下，转眼间，它们就不见了踪影。

纽顿回头瞥了一眼避难所的大门，那里依然紧闭着。他必须出去，唯一的途经就是爬上废墟。人们蜂拥而出，迅速涌上街头，想起刚才命悬一线，和死神擦肩而过的惊险，大家仍然惊魂未定，后怕不已。"尾立鼠"这个名字瞬间传播开来，人们都在谈论着这场战争的惨重代价，纽顿一时纳闷不解，他们怎么知道？蓦然间，他茅塞顿开。蔡天童给怪兽取的代号想必已经在媒体上广为流传了。这些代号总能在短时间内不胫而走，公之于世。天童私底下对此颇有几分得意。

突然一阵刺痛袭来，纽顿才发现脸上被刮开了好几道口子。不过无所谓了。刚爬到街面上，"尾立鼠"猛推着"流浪者"的凶险场面便跃入眼帘。只见怪兽和机甲撞穿了一幢高楼，身后留下的大洞能一眼望穿。然而，这一幕转瞬即逝，纽顿才站起身，这栋下半截被挖空的摩天大楼便轰然倒塌。滚滚尘埃吞噬了避难者，人们做鸟兽散，向远离纽顿的地方狂奔。

他弓着身子向相反方向走去，沿着街面上起伏不平的大洞边缘向前走，然后抄近路穿过巷子追随战斗而去。纽顿开始奔跑起来，上气不接下气。他透过布满裂纹的镜片观察着周围的世界，一时间头晕眼花，脑子里满是这一天的见闻和经历。怪兽知道他在哪里，还知道如何找到他，因为它和自己是相互连通的。

现在，这只怪物兽性大发。它已经摧毁了一个机甲，另一个机甲也命运未卜。

纽顿快速绕过街角，看见"尾立鼠"正向"危险流浪者"发起进攻。它的利爪刮过机甲外壳，口水不断地从嘴里喷出，大团大团的酸性唾液在机甲身旁飞掠。

"危险流浪者"奋力挣脱了怪兽的魔爪，跳到政府办公厅的楼顶。"尾立鼠"穷追不舍，香港城中心炫目的光给这场战斗披上了一层极不协调的霓虹色。"危险流浪者"时而左躲右闪，时而予以回击，毫无喘息的机会。

"尾立鼠"陡然转过身，猛力挥甩出它那末端带有尖钩的长尾巴。剑龙，纽特不禁暗想。没错，剑龙就是这种怪兽的雏形。这类怪兽的制造者一直在乐此不疲地重复生产着同款产品，就好比程序员反复测试代码一样……又或者像实验室里的科学家不停地尝试同样的试验，以实现更新换代。

"危险流浪者"敏捷地避开了长尾的袭击，转身将其牢牢地抓在手里。

"尾立鼠"用力抽动，试图挣脱，它的嚎叫声充满了愤怒。但是"危险流浪者"紧抓不放,然后一鼓作气,使尽浑身力量将怪兽的尾巴向上一扯。

长尾巴被扯掉的瞬间,"尾立鼠"凄厉的惨叫声划破天际。

随后,怪兽失去平衡,栽倒在地。然而,它很快又恢复战斗状态。纽顿发现,"危险流浪者"遇上了新麻烦。

怪兽的尾巴居然活了!

它缠绕着"危险流浪者"的前臂,尾巴末端竟然生出一组带钳螯的等边三角形嘴,不断啃咬着"危险流浪者"的脸部,还一个劲儿地喷射唾液。

这是第二大脑在发挥作用,纽顿心想。可见第二个大脑对有机体而言多么不可或缺。这时,怪兽的尾巴缠得更紧,力度更大,金属破裂的"啪啪"声和挤压变形的"吱嘎"声传入纽顿耳际。接着,它从"危险流浪者"紧握的手中挣脱出来,尖利的钳螯深深地扎进机甲的肩膀,机油和润滑剂喷涌而出。纽顿几乎可以想象怪兽所经过的无数次改进升级,怪兽的DNA分子链在他脑中翩翩起舞。

在"危险流浪者"与断尾打得不可开交时,"尾立鼠"恢复了平衡。它紧紧地交叉双臂,将头埋低,喉颈处开始鼓胀起来。它发出的声音就像一只狗准备呕吐似的——一只九十多米巨狗。纽顿开始推断起来:怪兽体内具有酸性液体,它自始至终都在不停地流口水……

对,它要喷酸液了!

如果纽顿的判断没有失误的话——实际上的确没错——"尾立鼠"即将喷射的酸液势必把"危险流浪者"的铠甲腐蚀烧穿。没准儿就此要了"流浪者"的命。

"尾立鼠"大口大口地吸着气,喉颈处越鼓越大,而断尾则在"危险流浪者"肩上纠缠不休。机甲伸出另一只手使劲拉扯尾部,以免被缠得更紧。

随着一阵"咝咝"声,一股强烈的白色蒸气流从"危险流浪者"的侧面喷了出来,机甲和尾巴顿时变得朦胧不清。纽顿起初以为怪兽的断尾戳穿了机甲的关键系统。蒸汽羽流逐渐消散后,纽顿豁然省悟。

断尾一动不动地僵在半空,上面的冰在闪烁着微光。

他们使用了冷却剂!罗利,或者真子,或者任何正在驾驶"危险流浪者"的战士打开了侧面的冷却剂储存器。干得漂亮!这样一来,机甲必须尽快锁定胜局,否则它会因过热而受损,这是旧式核动力机甲的通病。核裂变反应产生大量废热,所以 Mark 三代机甲浑身上下在设计时需要巧妙地处理传热和散热的问题。

这招果然奏效，罗利就像一个被激怒的牛仔，灵光一闪，想到这种操作指南上绝对没有的格斗技巧。现在纽顿百分之百地确定，罗利就在机甲里面。只有对"危险流浪者"了如指掌才能想到这一策略，而任何其他驾驶员都没有达到这种程度。

当然，除了真子。蔡天童早就把他所知道的关于 Mark 三代机的一切知识教给了她，而天童的水平绝不逊于罗利。

"危险流浪者"抖了抖身子，朝"尾立鼠"大步迈去。缠在身上的断尾被震得四分五裂，碎落一地。

怪兽最后大吸了一口气，喉颈处极度膨胀，突然，一团巨大的酸液飞速喷出，正如纽顿所料。酸液溅泼在"危险流浪者"的躯体和双腿上，只见铠甲的外层须臾间熔化成了液态。纽顿甚至能看到机身里超级扭矩的发动机继电器组和液芯导管的保护层。此时此刻，它们依然保持着系统的完好性，至少看起来如此。

然而，"尾立鼠"又开始大口吸气，喉颈再次鼓胀起来，第二轮喷射呼之欲出。

"危险流浪者"猛向前冲，一把拽住怪兽的颈部液囊，将里面的液体全部挤了出来。速冻断尾的冷却剂也封合了机甲肩上的伤口，因此，"危险流浪者"有足够的力量紧紧抓住"尾立鼠"。怪兽用力摆动，朝机甲狂抓乱舞。"流浪者"使劲扭拧着在幽暗中发出亮蓝光的液囊，随后，一阵猛力，将液囊硬生生地从"尾立鼠"喉咙里扯了出来，一挥手，液囊拖着几片皮肤碎块向海港的方向飞去，蓝光闪烁的酸液一路上滴滴答答往下掉。

"尾立鼠"痛苦挣扎，怒吼喧天，它愤怒地将"危险流浪者"重击在地，充分利用它的体型优势制服了机甲。它高举双臂——纽顿再次大吃一惊，双臂上竟然展开了一对翅膀，比他在通感时看到的失败版本要大得多。那时看到的怪兽看起来就像小孩子画的飞禽走兽，只是个吊车和天平这类事物的拼合物。眼前这对翅膀却足有两个怪兽那么高，扑打起来，狂风大作，旁边的汽车被吹得无影无踪。一开始，翅膀扑打得很慢，但转眼间，速度逐渐加快，直至模糊不清。整个过程让纽顿想起跳鹰直升机马达启动的样子。

"尾立鼠"甚至像跳鹰直升机那样飞离地面，把后爪紧抓着的"危险流浪者"吊了起来。"流浪者"试图挣脱，不停地捶打怪兽的后肢和尾部，但因悬荡在空中而无处借力，每一拳都疲软无劲。"尾立鼠"在香港的上空越飞越高，飞入低垂的雨云后，没了踪迹。"危险流浪者"和两位驾驶员也随之消失了。

环太平洋联合军防部队（PPDC）
撞击力测试和驾驶员安全系统报告
暨 Mark 第三代机甲头部内部设计说明

2017 年 3 月 22 日
阿维德·因泽布卢肯，勒沃库森机甲研究所首席工程师

与怪兽的早期交战表明，机甲驾驶员面对的两大危险因素是挤压／冲击至伤和溺水。新版机甲体现出多项进步，既能有效地防范这两种危险，又能减少驾驶员的阵亡率。具体细节如下：

增设氧气再循环系统

早期机甲通过设立操作舱密封环境系统实现了水下作战。实践证明，这些系统效果良好 ，故障自动保险机制符合预期。此外，Mark 第三代机甲还为每位驾驶员增设了个人氧气再循环系统，并与作战服头盔相结合，其氧气补给源独立于内部空气维持装置。如果操作舱外壳在水下破裂，这一系统将提高驾驶员存活率。

增强冲击抗力

即使机甲操作舱完好无损，仍然有很多驾驶员丧生，致命原因多是机甲摔倒时产生的巨大冲击力。Mark 第三代机甲拥有经过升级和强化的陀螺稳定性，其头部内部构造也经过了强化处理。在测试中，即使从远远超过机甲身高的地方摔下，头部依然保持完好无损。将减震抗冲击机制纳入运动平台后，驾驶员的存活率极大提升。总体来说，这些改进将显著增加驾驶员在机甲倒地和其他高强度冲击中的存活率。

配置密封加压逃生舱系统

对 Mark 第三代机甲来说，最新的东西莫过于自动逃生舱系统，它能将驾驶员分别弹射出去。设计师将这一系统巧妙地集成到操控杆组件，一个连接驾驶员和运动平台的装置。该系统的启动方式有两种，可以在全息平视显示屏上发出指令，也可以按下手部控制面板上的开关。系统一旦激活，驾驶员将被装入各自的逃生舱，然后从机甲头部上方的小孔飞速弹出。每个逃生舱均配有可持续一个小时的生命支持系统，里面还包括导航器，可视定位仪和浮游工具。

26

遥远的地面上，暴风雨吞噬了整个香港，隐约闪现的微光点缀着无边的夜幕。"危险流浪者"将一只手臂绕在"尾立鼠"身上，另一只则不停地弯折怪兽的爪子，偶尔敲打几下，也许弄断翅膀后，怪兽不得不调整方向，降回地面。

罗利暗自庆幸他们把怪兽的尾巴扯断了，否则根本无法抵御"尾立鼠"的多方攻击，也不能阻止它喷射更多黏稠的酸液。自从怪兽的液囊被"危险流浪者"挖掉后，肮脏黏糊的蓝色酸液源源不断地从喉咙下方的洞口渗出，仿佛永远也流不完似的。

操作舱的屏幕上能看见指挥中心里一张张忧心忡忡的脸。

"你们现在离地面七公里。"蔡天童说道。

"至少机甲不至于过热了。"罗利自嘲道。外面的温度远低于零度，"危险流浪者"铠甲上被怪兽的酸液烧出的洞孔正在散发废热。

"真好笑，"蔡天童回道，"我们……我们什么办法都没有，帮不了你们啊！"

"我从来都是自力更生。"罗利笑道。真子在……她在干什么？他能感觉到真子正在苦思冥想一个问题，但他实在弄不清问题的具体内容。

她说话了："真是不可思议！这么高的地方它居然还能呼吸。"

"的确，匪夷所思啊，怪兽浑身上下都是出人意料的东西。"罗利叹道，"现在我们怎么杀掉它呢？两枚等离子加农炮都已耗尽。我们别无——"

"还有其他办法，"真子大声说道，"这是新式武器。"

"你以前怎么没跟我说过？"罗利不解。

"谁叫你自己不去看。"她笑道。随后，她按下控制台上的开关，一把闪闪发光的剑出现在屏幕上。

"真够讽刺的，对吧？这'尾立鼠'不就长得像某种剑吗？"他说道。

真子不理会他的玩笑："我说过，我父亲是一名铸剑师。"

"海拔高度已达十五公里。"天童的声音再次传来。

真子突然摇动她的手腕。罗利重复了同样的动作。霎时，"危险流浪者"的右边护手上，一条长长的鞭子在这平流层中霍然甩出，鞭子由一根高压电缆将一节节锯齿状的金属串接而成。真子握紧了拳头。再一次，感应和预见到这一动作后，罗利也握紧拳头，但他不知道真子的葫芦里到底卖的什么药。鞭子突然挺直，金属节节紧扣，清脆的当啷声在操作舱中回响。"尾立鼠"不断地拍打，"危险流浪者"则努力用受伤的手臂挡开。

"那是什么东西？"天童不禁纳闷儿。

"真子才知道。"罗利回答。

"你真的打算——"

未等天童问完，真子便在操作平台上迅速扭转身子，完美的通感让罗利同步转身，他的手上能感受到长剑的重量，分布均匀，极富杀伤力。

"家名のために！（为我的家人报仇！）"真子大声喊道。

他们松开绕着怪兽的手臂，并猛地推了一把，以拉开关键的攻击距离。

剑身细薄，快如闪电，罗利只看见一道太阳反射光向 "尾立鼠"斜劈过去。怪兽的双翅弯了下来，其中一只与身体分离，然后快速飞落。过了好一会儿，"尾立鼠"的上半身一分为二，两半残体翻腾着坠向遥远的地面。

"这种武器叫什么名字？"罗利问道。真子耸耸肩。"链剑"这个词飘进罗利的脑海。一个普通却形象的名字。好吧，我知道了，他心想，原来叫链剑。

不久后，机甲往上空的最后一点冲力消失了，失重的状态持续了好一会儿，蔡天童冒了一句："帅呆了。"

他们还听到潘提考斯特正命令救援人员和直升机紧急行动。

"跳鹰马上起飞！所有工作人员楼顶集合！"

"危险流浪者"开始坠落。

这道数学题再简单不过。他们所在的高度是一万五千两百多米，就算作一万五千米吧。以这个距离和重力加速度 $9.8m/s^2$ 计算，加上一些因大气阻力带来的变量，机甲会在大约一百七十七秒后触地，差不多三分钟。

届时他们的速度将达到三百多公里每小时。如果机甲展开四肢，使空气阻力最大化，则可降低速度。罗利和真子立即采取了这种办法，将机甲调整为水平姿势。在"流浪者"下方，只见巨大的暴风雨翻腾着从香港一直蔓延至菲律宾。

还有一百五十六秒。"尾立鼠"的残块也跟着往下坠落，血滴滴答答地掉个不停，但瞬间便蒸发在空气中。

"'流浪者'，听我说。"操作舱的显示屏上，只见潘提考斯特来到天童身旁，继续说道，"这种情况我以前遇到过。"

你遇到过？罗利心生疑惑。他能感觉到真子心中同样的疑问，还伴有些许懊恼，好像在埋怨自己此前怎么不知情。

一百五十秒。"尾立鼠"的残块已消失在视野里。

"展开所有减震器。"潘提考斯特发出指示。罗利马上行动起来，将数百个液压减震组件的弹力调至最大。

"操作完毕。"罗利报告，数据显示所有未被怪兽破坏的减震组件均完全展开。

一百三十秒。机甲重新伸展四肢，竭尽全力降低速度。突然，他们触到了暴风带的顶端，机甲开始颠簸颤动起来。速度与冲击力之比出现在显示屏上：1:29。还剩八十九秒。

"利用陀螺仪控制平衡。"潘提考斯特继续大声指示，"蜷缩抱团，不要松开。做好准备，会很痛！"

用陀螺仪，罗利有些不解。"危险流浪者"的确安装有许多平衡系统，但设计初衷并非用于空中操作。罗利迅速按下一系列快速指令，所有陀螺仪启动后，机甲恢复了平稳。整个过程花了将近一分钟。随后，他和真子低头屈膝，伏下身来，而"危险流浪者"也蜷缩成团状。

接下来的二十秒钟里，罗利从未感受到时间如此漫长。机甲经过暴风带的下端时，产生巨大的声响，有如货运列车的咆哮。他们俩都不敢抬头看全息图，更不敢往窗外看。罗利突然听到有人在倒数，是天童。

拜托，天童，他心下责骂道，快给我闭嘴吧。

指挥中心的显示屏上，"危险流浪者"坠落的瞬间仿若陨石撞击地球。机甲砸中了香港体育馆，整面墙和最近的墙角顷刻间崩塌。数百米内，废墟碎砾如暴雨般向四面八方飞落。蘑菇状的尘云和烟雾迅速升腾，弥漫在昏黑的雨夜。

突然，操作舱内部影像从指挥中心的显示屏上消失了。

"天童，"潘提考斯特急促地命令，"快恢复信号。"

天童使劲浑身解数，但仍无力回天。

"跳鹰，"潘提考斯特问飞行员，"你们能看到什么吗？"

跳鹰的探照灯在烟尘里寻觅着。

"什么都没有看见，长官。"一个飞行员用无线电回复道，"太多灰尘了。没有发现任何移动的东西。"

"'危险流浪者'，请回答。"潘提考斯特希望通过公用指挥频率与机甲恢复通信，"贝克特先生，森小姐。"

毫无回应。旋风和大雨逐渐带走了体育馆周围的烟尘。跳鹰直升机不停地在上空盘旋，突然摄像机捕捉到一条巨大的机器腿。

"再靠近些，"潘提考斯特吩咐道，"把灰尘吹走。"

跳鹰直升机慢慢地向撞击点飞近，旋翼掀起的大风吹散了蔓延的尘粒。"危险流浪者"终于出现在眼前……

它站起来了！

喝彩声和鼓掌声在指挥中心响成一片。甚至连平时以沉默寡言著称的跳鹰飞行员们都禁不住高声欢呼，然后才调头往回飞。"危险流浪者"的运行指示灯再次亮了起来，操作舱内部影像重新出现在蔡天童的智能终端上。

"请汇报情况。"潘提考斯特命令道。

罗利关心地看着真子。

"你没事吧？"

"没事。"她回答。在他们周围，操作舱内部遭到严重破坏，惨不忍睹。但他们神色自若，处之泰然。实际上，真子的脸上兴奋洋溢，好像从未如此开心，如此充满活力。

"这种……感觉……太棒了！"她欣喜异常。

潘提考斯特闭上眼睛，让自己沉浸在骄傲中。为真子而骄傲，为两位驾驶员的英勇而骄傲。他很欣慰两人能平安无事，而香港幸免于难，又让他心满意足。

很快，他睁开眼睛，转向蔡天童。

"八个小时内要完全恢复剩下两台机甲的所有功能！"他命令道，"越快越好！"

怪兽与黑市
致环太平洋联合军防部队（PPDC）
作者：XXX（此处内容删除）

全世界的怪兽残块交易总额高达数十亿美元。传统医药领域的从业者毫无根据地声称怪兽器官能有效治疗各种疑难杂症。黑市上销售的怪兽产品种类繁多，仅举以下几例：

● 骨粉／甲壳粉：归类为壮阳药。

● 黏液：一种经过化学方法固化的怪兽分泌物，具有较强的胶黏性。泡湿后会变松软，而加热后将恢复原来的硬度。

● 皮片：取自爬虫类怪兽的皮肤，可像茶叶一样泡饮，据称能医治发烧和头痛。

● 迷幻剂：能诱发幻觉的液态物质，提取自三角骨第三皮质。

● 图腾首饰：制作原料是怪兽牙齿和爪子的刨屑。

● 纤毛绳：以普遍存在于怪兽肺部结构中的纤维为原料。韧度极大，几乎牢不可破，可编织成甲胄。

在怪兽遗骸的多种用途中，最声名狼藉的就是用于黑市交易，尤其是制成迷幻剂出售。然而，通过研究怪兽骨骼和组织，人类也取得了不少医学和科学上的进步。其中最重要的当属怪兽科学部所取得的成就，自黑市交易开始后，该部门经常购买怪兽残块。这些怪兽的组织和细胞，以及怪兽科学部对异世界的能量和怪兽本身特点的深入分析，有效地促进了新一代机甲反怪兽武器系统的升级。典型的例子就是 K-Stunner 导弹头制导系统的更新和新式臂铠部 I-22 发射器中等离子体密度的调整。如果未来某天能够恢复对"猎人计划"的财政支持，那么这些向前的脚步将会走得更快。鉴于缺乏新的资金来源，我们建议机甲指挥部将怪兽科学部的技术成就授权给有责任心的合作伙伴。

27

纽顿目击了"危险流浪者"从天空坠落的惊险一幕，随后看见探照灯四处搜寻它的下落。机甲撞击地球的冲击力犹如发生了一场小地震，最后"危险流浪者"竟然站了起来。不可思议！太不可思议了！

数秒钟后，"尾立鼠"的残骸翻滚着分别掉落在香港的不同地方。

我的机会来了，纽顿心下狂喜。他匆匆忙忙地向芳路和园街的交汇处奔去，一路上疮痍满目，断壁残垣比比皆是。紧急救援队争分夺秒，救护车汽笛声不绝于耳，街头横尸随处可见。纽顿全看在眼里，他知道事后这些惨状肯定会让自己难受好一阵，但此时此刻，他满脑子里装着的只有一件事。

他赶到药铺时，汉尼拔·周正从里面往外走，几个手下紧跟其后。

"好，先去处理翅膀，德国人看到这些东西会乐疯了的。"周正在吩咐旁边的人。突然，纽顿出现在眼前，他停下脚步。

纽顿想象着自己现在的窘相，头发乱了，眼镜碎了，衣服残破不堪上面还血迹斑斑。在过去几个小时，他目睹了很多场面，和怪兽通感的余波让他获悉了更多信息。现在，付诸行动的时候来了。

"我们有约在先。"他气喘吁吁地对汉尼拔·周说道，"你欠我一个大脑。"

周心里大为不悦，但他又不能食言。或者他完全可以背信弃义，只是他没有选择这么做。纽顿才不在乎周高不高兴呢，他关心的只有怪兽大脑，而且很快他就能如愿以偿了。这个大脑的主人就是——四级怪兽"尾立鼠"。

城市环卫车正在清洗怪兽体内流出的蓝色液体，否则"尾立鼠"这半边残骸降落点周边的路面将全部熔化。这块残缺不全的尸体只剩"尾立鼠"的下半身和一只前肢。周的雇员正用笨重的工具将怪兽的肉一层一层地剥下来。每一层肉以及每一块肉在不同的市场销售价格都不一样，不过在汉尼拔·周眼里，怪兽尸体上的每一个分子都是钱。身穿防护服的采集工从怪兽皮肤上扯下寄生虫后，把它们小心翼翼地装进了罐子。他们周围缭绕着酸液灼烧地面而腾起的烟雾。

汉尼拔·周在工地周边走来走去，一边监督指挥，一边维持秩序。纽顿需要小步奔跑才能跟上他的步子。

"我真不敢相信你居然这么对我！"纽顿的话里充满抱怨，"我差点被吃掉。"他的声音显得有些滑稽，因为鼻子流血，他往里面塞了一团纸。

"那就是原本的计划，"周漠然地回答，"算你好运，这个计划没派上用场。"

纽顿非常不满，试图愤怒地哼一声，但声音被纸团堵住了，气息反而往头上冲。

"我算是看清你了。"他不平道。他们在尸体上的一个大洞前停了下来，只见外面数根软管从洞口通进残骸。"怎么取个大脑要那么久？"他急切地问道。他太需要这个大脑了，还要赶快回去研究，现在迟迟不见大脑出来让他几近抓狂。他们已经在这儿等了近一个小时。

周打开便携式显示器，遗骸里面一组侦察员出现在屏幕上，他们身穿旧式潜水服，看起来就像是从博物馆里偷拿出来的古董。

"我们得先往洞里注满二氧化碳，就像做腹腔镜手术一样。"周答道。

这一点纽顿并不陌生。"二氧化碳会延缓酸性反应，没错。"

"然后才能进行采集。但我的手下还需要往工作服里灌注氧气。"周指着软管解释道，"所以手脚就慢了。"他的眼睛盯着显示屏，然后朝对讲机里说道，"伙计们，那边情况怎么样儿了？"

"我们已经到达骨盆。"侦察队员回道，"正在向第二十五节脊椎骨移动。"

在屏幕上，纽顿看到侦察队的手电筒光在迷宫般的内脏和相互缠结的组织上照来照去。硕大的脊椎骨高耸在他们上方。

"看见次级大脑了。"刚才那位侦察员的声音响起。

纽顿的脉搏剧烈跳动起来。总算找到了，他欣喜若狂。

侦察员继续说道："不过已经损坏。"

"什么？"纽顿如遭雷击，死盯着屏幕。他看见次级大脑夹在脊椎和骨盆的接合处，上面有明显的烧焦痕迹，还缺失了几块。纽顿一下子变得垂头丧气。要知道，这个大脑对他来说是多么重要啊！

"等等。"侦察员的声音有点异样。

"等？怎么回事，他是在说'等等'吗？"纽顿瞪大眼睛仔细看着显示屏，侦察员的手电筒正对着已损次级大脑旁边的一睹膜壁。某种东西在薄膜里面动来动去。

与此同时，有节奏的声音从汉尼拔·周手上的对讲机里传出来。咚……咚……

"你们听到了吗？"侦察员问道，"心跳的声音。"他的语气里更多的是好奇而非恐惧，纽顿此刻也正是这种反应。"尾立鼠"不可能还有生命，但在薄膜里一堆杂乱的器官之间，明显有东西在移动。

"哦，天哪！"纽顿惊叹不已，"不会吧！"

"不会什么？"周大惑不解，赶紧问道。

"它怀孕了。"纽顿深吸了一口气。

也许是被晃来晃去的电筒光惊醒，也许是因为突然有人闯入带来声响，也许是撞地时的创伤导致的结果，又也许是出于任何活物不惜一切代价求生的本能。不管原因是什么，这一刻，未出生的小"尾立鼠"奋力撑开胎膜，羊水汹涌而出，四处流溢，侦察员大惊失色，落荒而逃。对讲机里没了声音，屏幕上的画面也消失了。

数秒后，刚刚呱呱坠地的怪兽幼仔从"尾立鼠"腹部的大洞口猛冲了出来，然后跌跌撞撞地向前爬。

眼前的情景使纽顿不得不重新思考怪兽繁殖，还有"先驱者"的阴谋诡计。他原来也知道怪兽都有生殖器官，也猜想它们会产仔，但如果派出的是一只怀孕的怪兽，并试图先赢得战斗才把幼仔生出来，那么……

纽顿以为来自异世界的消息不会更糟，但更糟的消息早已悄然降临。

"先驱者"们不需要制造每一只怪兽，它们只需选择合适的类型，然后派出其中两只来地球上繁衍生息。如果赫尔曼的推论无误——虽然概率很低，但总存在可能性——那么，这种侵袭人类世界的新伎俩随时都会上演。如果四只怪兽同时登陆，其中两只可以孕育幼仔，而另两只则负责与机甲战斗。还未等人类想出应对策略，地球上所有的海岸线很快就被在这里出生的怪兽占领。

幸好这次它们没有得逞，谢天谢地啊。

小怪兽发出长声尖叫，长满利牙的嘴"吧嗒吧嗒"地响着，一双看不清东西的眼睛溜溜直转，这个新生恶魔比一头公象足足大出一倍。雇员们一哄而散。幼兽毁坏了周老板的采集工具，一些来不及逃跑的员工也惨遭不幸。纽顿已经看得入了迷，但出于保命的本能，他还是不自觉地向后退了几步。显然，这只怪兽尚未发育成熟，是个早产儿。它呼哧呼哧地喘着粗气，爪子在路面上刮擦着，身后留下一条羊水的痕迹。它拼命向前爬，试图脱离母兽的尸体。

纽顿慌忙逃跑时，发现怪兽的躯体和脖子上脐带缠绕。不一会儿，脐带被拉扯到了极限，幼兽失去了冲力，渐渐歪到在地，最后长喘了一口气。它的爪子仍然在混凝土路面上乱抓乱蹭，尾巴不停地轻轻摇摆，这似乎表明它的次级神经系统功能已初露端倪。某种液体从幼兽嘴里汹涌流出，这就是"尾立鼠"体内腐蚀性酸液的幼时形态，地面上冒出烟气，嗞嗞作响。片刻之后，它的尾巴终于垂了下去，这个新生儿彻底无声无息了。

等了许久，纽顿和周才靠近前去。

"死了。"周喜出望外。纽顿看见他正在盘算一只幼兽在黑市或其他地方能卖出多少钱。几秒钟前他还狼狈逃命，此刻又开始神气活现起来。"脐带缠住了脖子，加上肺又没有完全发育，出了子宫它只能活一两分钟。"接着，以周氏特有的炫耀方式，他飞速地弹开那把挑过纽顿鼻孔的蝴蝶刀，闪电般甩出并稳稳地插进了幼兽的前额。"丑陋的小杂种。"

纽顿稍稍放了心。他离开头部，往后走了一步，想趁其他部位腐烂前好好看个遍。嘿，他突然灵光一闪。大脑！这小幼仔不是有一个完好的大脑嘛！

他赶紧把这个想法告诉周，随后周用中文大声地分派了采集任务。接着他伸出手将幼兽前额上的刀拔了下来。就在这时，兽仔突然跳起，前腿上扬，上身前倾，一口将汉尼拔·周的上半身咬进了嘴里。它再次抬高缠着脐带的身子，把周抛扔翻转着，就像鸟儿将鱼头朝下扬抛一样，以便更容易将食物吞咽下去。

周歇斯底里地叫喊着，但瞬间没了声音，小"尾立鼠"一番狼吞虎咽，几秒工夫，周整个人被吞进了肚子里。

然后，它转过身，向纽顿猛地追来，纽顿吓得撒腿狂奔。

他听到身后幼兽的肚子因饥饿而发出咕噜咕噜的响声，还有前肢上的利爪抓挖在地面上的声音。它用肩膀顶开街上的汽车，一步步向纽顿逼近。而这位科学家却在心里嘀咕：我错了，我的意思是，我猜对了，你果然有两个大脑，但想从你这取大脑真是大错特错。我不想死啊，我只不过想做做研究而已，现在要重新考虑一下了。哦，见鬼，这脐带怎么还有那么长！快点死吧，求你了，快点死吧。

很快，怪兽再次栽倒在地，于是纽顿放慢脚步，转过头去。只见它的尾巴一阵抽搐后瘫软了下去。怪兽的嘴巴微张着，纽顿仿佛能看见它肚子里汉尼拔·周的轮廓。他长舒了一口气。小"尾立鼠"微喘了几秒后，死了。最后几次神经冲动掠过它的后腿，两条后腿在地面上虚弱地刮擦了几下后，终于一动不动了。幼兽嘴里的液体缓缓流出，熔化着街面，街边躺着一个手工艺品，那是汉尼拔·周留在现场的唯一遗物：一只鞋子。他被小"尾立鼠"翻抛在半空时，这只鞋子飞甩了出来。镶嵌黄金片的鞋头在浮尘中闪烁着微光。

纪录报告，纽顿突然想到。他急忙掏出和怪兽通感前使用过的录音器。

"现在是晚上十一点，"他开始录音，"香港袭击事件。先说点无关科学的题外话：赫尔曼，我已经重新考虑了要亲眼见识活怪兽的愿望。事实证明，怪兽真的出现时，我竟然吓得尿了裤子。"这样说未免过于夸张，但纽顿确信这会让赫尔曼好好费一番脑筋来考虑要不要把此话当真。

这时，一道探照灯光照射下来，西科斯基直升机的旋翼声传入耳际。他抬起头来，脸上笑容绽放。潘提考斯特找到了他。

而他找到了大脑。

怪兽祷辞

我们是怪兽的兄弟姐妹。

我们展开怀抱迎接来自海洋的天使。

神圣而神秘的生灵拯救苦难的人类，驱逐我们心中的恶魔。

你们是仁慈的使者，肩负宽恕人类的使命，要将我们从被玷污的家园里解放出来。你们拥有强大的力量，掀起汹涌的波涛，遮蔽广阔的天空。

噢，怪兽王者，请指引我们前往那片海底天堂，让所有反对你们至上统治的人俯首称臣。

请制服人类虚假的预言家和残暴的君主吧，他们害怕一切无法理解的事物。你们不是苦难的根源，而是真正的救世主。

我们虔诚地跪谢你们广大无边的庇护，高举双手表达由衷的敬仰和赞美。

让大天使那蓝色的血液冲走人类的罪孽吧，我们将会回到曾经的世界，开始全新的生活。

28

罗利和真子从操作舱里出来后径直往食堂走去，食堂里人们情绪高涨，庆祝声早已响成一片。

"杀完怪兽，我都饿得不行了！"罗利声音高亢，面前的水蒸气都被吹走了一些。真子只是微微一笑，没有说话。他真想知道她有没有高声说过话。真子有着钢铁般的坚强意志，但她不轻易表露，你需要细致观察。当然，如果你是怪兽的话，她会很快向你展示这一面。

在食堂里，大家的确在庆祝这次凯旋。虽然不是什么香槟派对，但这天是个大日子，所有人都知道今天的重要意义——同时也很清楚为此付出的惨痛代价。他们最后幸免于难，并赢得了胜利。但他们失去了"暴风赤红"和"切尔诺阿尔法"。五个优秀驾驶员不幸遇难，下次的战场上就少了两个机甲的身姿。与上次来食堂的情形截然相反，这次迎接罗利的是热烈的欢呼，还有人亲切地拍着他的后背。他再一次证明了自己，至少目前如此。而真子也首次向众人证明了自己的实力。

在饭厅的另一端，罗利看见查克•汉森正坐在一张桌前。查克只是朝他点点头，并没有走上前来。管他呢，罗利心想。这时，身后有人叫了他一声，他转过头发现赫克正往这边走来，一只手臂套在吊腕带里，紧紧地贴在胸前。

"你救了我们，战友。" 赫克说道。他朝儿子的方向点了点头，然后补充一句，"这臭小子不愿承认，但他很感激你。我们俩都很感激。"

"这是应该的，赫克。换作你，也会为我这么做的。"罗利上前握了握赫克的手，他不敢用力，担心伤到赫克断裂的锁骨。罗利也断过不少骨头，但锁骨从来没断过，听说那是最痛彻心扉的地方之一。

衣服窸窣声从人群中传来，所有人都向后张望着饭厅大门。潘提考斯特走了进来，他径直走向罗利和真子，而人群中主动让出了一条道。两位驾驶员也全神贯注地看着他。

他挨个看了两人好一阵子。

"我戎马一生，"他大声感慨，整个饭厅的人都能听得一清二楚，"还从未见过打得如此漂亮的仗。"

罗利露齿一笑，而真子的表达方式则不同，她还是微笑了一下。潘提考斯特分别朝两人赞赏地点点头，对于他这样性格的人来说，无异于给了两位一个热烈的拥抱。罗利简直不敢相信，潘提考斯特居然当着破碎穹顶所有工作人员的面表扬他们。这股来自潘提考斯特的正能量竟让他一时不知如何是好。

不用看真子的表情，他都知道这一令人欣喜而困惑的表扬在她心里激起了怎样的波澜。两人都深感自豪，但是对真子而言这句话意义更加重大，因为这个刚刚给予她最高夸赞的人在她的生命里比其他任何人都更重要。在通感时，罗利了解到她对潘提考斯特的深厚感情。此时此刻她应该有一种腾云驾雾，飘飘然的感觉。驾驶员通感结束后的余波使然，他似乎已经感受到了真子心旷神怡的状态。

潘提考斯特转向众人，举起了双臂。饭厅里顿时鸦雀无声。

"但是现实很残酷，我们没有时间庆祝，也没有时间哀悼。"他停了下来，让大家好好适应一下心情的变化。"毫无疑问，接下来还会出现更糟糕的情况，而我们唯一能做的就是勇敢面对。所以请……"

突然，两行血从潘提考斯特的鼻子里流淌下来。他擦干净后，继续下达命令，但在场的每一个都看在眼里。

"重设战事钟！"

罗利相信，在指挥中心的蔡天童已经听到了元帅的命令。破碎穹顶那只巨型时钟浮现在罗利的脑海，他能想象钟上的时间突然变成 00 : 00 : 00……然后是 00 : 00 : 01……

潘提考斯特向大家点了点头，然后离开了饭堂。

罗利瞅瞅真子，他在想什么，其实真子心知肚明。他放下手中的盘子，跟了出去。有些事情是该开诚布公地谈一谈了。

　　罗利来到潘提考斯特的办公室，发现门开着，于是他直接走了进去。自来水"哗哗"流动的声音传来，潘提考斯特正在浴室里洗脸。他的鼻血仍流个不停，注意到罗利站在办公室里，他赶紧把血擦掉了。

　　"你为什么不告诉我？"罗利抱怨道。

　　实际上，他已经把事情的来龙去脉都理清了。部分线索来自与真子首次通感时的记忆片断；部分是通过观察潘提考斯特本人并了解他在怪兽战争早期的经历；还有一部分来自罗利的推断。从阿拉斯加来到香港基地时，他才下飞机没多久，就拿到了理疗药物美沙罗星。他知道一些关于屏蔽辐射的情况，还有早期的核动力机甲……但这也只是其中的部分信息而已，现在他想从潘提考斯特这儿了解其余的信息，因为如果这意味着领导会在他们往虫洞投放核弹前倒下的话，他们有必要现在就获悉实情。

　　"有什么可说的？"潘提考斯特回答。他把药盒放在洗漱台的边上，然后转过身，背靠着台子。"Mark 第一代机甲……我们花了十四个月把它们拼凑起来，但忘了考虑屏蔽辐射的问题。当时世界的存亡就摆在你的眼前，没有时间重新制造机甲，辐射危害就成了一个持久的问题。我们身上满是电路烧灼的伤痕，还有其他类似的伤疤。不断有老百姓死在怪兽手下，我驾驶'探戈狼'执行了十多次作战任务。"

　　遥想当年，他奋不顾身，战无不胜，所向披靡，成为人们眼里最优秀的驾驶员……想起曾经的辉煌岁月，潘提考斯特的脸稍稍舒展开来。但是罗利察觉到，他也没有忘记正是那些岁月摧残了身体，而且现在身体每况愈下，恶化的脚步正在加速奔向那个不可避免的结局。

　　"我遭受的辐射一直都不明显，就像慢慢地烘烤。"潘提考斯特继续道，"体格检查也没发现什么问题，但是我最后一次在东京驾驶机甲……"他的声音逐渐弱了下来，罗利几乎能看见他脑海中正在回忆的画面，因为他已通过真子的眼睛看到了那一幕——"探戈狼"和"恶魔女巫"在东京街头激烈厮杀。

　　"我一个人坚持完成了战斗。"潘提考斯特不禁感叹，他看着罗利，眼神仿佛在说：我知道你非常清楚这种经历。"打了将近三个小时，后来我被辐射严重灼伤。"

大脑受损、辐射超标……潘提考斯特竟然一一扛了下来，这让罗利惊叹不已。他独立驾驶"危险流浪者"还不到十五分钟，身上就永远印下了电路烧伤的痕迹，潘提考斯特的伤疤肯定更加触目惊心。通感突然中断时，一个驾驶员需要控制多套系统，这些系统所需的脑力不是原来的两倍而是通感后所达到的二次方，因此，驾驶员的大脑会承受巨大压力，遭受极度损伤。如果像潘这样独战三个小时，很多驾驶员早就性命难保了，而潘提考斯特十年后仍然活着。

罗利突然明白了，潘提考斯特召他回来，并非因为他是唯一一位合格的三代机驾驶员，而是因为潘提考斯特在他身上看到了自己的影子。见鬼，罗利骂道。如果我早就知道真相的话，我的重新适应期就不至于这么难受了。但就像老同事常说的，潘提考斯特素来小心谨慎，严守秘密。

果不其然，潘提考斯特接下来说的话印证了罗利的猜想。

"他们警告我，如果我再进入机甲的话，将会付出巨大的代价。你和我是唯一两名曾完成独立战斗的人。我叫你回来，因为我需要一个无论如何都不轻言放弃的人，坚持做正确的事情的人。不管情况多么糟糕，不管牺牲的是你……还是我……"潘提考斯特伸出手来，两人意味深长地握了握手。

罗利正琢磨接下来该说些什么，不过他什么都不用说了，因为就在这时，从办公室的通讯器里传来蔡天童的声音。

"元帅，我刚收到两个信号。"他报告道，"空前强烈，四十米峰值。"

"几级？"潘提考斯特已悄然将药盒塞回了口袋，他准备再次前往指挥中心。就在不到三个小时前，他才部署了基地所有机甲，而且差点就全军覆没。

"正在核对比率……两只都是四级。"天童回答，"排水量很大！"

"它们正往哪儿移动？"潘提考斯特边问边向门口走去，罗利快步跟来上来。

"问题的关键就在这儿。它们没去任何地方，就在虫洞附近徘徊，像是在保护它似的。"天童再次查看了其中一组数据。"元帅，虫洞仍处于开启状态。戈特利布的推断可能是对的，通过虫洞的怪兽体积和数量越大，那么开启的时间就越长。"接着他眉头紧蹙。"问题是,它们离洞口太近了,虫洞里的能量流干扰很大,我根本看不清它们的体型。我只能判断出怪兽的体积相当庞大。此外,它们就待在原地。"

潘提考斯特看着罗利。怪兽知道了?它们知道人类打算去封堵虫洞了?它们会不会怀疑这是否可行呢?或者这两只四级兽只是在等待某种东西?

它们是在等第三只怪兽吗?果真如此的话,也许核攻虫洞计划必须马上执行了,否则第三只怪兽出现后情况会更加棘手。"危险流浪者"需要阻击怪兽掩护"尤里卡突袭者"进攻虫洞,但现在独自对付这两只四级兽都已经够难的了。

计划会成功吗?

他不得不坚定自己的信念。

在思索这些问题的同时,潘提考斯特走到了办公室门边墙上的一个衣橱前。

"'突袭者','流浪者',准备出发!"他命令道。

"可是,长官,"天童回道,"赫克不能驾驶。他的胳膊⋯⋯他——"

"按我说的做!"潘提考斯特一脸严肃。

天童回复了一声"是!长官!"然后关闭了通讯器。

可怜的天童,罗利暗自想道。潘提考斯特的命令他听得很清楚,但是他看不到潘在做什么,所以他现在肯定百思不得其解。

"该出发了!"潘提考斯特大声说道。

他穿上了亮黑色的驾驶员作战服,双手稳稳地拿着头盔,侧面的"探戈狼"徽章标志傲然挺立。

环太平洋联合军防部队（PPDC）
人事档案

姓名： 斯达克·潘提考斯特（元帅）

所属编队： "猎人计划"；（ID 编号：M-MPEN_970.89-Q）

入伍日期： 2015 年 3 月 2 日

当前服役状态： 现役；香港破碎穹顶基地

个人简介：

  1985 年 12 月 30 日出生于英格兰的托特纳姆。父亲，奥巴戴尔，工人；母亲，薇薇安，俱乐部演员。家庭成员和有组织犯罪有着或多或少的关联。父亲于 1995 年与夜总会老板斗殴时被捅死。时年 12 岁的斯达克一把火将夜总会化为灰烬，并袭击了杀死父亲的凶手。后被送往军校受训，合格后报名参了军。加入皇家空军部队，在卢赫斯完成飞行员培训，继续学习了航空电子学和网络防御与作战。后被派往德国指导神经连接控制和意识运动反射连接矩阵等相关技术的开发，这些研究与"猎人计划"息息相关。随后被调派至悉尼，负责监督 Mark 第一代机甲的制造工程。之后前往京都指导"探戈狼"最后阶段的组装，并成为该机甲的驾驶员。2015 年至 2016 年期间隶属于驾驶员编队。东京"恶魔女巫"战役后，应 PPDC 秘书长达斯汀·克里格的要求，晋升为指挥官。最先领导是利马和安克雷奇破碎穹顶基地，现已调至香港。帮助创建了现有的空武馆格斗训练体系和评估办法，以及其他行之有效的驾驶员训练模式。

备注：

  这位军中豪杰原本可以成为众人的楷模，然而美中不足之处就是，领养森真子（现役驾驶员，可参阅人事档案）这件事情引来众多非议，广受诟病。据医护人员称，潘提考斯特由于长期服用美沙罗星，加上因"探戈狼"反应堆屏蔽措施不到位而吸收的大量辐射，他的循环系统正持续衰退。需密切关注其健康状况和精神状态，并提前确定高级指挥官后备人员。

29

消防员们正在九龙紧急灭火，既为了赶快拯救这座城市，也为了防止火势蔓延至隔离区，否则里面的木质房屋一旦燃烧起来，后果不堪设想。如果隔离区发生火灾，放射性烟尘将漫天飞舞，全城都会遭殃。天空中，重型直升机和货运飞机穿梭如织，忙着投撒阻燃泡沫。怪兽头骨上的蜡烛全部熄灭了，虫洞教会的人正耐心地把它们一根根重新点燃。

急救人员带着狗和声呐设备搜寻着碎砖瓦砾里的幸存者。每次发生这样的灾祸，总会有出乎意料的奇迹出现，这是人类顽强生命力的又一佐证。

在这些忙里忙外的身影里，有一个人已经辛勤工作了整整一个晚上，那就是纽顿·盖斯乐。自从他找到怪兽大脑后，任何事情都无法再让他停下来。

清晨来临时，天气清朗，阳光和煦。纽顿感觉神清气爽，整个人仿佛焕然一新，未知的新领域正在向他敞开怀抱。他马上就要做一件前无古人的大事，开创一门前所未有的新学科。纽顿很快就要一鸣惊人了！

他需要用厚重的槌子把铁电极棒敲进小"尾立鼠"的头颅，只有达到足够的深度，它们才能准确地传导出通感所需的信号。完成这项浩大的工程后，他已累得满头大汗，鼻血又流了出来。流鼻血带来的不便使他更加急躁不安。为了让小怪兽体内毒性最强且具有挥发性的复合物全部排出，他已经等了足足八个多小时。多亏借用了汉尼拔·周的二氧化碳抽运工具，现在终于可以开始试验了。

试验结束后，他还要写一份研究报告。即使情况十万火急，并且还有两只新窜出的四级兽在虫洞附近的海底游来荡去，潘提考斯特元帅对报告的要求都雷打不动。

至于怪兽为什么不前往其他地区，纽顿自有一套见解。不过他知道在接下来的几个小时之内，这些理论正确与否很快就会见分晓，所以他也用不着再去跟别人费一番口舌。

"核攻虫洞"计划已经进入了倒计时。破碎穹顶那些勇敢无畏的员工，在超级胆大无敌蔡天童的带领下，只用了短短八个小时就完全恢复了"危险流浪者"和"尤里卡突袭者"的战备状态。万事俱备，只欠东风。现在只需要将核弹配备好，使其能承受巨大的压强，然后"核攻计划"这支箭就可以发射了。现在，这一刻马上就要来临。

对纽顿而言，他需要做的是研究怪兽。如果计划能一举成功，那绝对是个天大的好消息！整个世界将不再饱受怪兽的威胁，戮力同心共同抵御外敌的日子将结束，人类又可以继续钩心斗角，相互残杀。如果计划以失败告终，那么PPDC仍需要怪兽科学部的一切研究成果。纽顿有预感，这次通感将会带他进入引人入胜的新天地。

就在他进行准备工作之时，PPDC的车辆早就载着一队士兵和安全防护工具来到了这里。他们已经把塑料帐篷支了起来，以免实验区被雨打湿，还带来了泛光灯，把实验区照得一片通亮。其中一个大帐篷几乎将小"尾立鼠"的上半身遮盖了一大半。跟他们一起来的，还有赫尔曼·戈特利布，这家伙此刻正躁动不安地踱来踱去，纽顿觉得他简直碍手碍脚。

纽顿把特别定制的庞斯桥接装置推进帐篷，这时雨几乎停了，只有几缕稀稀拉拉的雨丝。东边一抹淡淡的嫣红隐现在遥远的太平洋上空，太阳很快就要露出脸蛋了。虫洞就在那边，纽顿心想。看来那里的天亮得更早。

戈特利布正在收听PPDC的无线广播，一副心烦意乱的样子。

"他们说虫洞附近有两个怪兽信号，"见纽顿推着神经连接器进来，他很不高兴地说道，"才两只怪兽。"

"嘿，你要真想帮忙，就少在这废话，快帮我搞定这个。"纽顿很不耐烦，"神经连接强度超标了！我上次通感时没有遇到这种情况。"此刻他情绪激动。他才不管蔡天童的屏幕上有多少个怪兽信号呢。

"肯定搞错了！"戈特利布仍不甘心，"应该有三只才对，怎么只有两只？"

噢，原来如此，纽顿恍然大悟。我忘了这关乎你和你那套破模式，赫尔曼。不好意思，我一直忙着拯救世界，完全没有想起来。同时，让他感觉十分恼火的是，赫尔曼居然在"kaiju（怪兽）"这个词后面加上"s"来表达复数概念，还真把它当个英语单词似的。

"预测错误的确让人难受，对吧？"他假装同情道。

"我绝对没有弄错，"戈特利布坚持己见，"但唯一能找到真正答案的办法就是我们两个……"

赫尔曼嘴里接下来冒出的那几个字把纽顿惊得目瞪口呆，他花了好一会儿来思考自己一直以来是不是误会他了。也许赫尔曼从来都不是一个傲慢自负，大惊小怪且极端自我中心的数字奴隶。

他说的是："一起干！"

赫尔曼一把抓起神经连接装置上其中一个"鱿鱼帽"，使劲压在了自己头上。

"我和你一起干！机甲驾驶员不都有两个吗？分担神经负荷。"

"你真愿意和我一起通感？"纽顿情不自禁地向四周张望，不会是世界末日来了吧？猫狗同吃同睡；青蛙如雨从天而降；血流成河……

"整个世界都危在旦夕了，我还有别的选择吗？"赫尔曼反问道。

好吧，纽顿暗想。既然你都这么说了……

"好！那就跟我一起喊口号！"他飞速套上另一个"鱿鱼帽"，"我们一定拿下它！"

赫尔曼握拳的手势真别扭，好像这是他生平第一次与别人碰拳头似的。

"我们一定拿下它。"他重复了一遍，不过听起来很没力度，没有说服力。

算了，纽顿叹道。比起啦啦队是少了点激情，但这不妨碍我们全力以赴。

"太好了！"他高兴地说道，"把那根线递给我。"

一线曙光刚刚升上地平线，破碎穹顶里已是人头攒动，有机甲驾驶员、研究员、劳森特指挥中心的员工，还有一些闲置的技术人员，他们负责的机甲已经变成碎片，永远躺在了香港湾的底部。不管他们属于哪个编队，所有聚集在此的人都有一个共同点。

他们都知道，厄运即将降临。

查克和赫克·汉森紧挨着，但只有查克穿上了作战服。

"这老大爷是不是疯了？"查克总是一副咄咄逼人的样子，"我一个人怎么驾驶'突袭者'？"

蔡天童从终端机前抬起头来，高声喊道："潘提考斯特元帅到！"

所有人都向这边扭过头来，目不转睛地看着。此时，他们又多了一个共同点，脸上全写着惊诧——斯达克·潘提考斯特竟然全副武装地出现了。

谁也没有作声，过了一会儿，真子迎面走了过去，潘提考斯特先开口道："奇怪了，这套衣服以前没感觉这么紧啊。"

真子没有笑，她担心地说道："再进机甲你会没命的！"

"不进机甲所有人都会没命！"潘提考斯特将一只手放到她的肩上，像父亲安慰女儿一般，他继续说道，"你是一个非常、非常勇敢的女孩。能看着你长大是我的幸运！"

真子点点头，泪花在她眼睛里打转，但她强忍着。

"如果我要完成这项使命，"潘提考斯特继续说道，"还需要你来保护我呢。"

"尤里卡突袭者"和"危险流浪者"下水前的准备工作正在有条不紊地进行，破碎穹顶那花瓣形的屋顶开始慢慢打开。

查克大步向潘提考斯特走来。

"你和我一起驾驶？我们之间怎么实现通感？"他丝毫不掩饰自己的怀疑，或者他对这个安排的不满。

在其他任何情况下，潘提考斯特早就对这种不服从命令态度好好训斥一番了。但是现在，他更需要应对的是迫在眉睫的任务，而非处理不尊重指挥官的恶劣行为，于是潘提考斯特回答了查克的问题。

"通感时我会心无旁骛，"他说道，"没有回忆，没有军阶。我知道你有恋父情结；也知道你是一个傲慢任性的浑小子。你再简单不过，第一天见面你就被我看穿了。"抬头望了一眼赫克后，潘提考斯特补充道，"不过虎父无犬子。我们的通感不会有问题的。"

查克看了看潘提考斯特，又瞅了瞅父亲。罗利看得出来，他肯定没有想到潘提考斯特会这么回应他。

"我没意见。"查克终于说了一句。

花瓣形屋顶打开了，黎明的阳光洒在破碎穹顶中央人群的头顶上。潘提考斯特跨到机甲手上，站在维修仓的边沿，背对着大家。他没有说话，而是环视着"猎人计划"仅存的财富。

为了维持这个计划，他牺牲了一切。他们奋不顾身地保家卫国，而这些国家到头来却抛弃了他们。他们没有钱，也没有资源来制造更多的机甲，甚至无法给剩下两个尚能战斗的机甲进行改良升级。怪兽袭击的次数越来越频繁，体型也愈发庞大，它们每周都在进化。通过纽顿·盖斯乐发现的蜂巢式思维，它们会相互告知遇到的威胁，然后有针对性地进行更新换代。对两个幸存下来的机甲来说，这无疑是一次自杀式任务……今天，斯达克·潘提考斯特将舍身取义。

破碎穹顶里一阵沉默，他静静地享受着人生的最后一个黎明。过了一会儿，潘提考斯特开始发言了。他故意抬高了音量，让夹楼里指挥中心的工作人员也能听得清清楚楚。

"今天，在希望的边缘，在最后的关头，我们选择了相信。"他大声说道，"不但相信我们自己，还选择了相信彼此。今天，站在这里的不管是男人还是女人，都不是孤军奋战。今天将会成为历史佳话。今天，我们将直面入侵家园的恶魔，和它们决一死战！"

"今天，我们要推翻《启示录》的末日预言！"

演讲非常简短，但潘提考斯特时常提醒自己，话在于精而不在于多，即便是举世闻名的葛底斯堡演说，一分钟之内也能大声读完。穹顶里顿时响起了雷鸣般的掌声，他没有打断大家，而是让掌声持续了好一阵。

潘提考斯特走了下来，所有工作人员也开始投入这项重大任务。他们要部署机甲，还要将核弹直接投放到虫洞的咽喉。

骸骨贫民窟的百万富翁 怪兽黑市的一代霸主
作者：匿名

凡是怪兽袭击过的城市，都会活跃着这样一个人：怪兽前一秒倒下，他后一秒就会来到现场；他买通官员，给手下人争取到足够的时间收拾怪兽尸体。怪兽残块交易是世界上最大的免税（实指"非法"）行业之一，远超濒危物种买卖。过去虎血、熊胆还有犀牛角等受到热烈追捧，而现在人们相信以前那些稀罕物带来的好处（或者他们以为能带来的好处）在怪兽身上一应俱全，因此怪兽残块成了新宠。这个行业的教父非汉尼拔•周莫属。

不过，现在他死了。你也许已经听说了，或许还知道他的死因。想想真是罪有应得啊，一代怪兽黑市霸主居然被一只早产的幼兽吞进了肚子，这还是兽仔在这个地球上第一次也是唯一一次行动。这就是所谓的因果报应吧，也只能这么解释了。

一身招摇过市的复古时装和满口炫富摆阔的金牙，这就是汉尼拔•周。他有大佬范儿吗？当然了，流氓恶棍不都得有派头嘛，否则怎么镇得住手下那些溜须拍马、狐假虎威的社会人渣。黑老大的派头能威震八方，让人望而生畏，再加上时而动点粗，来点硬的，就更让人闻风丧胆了。汉尼拔•周善于冒险尝鲜吗？那还用说。他是第一个嗅出怪兽遗骸市场潜力的人，且敢为天下先，成为怪兽黑市买卖的始作俑者。现在怪兽市场的价值高达数十亿美元，甚至连政府机构都需要与这些霸主们打交道，因为他们也需要怪兽残块进行科学研究，然后拯救全人类。毕竟人命关天啊。

现在，洛杉矶、悉尼、利马和上海等地所有霸主都相互观望，看看谁能登上汉尼拔•周留下的宝座。他惨遭横祸后，怪兽黑市一时间群龙无首。可以想见，群雄争霸战即将拉开帷幕。

当然了，如果怪兽接二连三地袭击人类，这些也都变得不重要了。很快，整个世界都会成为人体残块的黑市。

30

纽顿插好最后一根电缆后，戳在小"尾立鼠"大脑中的电极棒和特别定制的庞斯桥接装置完全连了起来，其实他早就暗地里给这个装置取了个响当当的名字："盖斯乐阵列"。随后，他走出帐篷，向几个守护实验场的 PPDC 士兵询问破碎穹顶那边的进展，但他们一无所知。

"是这样的，"纽顿说道，"我马上就要做一个非常惊险的实验了。假如发生了意外，你们可以帮我把插头拔下来吗？"

其中一个士兵瞅了瞅"盖斯乐阵列"和小"尾立鼠"的尸体，还有端站在一旁跟个送葬人似的赫尔曼，然后收回目光，看着纽顿。

"你开什么玩笑？"他回道，"我们怎么知道哪些情况属于意外呢？"

好吧，纽顿心想。说得还真有道理。他回到帐篷，把"鱿鱼帽"插到"盖斯乐阵列"上。赫尔曼早就在一边候着了。

"好了！"纽顿喊了一声，"你准备好了吗？"

赫尔曼抽了抽鼻子，答道："当然准备好了！"

他们深吸了一口气，然后纽顿开始倒数起来。

"神经连接马上开始，三……二……一……"

他们一起进入了通感世界……相伴而行的当然还有小"尾立鼠"。这是戈特利布前所未有的体验，他的思维经历了转瞬即逝却让人惊愕不已的错乱，随后"盖斯乐阵列"开始了神经连接。在几分之一秒的时间内，纽顿就把赫尔曼的记忆浏览了一遍。

世界上各种数学符号纷至沓来。它们会保护我，我可以躲在数字后面，因为它们从不会生气，不会出错，它们不分帮结派，无欲无求，它们只做纯粹的自己，而且永远也不会背叛我。

科莫湖畔，纽顿的小脚丫沾满了泥巴。戈特利布正在焊接一个机器人，我能造出一个可以通过图灵测试（Turing test）的机器人吗？如果能的话，哦，我当然能了，那我一定要在大功告成前保守秘密，不过我老爸可不一定忍得住。

某种东西激起了小"尾立鼠"深处的物种记忆。他们周围的光线变得十分诡异，在水中扭曲变形。羊水里的小"尾立鼠"借助母"尾立鼠"的意识感知看着外面的异世界，它头脑清醒地在子宫里等待着，感知着。它肚子饿了。

"先驱者"出现了。

赫尔曼何曾见过这种怪物，纽顿感觉赫的思维变得一片混乱，但瞬间又恢复过来。该不会是我自己的思维吧——

"先驱者"知道有人在注视它。它直直地盯着纽顿。它认识他，但完全无所谓。上亿年来，这个怪物一直等待着地球变成它的天堂。现在再也不用等了。它也看着赫尔曼，打量着这两个外来者，知道他们是人类。它没有遮遮掩掩，因为在这两个人面前，犯不着遮掩什么。

去死吧，你们所有人都会灭亡，人类世界就要结束了。你现在感受着濒临腐烂的大脑最后的神经脉冲，很快它就会消失。我们来了，势不可当。我们已经等得太久，现在你们就等着我们来收尸吧。

纽顿扯下"鱿鱼帽"，等着周围杂乱无章的世界重新恢复正常。他四处察看，发现赫尔曼的情况似乎比自己更糟糕。他的一只眼睛好像严重内出血。

"哎，"纽顿赶紧问道，"你还好吧？"

"当然了！安然无恙！"赫尔曼回道，"你肯定看到怪物了吧？"

话音刚落，他便弯下身子，在两人之间的地板上狂吐起来。纽顿叹了口气，在一旁等着。然后，他绕过这堆恶心的东西，递给赫尔曼一张纸巾。

"看见了！"他激动地说道，"我们得尽快告诉他们，这个计划……"

"这个计划行不通！"赫尔曼接过话来。

纽顿确定赫尔曼能站稳后，两人急急忙忙地冲出帐篷，一边大声呼喊着："直升机！直升机！"

"危险流浪者"的操作舱里，罗利和真子已经完成了部署前的各项准备工作，包括通感。潘提考斯特站在电梯门口，等待着。虽然时间非常紧迫，但他此时不得不耐住性子，因为赫克·汉森正在给儿子送行，这次出任务凶多吉少。

与怪兽斗争的这些年，潘提考斯特不知送走了多少出生入死的战士，但他们都不是自己的孩子。收养真子是他最贴近为父之道的经历，允许她出战几乎是他人生中最难的决定。赫克和查克以为不管发生什么，两人都能同生共死，只是一根断裂的锁骨就让赫克·汉森这个硬汉只能望洋兴叹。

他站在离潘提考斯特稍远的地方，最后一次依依不舍地凝望着儿子，肥嘟嘟的斗牛犬麦克斯乖乖地坐在他的脚上。

"当你和别人通感以后，"赫克语重心长说道，"可能会觉得没有必要再交谈了。"他顿了一下，试图控制自己的感情，但根本无能为力。当他再次开口时，声音变得颤抖哽咽，脸上写满悲伤与无奈。他不想让潘提考斯特看到这样的表情，于是把目光转向麦克斯，小肥狗抬起头来看了他一眼，然后环顾四周，好像在探寻让主人如此悲伤的原因。

"还有很多话没有说给你听，我不想以后空留遗憾。"赫克沉沉地说道。

"不用说出来，"查克也有点哽咽，"我都知道。"

他给了父亲一个紧紧的拥抱，然后退开一步指着麦克斯说："帮我照顾好它。"

赫克点点头，表情严肃而沉重。这时，电子合成音从通讯器里传来——"危险流浪者"的操作舱投放已经进入了倒计时。技术人员走上前来，带他往背离部署区的方向走去。

"准备投放，十……九……"

电梯门打开了。潘提考斯特走进去后把门扶着等查克过来。小伙子没有直视他的眼睛，也没有回头看父亲。越过查克的肩膀，潘提考斯特发现赫克正望着自己。

"斯达克，"他喊道，"跟你并肩作战的是我的儿子。我的儿子！"赫克重重地朝他点了点头。潘提考斯特也点示意。永别了！

"……八……七……"

倒数的声音还在继续。真子和罗利已经处于通感状态。她的某些想法突然让罗利意识到了什么。

"这些年我一直活在过去的阴影里。"罗利感慨道。

在所有人中，真子也许是最能激起罗利这一想法的人。她只是静静地听着，没有说什么。"危险流浪者"的指挥和控制系统开启了，平视显示屏上的信息表明机甲已经准备就绪。短短的几个小时，破碎穿顶的技术人员就像变魔术一般使机甲完全恢复，真是不可思议啊。

"我从来没有真正考虑过未来，"他继续说道，"直到现在。"人生就是这么讽刺，罗利暗叹。没有什么东西比自杀式使命更能让你想到未来。

他伸出手去轻轻地碰了碰真子的手。

这时，"危险流浪者"的头部顺着竖井迅速滑下，井壁上的钢轨发出巨大的轰鸣声，就算罗利还想说些什么，他的声音也会被彻底淹没。但在通感状态中，他什么也不用说。他的想法真子一清二楚。

勇敢向前冲吧！

六个小时后，天童在指挥中心一边随手摆弄着吊裤带，一边密切注视着屏幕上"危险流浪者"和"尤里卡突袭者"的神经连接强度。"流浪者"倒没有什么好担心的——真子和罗利的连接一直很牢固——但"突袭者"就不免让人操心了。查克·汉森是个感情用事、情绪反复无常的蠢蛋。内心的焦虑和对父亲的怨恨交织掺杂，同时又害怕再也见不到父亲，没有机会改善父子关系，做个好儿子。通感需要心无杂念，这样的情感状态恐怕不妙。森真子就是最佳的例子。

潘提考斯特元帅也让人忧心不已。天童看过元帅在和查克通感前所做的脑部扫描结果，因此他很确定一个事实，不管"尤里卡突袭者"是否能成功投放核弹，斯达克·潘提考斯特都将一去不复返。十年前在"探戈狼"里长达三个小时的独战使他的大脑严重损伤，天童根本不知道潘提考斯特怎么还能低头系鞋带。像他这样坚毅刚强的人真是世所罕见。遗憾的是，由于长期遭受辐射病的折磨，再加上治疗辐射病破坏了血管，他已经在劫难逃。因此，这样的身体状态显然也不是实现稳固通感的最佳状态。

然而令人惊讶的是，两个机甲的神经连接数据都显示通感非常完美。

"神经连接均达到百分之百！"他大声地说道，好让指挥中心的其他工作人员放心。

与此同时，他也在实时关注远程卫星视图，追踪超级西科斯基直升机运送机甲前往东南方公海的情况。核弹装在抗压箱里，捆牢在"突袭者"身上，看起来就像一个背包。核弹头的威力足以夷平一座城市的中心区。如果戈特利布的数据准确无误，那么这样的威力也足够使虫洞崩落垮塌。

如果他们能赶在更多的怪兽窜出之前到达目的地……

如果他们能顺利避开两只正在巡逻的怪兽……

如果机甲能在马里亚纳海沟难以想象的压力下长时间正常运行，并顺利将核弹投放进虫洞……

他们假设了很多　"如果"，同时也确定了一个"无疑"——如果核攻失败，他们必死无疑。

两组西科斯基直升机队都飞得很快，已按计划抵达既定任务范围。他们进入雾阵后瞬间消失在卫星视图中，于是天童眼前的大型全息屏幕上只剩下环太平洋区域的全景图。虫洞标志在靠近屏幕中心的地方显得格外醒目，洞口附近有两个红点在慢慢地转悠。天童打开了另一个显示屏，西科斯基底部的摄像机捕捉的图像出现在屏幕上。一切正常。

赫克·汉森，这个被"贬谪"为（至少天童认为赫克自己就是这么想的）指挥官的驾驶员战士，正按照潘提考斯特一贯坚持的要求，大声地通报着最新情况。相互间要多交流信息，多多益善，潘提考斯特常把这话挂着嘴边。

"两只怪兽仍在关岛附近海域环绕。"赫克说道，"代号是'憎恶'（Scunner）和'迅龙'（Raiju）。"

没过多久，专门显示虫洞邻近海域的多倍放大嵌入图上出现了两个机甲的身影。

"机甲们，"蔡天童喊道，"关闭闸口，准备下潜！"

他查看了一下机甲状态，这时两组驾驶员都关闭了所有外部闸口。机甲浑身上下都有通风和排气口，尤其是动力装置附近的区域。天童有些担心"危险流浪者"关闭闸口后核反应堆放出的热量将迅速聚积，不过很大一部分会被海水吸收掉。应该不会有问题的。

再说了，现在更迫在眉睫的是对付"憎恶"和"迅龙"这两大劲敌，根本无暇顾及"危险流浪者"能否将废热排出去。

伴随着西科斯基的旋翼声，指挥中心的每一个人都能听到潘提考斯特在空投前所做的最后一次指示。

"我们要坚持顶住海底压力。记住，这次任务不是战斗，而是投放核弹。你们要想方设法拖住怪兽，我和查克直奔虫洞。"

话音刚落，潘提考斯特和真子同时按下了缆绳释放键。两个机甲纷纷脱离直升机，穿过浓雾投进了大海，海面上陡然间溅起两朵巨型浪花。天童把全息图切换成两个机甲头部摄像机传输过来的影像。空投目的地的海水深度足有七千米，"危险流浪者"和"尤里卡突袭者"逐渐沉入海底，运行指示灯被吞噬在无边的黑暗里。

将近十五分钟后，机甲终于触到海底。它们深深地踩进淤泥里，以每秒仅五米的速度缓慢前行。机甲所过之处，淤泥翻滚完全阻隔了视线。

"现转为自动导航。"罗利的声音响起。

两个机甲很快发现，在海底沉积物中最好的前进方式就是身体前倾，提起脚跨步走，既不影响速度，又能维持平衡。看起来就像在大雪中稳步跋涉。

"离海崖还有八百米。"潘提考斯特说道，"跳下三千米高的海崖后就到达虫洞了。"

"八百米？"查克大声问道，"可我连前方一厘米都看不清！"

就在查克说话的当儿，天童发现其中一只怪兽开始采取行动。

"'流浪者'，你的左侧有动静！"

"我看不到怪兽！"罗利说道。

遥感器传来的怪兽体积和速度数据把天童惊得目瞪口呆。

"速度非常快！"他匆忙说道，"打破了怪兽的最快纪录！"

罗利和真子在操作舱里四处张望。

"我们什么也看不见！"罗利无可奈何。

怪兽马上就要逼近"流浪者"了。

"是'迅龙'！"天童大呼，"左侧！左侧！"

"我看不见任何东西！"罗利怒吼起来。

天童查看了"危险流浪者"的仪器读数，上面确实什么也没有。而遥感器检测空间广，无线电信号从卫星再传回地面，因此对于快速移动的怪兽，天童在指挥中心自然比"流浪者"看得更清。

"'流浪者'，小心怪兽袭击！"天童惊喊道。

机甲驾驶员纪念碑计划
向光荣牺牲的英雄们致以崇高的敬意！

我们失去了太多的驾驶员！我们一定要让这些勇敢无畏的英雄们知道，他们的无私奉献对人类而言有着非常重大的意义！请对机甲驾驶员们说声"谢谢"，并支持我们在每一位阵亡勇士的家乡建一个驾驶员纪念碑吧！

如果你想帮助我们全面实现这个计划，请收藏这篇文章！把这个消息告诉你的朋友，让他们也为此伸出援助之手。

我们的朋友遍及世界各地，从东京到塔拉哈西！从底特律到阿布扎比！虽然有的地方不属于环太平洋地区，但来自那里的人们也在顽强地战斗！请你们伸出援手，为这些保卫全人类、视死如归的战士们设立纪念碑，表达我们心中最崇高的敬意。

最新消息：

昨天，我们失去了五位勇敢的驾驶员。愿灵安眠，一路走好！

阿历克西斯·凯达诺夫斯基

萨莎·凯达诺夫斯基

魏昌

魏金

魏虎

和其他所有驾驶员阵亡地一样，香港湾现在变成了英雄的墓地。

我们很快就能为第一批纪念碑筹集到足够的资金。世界各地的艺术家给我们寄来了各种设计图。感谢你们的大力支持！设计图比赛现在已经结束。我们将尽快公布比赛结果和最后选定的作品。这项计划是属于你们的！你们能帮助我们！只有你们才能化计划为现实！请竭尽全力吧！这么多英雄都为我们牺牲了，我们为他们做这点事又算得了什么呢？

31

　　"迅龙"足有三千五百吨重,体形状似鳄鱼,只不过带关节的前后肢更长。它的背部,后肢和肩部覆盖着密密麻麻的尖刺和鳞片。此时它正以约每小时六十五公里的速度向"危险流浪者"急速移动。突然,"迅龙"从淤泥里冲出来,猛地朝"危险流浪者"的左侧撞去,巨大的冲击力在两个庞然大物相撞的瞬间释放。

　　罗利和真子被震得摇摇晃晃,流体神经通路系统被巨大的冲击力震断了。所幸他俩迅速抓住怪兽而没有让"危险流浪者"倒下,应急系统很快恢复了神经通路连接。

　　机甲和怪兽开始扭打起来,激战中它们撞上了一座海底大山。离山几百米远的地方是一段悬崖的边缘,再往下就是马里亚纳海沟的最深处——"挑战者深渊"(Challenger Deep)。深渊底部透着亮光的就是虫洞,里面涌出的能量使机甲的仪器受到严重干扰。"迅龙"搋住"危险流浪者",然后张开血盆大口朝它的头部咬去。罗利和真子使劲往左闪躲,怪兽的嘴扑了个空,与"流浪者"擦肩而过。

　　"迅龙"缩回脑袋,正准备再次咬过来,"危险流浪者"眼疾手快,紧抓着怪兽转了个身,把它重重地砸在山腰上,然后伸出前臂稳稳地压住怪兽那张细长嘴的下方。

　　"能启动等离子加农炮吗?"罗利问道。

　　"这里压力太大,有可能用不了。"真子回答,"天童?"

　　指挥中心传过来的只有一阵杂音,什么也听不清。这些新来的怪兽能干扰信号?罗利不得而知,但自从见识过"棱背龟"和"尾立鼠"之后,怪兽就算真有这种本领,他也觉得不足为奇。就在这时,眼前出现了一个更让人始料未及的情况:"迅龙"玩起了新花样儿,确切地说,它的嘴玩起了新花样儿。

　　它的脑袋居然一分为三,然后向后翻卷,露出了里面的另一个脑袋。这个五官完整的新脑袋伸了出来，后面还连着一截极具弹性的圆柱形肌肉。怪兽用第二张嘴疯狂撕扯着"危险流浪者"的肩膀，机甲努力与其保持足够的距离，避免怪兽咬到头部的操作舱。说到底，"迅龙"的头部结构就像一个蛇头套在鳄鱼脑袋做的头盔里。蛇头仿如幽灵一般，在机甲的各种攻击招式间左躲右闪，在运行指示灯的光束间忽隐忽现。

"可能连链剑都用不了。"真子说道。

"要不试一下？"罗利问道。

"打开隔舱也许会损坏超级扭矩接合点。"真子不免有些疑虑。她不用继续说下去，罗利也知道，如果"危险流浪者"前臂的接合点受损，那么机甲的双手都将报废。这样做的确太冒险。

就在"尤里卡突袭者"准备过来协助"危险流浪者"的时候，怪兽"憎恶"闪电般地从淤泥里窜了出来。它的速度非常快，一开始罗利还以为又是一只"迅龙"。但机甲里的仪器很快就让他有了新发现。"憎恶"的体形更瘦长，身上到处是锋利的棱边和带硬壳的突起物。

其实，如果按照最初的计划，应该由"流浪者"，"切尔诺"和"暴风"合力对付"憎恶"和"迅龙"，把它们引离虫洞，让"突袭者"有足够的时间赶在第三只怪兽——如果还有第三只怪兽的话——出现之前到达虫洞。

遗憾的是，"切尔诺"和"暴风"不幸遇难，原计划也因此化为泡影。现在，"危险流浪者"只能孤军奋战，而"尤里卡突袭者"将径直奔赴目的地。

"'突袭者'，我们能行！去炸虫洞吧！"罗利大喊道。

他希望真能如此。

潘提考斯特有点犹豫："真子……"

"最佳时机来了！"查克焦急地叫嚷道，"长官，快行动吧！"

他说得没错。现在正是紧要关头。如果罗利和真子无法完成任务，他们所有人反正也只有死路一条。

"尤里卡突袭者"向前猛冲，"憎恶"紧追其后。它的体积比"迅龙"稍小，共有四条腿和一条末端分叉的尾巴。这只怪兽的头两侧有坚硬的突起物，锋利的尖端极具杀伤力。另一个尖峰从身体正中向前伸出几米长，与其近身搏斗无异于自取灭亡。"尤里卡突袭者"重任在身，潘提考斯特和查克不会停下来战斗。虽然海水密度大，海底泥泞湿滑，但毕竟是速度最快的机甲，"突袭者"一路疾驰。然而，它再怎么神速也只能跑步前行，而"憎恶"凭借尾巴的推动力，像鱼一样游得飞快，不管潘提考斯特和查克如何闪避，"突袭者"前脚刚离地，后脚怪兽就尾随而至。

怪兽开始急速缩短和机甲的距离，并张开大嘴猛咬过来。

"它想咬炸弹！"查克咆哮道。

机甲上的传感器检测到"尤里卡突袭者"的背上和肩膀出现多处小伤。他们东躲西闪，迂回行进，充分发挥机甲灵活迅捷的优势。"憎恶"每次出击都只能打打擦边球，但潘提考斯特深知这样闪躲下去绝非长久之计，迟早会被怪兽追上。"尤里卡突袭者"又不能转而作战，就算它可以跟怪兽搏一搏，但在这么深的海底，一旦打开 K-Stunner 导弹的炮口，机甲内部的系统将遭到致命的破坏。

"快到虫洞了。"潘提考斯特说道。他们离海崖越来越近，被机甲翻搅起来的淤泥逐渐散开，海崖正下方就是马里亚纳海沟的底部。海底俯冲带形成的水流把淤泥全部卷走了。在"尤里卡突袭者"的聚光灯照射下，潘提考斯特看到这些淤泥被冲到了远处的崖壁上。

查克向四周张望了一圈，发现他们和"憎恶"突然拉开了一段距离。

潘提考斯特也觉察到了这一奇怪的变化。

"等，它停下来了。为什么会停来？"他纳闷道。

"我才不管呢！"查克激动地吼道，"我们离跳落点只有一百米了！"

他们继续向前移动，逐渐向离海崖边缘靠近。就在离跳落点仅有三步之遥的时候，指挥中心里突然一片嘈杂。

纽特和戈特利布横冲直撞地闯进指挥中心，两人头发凌乱，气喘吁吁，浑身臭得跟怪兽大便一样。

"计划行不通！计划行不通！"纽顿发疯般喊叫着。

赫克赶紧伸出双手，稳住这两个异常激动的不速之客，一路飞驰的纽顿和戈特利布这才停下了脚步。

"什么行不通？"他急忙问道。

"这样炸虫洞是没用的！"纽顿大口喘着气。

赫克一脸疑惑不解地看向戈特利布。

"纽顿说得没错！"戈特利布毫不犹豫地接口道。

一时间，指挥中心所有人都惊讶得说不出话来，这两个死对头居然达成了一致！通讯器里，斯达克·潘提考斯特的声音从三千多公里外的海底传了过来。

"指挥中心，'憎恶'没有继续追过来。我们现在离虫洞跳落点只有不到一百米。那边出什么问题了？"

纽顿凑到天童的智能终端前，这样潘提考斯特才能看到他。

"长官，即使虫洞开着，核弹也投不进去！不同怪兽的DNA分子链之所以重复一致，还有另外一个很重要的原因！"

他说完后，上气不接下气，戈特利布赶紧接着解释——

"虫洞会读取怪兽的基因……就像超市的条形码！只有读取后才会让其通过！"

"你们得设法让虫洞误以为你们有和怪兽相同的代码！"纽顿马上插了一句。

与此同时，天童查看了"危险流浪者"的核反应堆和安全壳系统数据。这个老机甲在"迅龙"的强攻下显得有点力不从心。他有一种不祥的预感，如果不抓紧时间把核弹投出去，也许就再也没有机会了……可是，假如真的被怪兽科学部这两个疯子言中，那他们的核攻计划就真是竹篮打水一场空了。

听到这突如其来的消息，潘提考斯特和查克震惊得哑然无声。

过了片刻，查克问道："那我们该怎么做？"

纽顿和戈特利布对视了一下。天童似乎已经猜到那个可怕的答案。

"你得抓住怪兽！"戈特利布说道，"带着它一起进虫洞，然后引爆炸弹！"这正是天童最坏的猜测。

这意味着什么，大家再清楚不过。全场顿时鸦雀无声，此前，他们还抱着一线希望，认为总会有驾驶员活着回来。

而此刻，他们明白，这一线生机彻底断了。

"你确定……"潘提考斯特问道。

纽顿使劲点点头："确定！"

"这……"戈特利布看着纽顿。

接着两人同时说道："我们是这么想的。"

"你们的消息是从……？"潘提考斯特没有说下去，等着他们证实自己的推断。

"我们和一只幼兽的大脑做了通感。"纽顿答道，"'尾立鼠'怀了个幼仔，太不可思议了！不过还是先说正事吧。我们获悉了这个情况。如果你们不这么做，核弹就会偏离虫洞，任务将以失败告终。"

在"尤里卡突袭者"的操作舱里，潘提考斯特和查克看着彼此。查克耸了耸肩。

"本来胜算也不大。"他说道，"我爷爷奶奶他们肯定会说，明知山有虎，偏向虎山行啊。"

他的话和潘提考斯特的想法不谋而合。他们看向身后相距约一百米的怪兽"憎恶"，只见它仍在不停地来回游动，把他们围困在悬崖边缘。前面更远的地方，"危险流浪者"和"迅龙"正打得不可开交，在搅散的淤泥里若隐若现。

一阵警报声把他们的注意力吸了回来。

"'突袭者'，虫洞传来第三个信号！"天童喊道，声音里充满紧张。

"噢，天哪！我说对了！"戈特利布惊呼道。

"什么？有多大？"潘提考斯特忙问道。"尤里卡突袭者"往后退离了悬崖几步，他们能明显感觉到一股湍流从海沟深处翻涌出来。

"第一只五级怪兽！"天童慌忙回答。从屏幕上，潘提考斯特看得出来，天童此刻肯定惊恐不安。

潘提考斯特倒是非常镇定，他知道自己必死无疑。对他来说，唯一重要的事情就是赶快完成使命。为了这一壮举，他奉献了毕生的精力。

虫洞的亮光逐渐昏暗下来，片刻后，怪兽的身体如一堵高墙从悬崖边缘耸立出来。它的体型足有三个"尤里卡突袭者"那么大，重量更是远远超出之前任何一只怪兽的两倍。

它张开血盆大口，高声咆哮，巨大的声波震落了几块崖壁岩石，它们如炸弹一般击打在"尤里卡突袭者"身上。

"天哪！"潘提考斯特情不自禁地叹了一声。

指挥中心里所有人都惊愕了，里面只剩下真子和罗利与"迅龙"搏斗的声音。

"这臭婆娘大得真吓人啊！"蔡天童骂了一句。

潘提考斯特的声音紧接其后。

"什么'臭婆娘'，简直就是个'毒妇'。"

环太平洋联合军防部队有史以来遭遇的第一只五级怪兽由此得名——"毒妇"。

环太平洋联合军防部队（PPDC）
怪兽科学部报告

怪兽体型增长潜在趋势

特别提示：应PPDC指挥部门的要求，怪兽科学部特此报告。因为结论很大程度上只是推测结果，所以在根据以下内容采取任何措施或战略行动前，请务必咨询本部门。

据观察，每个怪兽的体型和攻击性以类抛物线的模式增长。到目前为止，这条曲线的上升趋势较为平缓。但与所有抛物线一样，该曲线会逐渐达到一个最高点，然后向下渐渐趋于垂直。体型、重量和力量之间的关系存在众所周知的客观规律，即便是怪兽，也不能逃脱这些规律。

通俗地讲，本部门认为这意味着怪兽的体型很快就会到达一个临界点，一旦超过这个点，怪兽的骨骼和甲壳结构将无法继续支撑其身体的重量。最近出现的四级兽还不是最大的，在核攻虫洞计划结束之前我们还会看到更大的怪兽，但是不会出现太高的级别。

毫无疑问，怪兽的制造者们一定力图尽快找到这个临界点。一旦它们得逞，每一只怪兽的体型都会直奔最大值。所以从一开始，怪兽就呈现出越来越大、越来越强壮的趋势，目的就在于探索最终的临界点。我们也观察到不同的怪兽具有很多相同的特点——带有一定知觉的附属肢体、飞行能力等——由此可以得出结论，怪兽将不断展示新的战斗技能，专门对付机甲的防御能力。

毋庸置疑，在这些愈发庞大的怪兽面前，防御墙将毫无用武之地。

怪兽何时达到最大的体型，尚无定论。戈特利布博士的怪兽现身频率增加模型也反映出体型逐个加快增长的可能性。当然也有可能怪兽体型的增加与穿越虫洞的频率之间毫无关联。

简而言之，在不久的将来，所有的怪兽都会变得倍加庞大和强大，战斗技能也将更加先进。如果准备采取重大行动，必须尽快执行。

32

在如此深的海底作战，对手又是像"迅龙"这般敏捷的敌人，罗利认为武馆的训练课程十分有必要在五十二个招式的基础上增加更多的技能。打斗了一段时间后，他和真子才渐渐掌握诀窍——真子适应的速度更快一些。水下作战时，你必须提前发出动作，且需要更多地借助惯性来推进。在陆上，机甲能够快速改变方向。然而在深海里，水的密度太大，机甲根本无法达到同样的速度。

"迅龙"则根本不受这种限制。它在潜水战中如鱼得水，飞快地窜来窜去，速度上令"危险流浪者"望尘莫及。一段拼斗过后，机甲遭到一定程度的破坏，虽然怪兽也受了几处伤，但它始终占据上风。"流浪者"一直无法抽身前去支援"突袭者"——此时此刻，"突袭者"正一步步向后退，努力躲避着首只五级怪兽的攻击。

"尤里卡突袭者"可谓人类史无前例的最佳战斗武器，然而，对阵如此庞大的新式怪兽，想出奇制胜，简直是天方夜谭——根本一丝机会都没有。

咳，罗利自责道，快把你那可恶的懦夫思想抛到一边儿去。你千里迢迢来到这里，岂能半途而废？岂能见到更大的怪兽就轻言放弃？你来这里是要把炸弹投进那该死的虫洞，赶快行动起来！

这是真子的心声还是自己的想法？罗利已经分不清了。

"上！"真子大喊一声。

可是他们根本冲不过去，因为每次前进都被"迅龙"逼了回来。显然，它现在的目的就是要避免两个机甲靠近。也许从一开始它就居心叵测，罗利思忖道。先把我们分开，再等着大个头出来将两个机甲一网打尽。

死有什么可怕？罗利心想。现在最为紧要的是协助"尤里卡突袭者"实现目标。"突袭者"和指挥中心的对话他们听得一清二楚，只是当时正忙着和"迅龙"交战而无暇参与其中。现在，他们正想方设法突围，准备前去解救"突袭者"——它已被第三只怪兽势不可当的攻击重重地撞倒在地。怪兽趁机追上前用硕大的身躯把机甲压在身下，然后一把抓起"突袭者"的左臂，一阵拉扯。一股电流闪着亮光从扯断的电路导入水中，消散在怪兽的外皮上。

查克痛得大叫。这时，罗利突然想起了"刀锋头"拉断"流浪者"手臂的场景。

这危急关头，真子赶忙提醒他："不要回忆！不要陷进去！快回到现实！"

罗利看着她，耳朵里传来自己曾经劝阻真子的声音。

"左臂失灵了！"潘提考斯特大喊了一声。五级兽还在扭绞和撕扯着损毁的手臂，"突袭者"趁机奋力伸出右臂紧紧地捂住怪兽的嘴巴。罗利从操作舱的屏幕上看到潘提考斯特手臂和胸部的传感器线路因过载而烧了起来。

一定很疼，他暗思道。我知道这种撕心裂肺的痛苦。

"扭矩快坚持不住了！"查克吼道。

真子恼羞成怒，将"危险流浪者"猛地向前推进了几步。

"怪兽会杀了他们的！"她激动不已。

"也该让'迅龙'尝尝这把老骨头的厉害了！"罗利声音高亢。他在平视显示屏上迅速调出链剑的启动按钮，而另一只手则输入了双臂加农炮的发射指令码——

就算最后会倒下，他们也要殊死搏斗，全力以赴。

"危险流浪者"使劲甩开"迅龙"，这瞬间链剑节节扣紧，伸得笔直。与此同时，"流浪者"的等离子加农炮开始蓄能。

"迅龙"冲了回来，不过现在"危险流浪者"可以用链剑挡开并予以反击。剑的操控由真子主导，虽然从未在七千多米的水下使过剑，但她深谙剑术。海水的确拖慢了出击的速度，不过仍比罗利之前设想的要快。也许是剑身的超导性减少了水的阻滞，抑或是真子施用了森家铸剑师的古老魔法。

他尽力与真子的动作保持同步，给每一剑击注入更多的力量。"流浪者"的另一只手臂则用来对付"迅龙"胡乱挥舞的爪子。

谁说森家铸剑工艺后继无人啊，罗利感叹道。在刀光剑影中他感觉真子内心燃起了感激和骄傲。

罗利密切关注着为了启动等离子加农炮和链剑而打开的机身闸口处的压强和排水读数。目前为止，一切正常，主要是因为加农炮在蓄能过程中产生高热量，大量海水无法进入隔舱。

"迅龙"敏捷地避开了链剑的攻势，旋即回转身来再次发起进攻。罗利知道杀敌的良机来了，真子马上心领神会。

"迅龙"张开大嘴攻了过来。

"危险流浪者"拉开防御姿势，将带有加农炮的手臂直直地伸向前方，几缕超高温等离子体像卷须一样散进了冰冷的水里。果不其然，"迅龙"猛地把"流浪者"的护手和前臂一口咬进了嘴里，并很快刺穿了外壳，只见水中一道道电弧亮光闪闪。

"危险流浪者"用另一只手紧紧地抓住"迅龙"的头，把怪兽嘴里的加农炮塞得更深。"开炮！"罗利大吼道。

真子高声回应，立即按下了发射键，等离子加农炮却毫无反应。

"迅龙"的头疯狂地来回摆动，把"流浪者"撕裂的护手和前臂吐了出来。它拼命地甩开机甲的另一只手臂，急转身向后逃去。罗利和真子一边穷追不舍，一边用严重受损的护手奋力地击打怪兽，虽然每次打下去真子都痛不欲生。跟潘提考斯特刚才遭遇的情况一样，她的手臂传感器开始过载。这门等离子加农炮已经报废了，其实罗利无须借助传感器就应该料到这一点。海底大得惊人的压强破坏了聚焦透镜和增强器装置，而其他部分则毁在"迅龙"的魔口下。

不一会儿，怪兽逃出了攻击范围。它飞速地绕了个大大的弧线后，又冲着"流浪者"发起了猛攻。

"快点！"罗利喊道。他们朝"突袭者"奔去——确切地说，是一瘸一拐吃力地走去，其中一条腿已接近残废——罗利一直设法关闭等离子加农炮的装甲板。

结果徒劳无功。"迅龙"的破坏力太强了。所幸地是，流体神经通路系统还能正常运行，天童新装的超级扭矩接合点也很牢固。但是，在低温和高压的双重作用下，它们都不可能维持太久。不过至少核反应堆始终保持稳定，没有什么能比浸没在无边无际接近零度的冷水里散热更快了。

"迅龙"像一支离弦的箭般杀回来，阻止了"流浪者"前进的脚步。

还有一次机会，罗利思索道。真子自然心领神会。最关键的就是抓准时机。

"迅龙"越来越近。就在这时，"憎恶"瞅见形势一片大好，不再袖手旁观，它向虚弱无力的"尤里卡突袭者"发起进攻。

"两只怪兽在向'突袭者'快速逼近！"天童急道。

"是啊，"罗利心里道，"我们知道。"

庞大的"毒妇"朝"突袭者"受损的手臂狠狠地咬了下去,剧烈的碎裂声再次响起,怪兽丢开手臂后咬向机甲的身躯。"突袭者"使出一记猛拳,不偏不倚地锤在怪兽的眼睛上,"毒妇"的眶骨刹那凹了一大圈。它连忙松开了"突袭者",受伤的眼睛顿时血流如注。"突袭者"终于重获自由,就在它刚刚站起身的一刹那,"憎恶"猛然从另一个方向袭来,一张大嘴用力咬在机甲的躯干边缘,几秒钟前,这块机身才刚从"毒妇"的嘴里解放出来。

"迅龙"杀气腾腾地直奔"危险流浪者"而来,在即将相撞的最后一刻,罗利和真子举起了仅剩的手臂,干脆利索地挥出链剑。尽管知道希望渺茫,但他们仍企盼这个因外部环境作用而不断拉紧的武器装置仍能发挥余热。

有着鳄鱼般外形的"迅龙"重达三千吨左右,此刻它正以将近一百公里每小时的速度冲向机甲。说时迟那时快,张紧装置及时将链剑调准至最佳状态,整把剑霎时生气勃勃,充满能量,疾游而来的怪兽鼻口部的末端正好擦在剑刃上。因为速度太快,冲力太猛,它根本刹不住,整个身体顺势向前穿过利剑,顺划到底,一分为二。

虎父无犬女啊!罗利在心里对真子赞叹道,真子脸上闪过自豪的神色,透露出誓将使命进行到底的决心。

"迅龙"的躯体被从头至尾纵切成两等分,然后分崩离析,两半残体的横截面闪耀着链剑的等离子能,汹涌而出的黏液发出一阵有机荧光。

"老师!"真子暗自喊了一声。

罗利也记挂着 "突袭者"的安危。他们必须争分夺秒地赶过去,否则两只凶残的怪兽会把它四分五裂。"流浪者"跛着腿缓慢费劲地向前移动,它受了重伤,罗利和真子只能小心翼翼。"流浪者"现在状况的确不容乐观,只能勉强走动,战斗力极度削弱,另一门等离子加农炮兴许还能用,但链剑就命运未卜了,难以想象的高压和腐蚀性海水已经开始剥蚀剑的外层和内部材料。

无论如何,他们还是做好了战斗准备。只是"危险流浪者"只能缓慢前行,但"尤里卡突袭者"已经危在旦夕。两只怪兽不停地撕扯和锤击着这个无力还手的机甲,"憎恶"负责主攻,"毒妇"则像戏耍小玩具一样时不时摆弄一下。

"防御系统崩溃!"查克吼道。"危险流浪者"的操作舱里不断传出怪兽击打"突袭者"的声音。

"外壳被损坏了。"潘提考斯特语气平静地说道,"指挥中心,我们无法继续投弹任务。"

"坚持住!"罗利大声说道,"我们过来支援你们!"

他的声音开始哽咽,真子已经泪流满面。

"听到了吗?"她哭喊道,"我们来了!"

"不,"潘提考斯特急忙回道,"你们听我说——"

就在这时,"憎恶"凶狠地击中了"突袭者"的后脑勺。通讯中断了片刻后又恢复过来。

"——罗利,"潘提考斯特继续说道,"你知道该怎么做。"

罗利心领神会。他的记忆瞬间闪回到和其他有过通感经历的驾驶员的共同记忆。他想起自己曾说过,"流浪者"是模拟系统,核动力。

真子也领悟了其中的含义。

"危险流浪者"停下了脚步,开始向后远离"尤里卡突袭者"和怪兽。

"我明白了。"罗利说道,"正朝虫洞前进。"

"他们到底在干什么?"在三千多公里之外的指挥中心,纽顿心急如焚。

赫克替罗利解答了他的疑惑。

"完成使命!"

"加农炮没有任何反应!武器都失灵了!"查克气急败坏,"尤里卡突袭者"的操作舱里警报声四起。"我们无计可施了!"

潘提考斯特回了一句,语气平静而又威严。破碎穹顶里所有人都听得一清二楚,罗利也听到了。最重要的是,这句话直击真子内心。

"我们能为'流浪者'扫清路障!"他坚定地说道。

"元帅!"真子喊道,"老师!不要……"

潘提考斯特直视着屏幕上的"危险流浪者"。

"真子,你能做到的!我永远都在你身边,你永远能在通感里见到我!"

"憎恶"的魔爪再次袭来,"突袭者"的操作舱被砸开了。海水奔涌进来,电路开始崩溃。两只庞然大物站在倒下的机甲上,轮番上阵,猛烈地敲击、撕扯。"突袭者"操作舱传来的影像消失在屏幕上,只能听见查克的声音。

"我老爹总是说:把握机会,永不言悔。能与你并肩作战,是我的荣幸,长官。"

劳森特指挥中心一片沉静。片刻之后,斯达克·潘提考斯特引爆了核弹。

PACIFIC RIM

怪兽杂志
2025 年诗歌比赛获奖者

转引自《神经生理学和人机关系学期刊》2024/2025 年冬季刊

退役驾驶员在接受采访时表示,他们的认知系统由于所谓的"通感"经历而彻底改变。他们长期感觉到有另一个人的意识和自己同步运转,他们的一举一动都会在其他地方同时上演。有些驾驶员将这种现象称作"通感余波",但是和普通余波不同的是,它不会随着时间的流逝而减弱。

幸免于难的退役驾驶员人数不多,这些现象不一定具有普适性,因此,对其进行评估时,需要持一定的怀疑态度。环太平洋联合军防部队(PPDC)禁止非内部医生和医护人员对现役驾驶员进行体检,由此,能拿到的有效数据愈发有限。然而,神经连接的确极有可能长期甚至永远改变他们的感知系统。

此外,还有一些传闻或许也值得深入研究,不过不属于本期刊关注范畴。据某些驾驶员称,在神经连接和通感终止后,他们和机甲的关联一直存在。大量小道消息疯传,机甲在没有驾驶员掌控的情况下仍能移动,后来有人解释说,它们其实是在复制搭档驾驶员梦中的动作。如果情况属实,这些说法将从截然不同的视角阐释神经连接的本质特性。同时,这也不免让人担忧,机甲自身的意识系统打上了难以完全抹掉的烙印。

以下歌词节选自歌曲《怪兽毒蓝》(由 Mukluk 反未来项目组创作)

怪兽毒蓝将要杀死我
不管你是男人或女人
休想逃出它的手心窝

怪兽毒蓝将要杀死我
但是我压根儿不畏缩
一路上有你陪我走过

33

指挥中心的屏幕上，"尤里卡突袭者"的信号消失了。

西科斯基直升机底部摄像机传来的视频显示，核弹爆炸产生的冲击波破水而出，直冲云霄，海面上骤然涌出一股状似巨型圆屋顶的浪花，空中的雾气被驱到了远处。数片怪兽残块在翻腾的蘑菇云下方清晰可见，直升机赶紧掉头撤离。

赫克·汉森蹲在宠物狗旁边，低埋着头，一只手在机械地挠着麦克斯的耳朵。一旁的蔡天童默默地看着：我们所有人都在为失去战友而哀痛，但赫克同时失去的还有自己的孩子。

在深深的海底，"危险流浪者"重新站了起来。崖壁上一个扇形的大洞是爆炸留下的唯一痕迹。核辐射监测仪表的读数超出了正常值，但是罗利没有理会。这并不影响他们前往目的地的计划。"流浪者"用仅剩的单臂把"迅龙"的半边身子捡起来，拽着尸体朝悬崖走去。因为腿上有伤，危险流浪者步履蹒跚。用不了多久，海底高压就会彻底毁掉它的腿。时间刻不容缓，遭受了这种重创后，"危险流浪者"随时都有可能倒下。

他们必须加快步伐，一定要在进一步恶化之前，控制事态。

"往下跳！"他喊了一声。

"危险流浪者"纵身跳下悬崖。他们开始往下沉，悬崖下方，虫洞透出的光映入眼帘。也许那两个科学怪胎说得没错，他们很可能无法完全穿过虫洞。又或者科学家也会出错。找出真相的办法只有一个——跳下去一探究竟。倘若他们不敢尝试，怪兽就会继续源源不断地袭击地球。罗利和真子一言未发，"流浪者"从虫洞上方的悬崖壁架一跃而下——这真是个启动核反应堆超载程序的绝佳落脚点。

早在首次"危险流浪者"操作培训期间，他就学会了这套程序，那时候核攻怪兽还是标准应对规程的一部分。平视显示屏控制台下角有两个开关，分别用于激活机甲自毁应急程序和启动逃生舱机制。罗利曾希望自己永远都不需要用到其中任何一个功能，然而世事难料啊。

他能感觉到真子失魂落魄，心情低落。她机械地操作着机甲，面无表情。当你唯一能掌控的只有死亡的方式时，很容易陷入麻木。

突然，操作舱里响起了警报声。罗利和真子面面相觑，然后好奇地转向显示屏。

是怪兽的信号，正在快速靠近机甲。但是虫洞里面并无任何动静。

不是吧，罗利无可奈何道。

他们在下沉的过程中转了个身，向上仔细张望，顺着崖壁一路搜寻，所经之处渐渐隐没在黑暗中。向他们游来的物体硕如大山，迅比导弹，身上已经被烧得面目全非，还有一只胳膊不翼而飞——竟然是那只最大的五级怪兽！他们刚刚弄清个所以然，怪兽便猛地撞了上来。

罗利和真子被震倒在地，机甲一下子撞落在罗利此前锁定的壁架。那一瞬间，罗利千头万绪。它是怎么活下来的？我们还有足够的时间启动超载程序吗？如果我们——

等，罗利转念一想，要是纽顿和戈特利布没说错的话，这就是我们的契机。也许比带着半边尸体侥幸潜进虫洞更有胜算。

怪兽的爪子不停地抓挖着"危险流浪者"。真子和罗利以牙还牙，但是无法伤及怪兽。它太庞大，太狂躁——超乎寻常。警报声再次响起，"流浪者"的铠甲断了一块，连同一截甲身内层掉了下来，在海水高压的作用下迅速皱弯，渐渐向虫洞坠落。怪兽对着暴露在外的部分一阵撕咬，"流浪者"受损的一侧咕咕冒泡。

原本就缺了胳膊又瘸了腿，加上这致命的一击，这个老旧的机甲开始崩溃了。罗利只期望彻底毁灭的脚步能来得慢一些，让他们有足够的时间完成最后也是最重要的任务。其实后面的步骤很简单，他们只需要撑到穿越虫洞，然后启动核反应堆超载程序就大功告成了。

"我们的力量在变弱，"真子无意识地说道，"我们——"

她突然停了下来，这时又一种警报声鸣响，显示屏上的警示语不停闪烁。

"真子的氧气管被切断了！"天童赶紧告诉他们。

罗利急忙看向真子，她的脸上血色渐退。怪兽还在刮扯着"流浪者"的头部。

……瞬间，记忆闪回：操作舱被撕开了，杨希被猛地拉了出去，罗利的脑中传来哥哥恐惧的惊叫声，罗利也惊叫起来，声音淹没在怒嚎的暴风雨中——

不要陷入回忆。

这是紧要关头。这是唯一的机会。罗利二话不说，毫不犹豫地深吸了几口气，然后松开自己的氧气管，插到了真子的补给线上。她逐渐陷入昏迷，几乎没了呼吸，缺氧和机甲严重受损后过载运行，真子危在旦夕。

"毒妇"还在重击着"流浪者"的头部。罗利伸出双臂，"流浪者"的胳膊也伸了出去。这时，有氧气后，真子恢复了些许体力，她把链剑调整到前臂侧面，虽然氧气减少和机甲即将崩溃的控制系统让她痛苦难忍，但她克服艰难，将链剑高高地举了起来。接着，两人同时向后仰，并开启了背部推进器，一股强大的推力把机甲和怪兽翻了下去，然后掉落在海沟最深的壁架上。

真子的脸色又开始变得苍白，"流浪者"紧紧地抓住"毒妇"，与此同时，罗利启动了第一道超载程序，并打开了位于类似人类肚脐位置的中央散热口。

一注热流冲出机甲，将虚弱无力的怪兽穿出了一个大洞。罗利再次后仰，凝聚起"危险流浪者"剩余的所有力气，牢牢地拽着怪兽，从壁架上翻身落下。怪兽被戳在链剑上，躯体因散热口的高热量而灼烧起来。它仍在苟延残喘，垂死挣扎，不过罗利十分清楚这只巨兽命不久矣。

然而，一直高举链剑的真子快顶不住了。

在这千钧一发的时刻，有且只有一个办法。罗利曾经尝试过，同样尝试过的还有斯达克·潘提考斯特。

他激活了危机命令矩阵，将机甲操作模式转换成单人操作。

危险，屏幕上闪烁着警示语。可能导致神经破损。

哦，妈的，罗利暗自骂了一句。

他按下了开关。刹那，机甲系统让罗利几近崩溃，他痛苦地喊叫着，短短的一瞬间，他的大脑经历了一连串状态：极度活跃，完全短路，失去意识，重新恢复。太难受了！虽然不是第一次单人操作，但确实太难受了。从此刻起，所有的一切都需要全神贯注，甚至包括呼吸。机甲的控制系统能够运行几乎所有大脑程序，但无法进行思考。这意味着现在罗利需要有意识地保持心跳，呼吸……这些还不算很难。不过绝非长久之计。

他关闭了散热口，因为很快这些热量和气压就能派上用场了。自毁程序已经完成了第一阶段。"危险流浪者"紧拽着五级兽向虫洞沉去，头顶上方，半边

"迅龙"还在水中慢悠悠地打着转，缓缓落下。

在指挥中心，纽顿欣喜若狂地喊道："成功了！他们进去了！"

"危险流浪者"的信号反馈变得时断时续，中间停了一段时间后又恢复了正常。怪异可怕的声音从监听器里传来，虫洞"咽喉"处强大的力量扰乱了声波。"流浪者"的影像不见了。又过了一段时间，他们听到断断续续的说话声："……看……虫洞……完……很……"

"他们已经在虫洞里，"蔡天童说道，"我们无能为力了。"

所有人都睁大眼睛盯着大型全息屏，上面显示着根据戈特利布的理论绘制的虫洞结构图，还标出了可能炸毁虫洞的关键位置。代表"危险流浪者"的图标进入了关键区。

"时间不多了！"纽顿心生紧张，"必须现在启动自毁。"

"危险流浪者"一只胳膊绕在巨型怪兽的尸体上，"毒妇"在穿越虫洞的过程中断了气。罗利也不知道它具体什么时候死的。在这里，时间好像变得不准确。操作舱开始发出"吱嘎"声，外面的压力远远超乎人类设计师的想象。他看了一眼氧气储备，作战服里的氧气资源已经使用殆尽。平时显示屏上表明所有储备量只剩 7% 了？很难确定。他现在意识模糊了。

一个全息显示的刻度盘悬在眼前，上面标注着：自毁程序。罗利激活第一道超载程序后，它就自动跳出来了，其功能是将核反应堆燃料棒调节到最大温度。接下来，你需要做的就是关闭散热口……完成之后……把刻度拨到最后一格。

等等，还有一件事情。

罗利握住真子的手。

"都准备好了。"他柔声说道。她睁开双眼。罗利相信真子还有生还的机会。PPDC 的医生医术高明。

"我能独立完成任务。"罗利继续安慰她，"现在只要往下沉就可以了，这谁都会。你要好好活着。未来更美好的生活在等着你。"

他的手伸向自毁程序启动图标，却按下了旁边的按钮：弹射。气体"咝咝"地泄出，金属构件砰砰作响，从运动平台主要接合处延伸至真子靴底的控制臂升了起来，抬着真子向后倾斜直到她完全仰卧在臂面上。逃生舱组件从操作舱的顶部渐渐降低，在真子周围自动组装，一秒钟不到，就把真子团团包了起来。无须罗利启动其他指令，逃生舱飞速向舱顶弹射，顶部圆孔滑开后露出一个气塞，它冲了进去，接着圆孔自行封闭。罗利听见砰地一声轻响，外部闸口打开了。他在显示屏上密切观察了片刻，只见逃生舱从虫洞咽喉直穿海水而上。

他们还在人类世界，或者离开人类世界不远，所以罗利确信真子回到了地球。剩下的就交给逃生舱了。现在他要做的就是沉落，而真子只需往上升浮，而且很快就能浮出水面。

自从说完话后，罗利就一直屏住呼吸，这时他再也支持不住了。重新接上氧气管后，他深深地吸了一口。

随后，他点击了自我毁灭程序图标。

全息图上闪烁出一行字：警告，发生故障！需要手动激活！

"危险流浪者"沉得越来越深，指挥中心里接收到的数据逐渐减少。

"到底怎么回事？"赫克焦急地问道。

"启动键失灵了。"天童回答，"他需要手动操作。"

"有一个逃生舱弹出来了！"戈特利布在另一台终端前大叫起来。

"什么？"天童一脸疑惑。倒数还没开始。"肯定是错误信号。罗利·贝克特不可能这么快就完成任务，还逃出来了。我不相信。"

很快，"危险流浪者"彻底没了音信。

罗利解开固定器的锁扣，将靴子从平台上卸下来，在操作舱的地板上艰难地走着。"流浪者"窗户外边的世界透出人类前所未见的颜色，看得罗利脑袋生疼。他没有忘记呼吸。"流浪者"在下沉的过程中不断颠簸着，罗利被震得站立不稳。手动自毁开关还在另一端，要走过去绝非易事，必须做好心理准备。

罗利内心坚定。

他费力地向另一端走去，呼吸越发困难。保持机甲运转之外的所有神经元都集中在了他的行动上。他必须绕着地板上的圆洞边缘小心移动，洞里是通风井和陀螺仪稳定器组件，从"流浪者"的脖子一直向下延伸至躯体，为核反应堆循环系统供应新鲜空气。外围是几层螺旋的传感器，形成"流浪者"三轴感应器的"脊柱"。每一层传感器旋转的方向不同，速度也略有差异。如果不慎从洞口掉下去，就会直接落到核反应堆外壳上摔死。为保持平稳，罗利手脚并用，谨慎而快速地向前爬，他一心想着赶快到达对面，根本顾不上胳膊和双腿上剧烈的疼痛感。

他终于来到了开关旁。

突然，地球引力发生了变化。他开始漂浮起来，然后"砰"地一声重重地摔回了运动平台旁边的地板上，比他最初站立的位置还要远。"危险流浪者"摇摆不定，罗利险些滑进陀螺仪稳定器组件。他紧紧地抓住洞口，脚下探寻着立足点，他呼吸困难，努力使注意力集中在重要任务上。

引爆核反应堆，拯救世界。

罗利悬吊在洞口，不停旋转的稳定器转轴"叮叮咚咚"地敲打着他的鞋头。他一点一点往上蹭，终于历尽艰辛爬了上来。

"危险流浪者"在自由下落的过程中无法保持竖直状态，所以罗利压低身子，匍匐爬过地板，来到保护核反应堆手动开关的舱口盖前。

他把锁旋开后用力拉开了盖子。"流浪者"在虫洞各种力的作用下摇晃剧烈。突然，罗利感觉眼睛有点异样，他怀疑是充血，也许这是人类初来乍到异世界的身体反应吧。他无暇顾及，因为还有更重要的事情要做。他把开关板从凹槽里取出来。接下来还有两个步骤。首先，他根据开关屏上的提示扭动了几个切换开关。接着他快速地按下了启动键。

开关板的显示屏上开始倒计时。1分钟，59秒，58秒……

罗利开始了艰难的回程跋涉，操作舱的平视显示屏上也在同步倒数着：48秒，47秒，46秒……一步又一步。他提醒着自己保持呼吸。35，34，33，他周围的"危险流浪者"的次要系统开始自行关闭。等离子加农炮离线，链剑离线，次级动力系统离线。罗利一一查看后，把必不可少的留了下来。22，21，20，机甲剩余的能量在核反应堆迅速聚积。罗利回到运动平台，扣好固定器，开始启动逃生舱程序。12，11，10……4……

应该没那么快爆炸，他心想。

"危险流浪者"已经沉到了虫洞尽头，开始落向异世界。在罗利眼前，一重重膜质门纷纷开启，接着一系列类似声门的入口顺次张开，"流浪者"来到了异世界。每一重膜质门在机甲靠近时自动拉开狭窄的通道，"危险流浪者"和"迅龙"的半边身子顺势落入，同时沉落的还有烧焦烤煳、血迹斑斑的"毒妇"遗骸。

顷刻间，异世界的全貌涌入罗利眼帘。这个截然不同的世界使他浑身不适。

这是一座肉体，骨头和器官构筑的城市，已有数百万年的历史。"先驱者"们从一颗星球转移到另一颗星球，辗转来到此地，并以这里为中心建起异世界，现在这个怪兽世界行将就木，这座城市已是最后一块苟延残喘之地。它们渐渐耗尽了一切可用之物，如果不另择栖息地，等待它们的只有死亡。在这片葬身之地，一轮日渐衰老的太阳挂在雾蒙蒙的天空里，散发着惨白黯淡的光。它们等待了上亿年，等着地球变成"仙境"。在庞大的"先驱者"和它们的战士面前，连"毒妇"都相形见绌，矮似侏儒，而"危险流浪者"更是微如孩童们的玩具。

位于异世界这端的虫洞下方是一个磁场，环绕在周围的生物力学装置适时地发出脉冲，引起虫洞的震荡。机造器官的神经从地底穿过这个奄奄一息的大城市延伸到各个不同的地方，"先驱者"们就在这些地方完成制造怪兽的工序：分类、培育、混合、组装。

"危险流浪者"正从虫洞的这端缓缓地露出，随之而来的能量将附近染上了各种罗利叫不上名称的奇怪颜色。仿佛仍在海水中似的，机甲的速度很慢，它逐渐从虫洞完全进入了怪兽世界。罗利向外张望，满眼尽是无边无际的骨头桥梁，骨头马路，活性淤泥河水和湖泊，外骨骼建筑，甲壳房子，里面装着在不停搏动的器官。

"先驱者"们停下手中的活儿，抬起头来。

它们一动不动地盯着罗利，他察觉到这些怪物恐惧的神色。虫洞就坐落在这座城市的中心位置。

你们这帮畜生，最好把你们全都吓死，他暗自骂道。你们害死了我哥哥。

"先驱者"的惶恐不安经过嵌在城市街道里的神经，辐射到每一只怪兽身上。它们齐刷刷地抬眼看向"危险流浪者"，恐怖的咆哮声不绝于耳。

3……

罗利伸出手去。错了，应该用另一只手。他将注意力集中起来。

都到这一刻了，不能再出错，他提醒自己。绝对不能。你们害死了我哥哥。

2……

他能感觉到"先驱者"还不明白发生了什么。透过"流浪者"的头部窗户，罗利发现它们正满脸莫名其妙地看着自己。

1……

他随即按下了"弹射"键。

环太平洋联合军防部队（PPDC）
战斗武器档案——机甲

名称："危险流浪者"

机型： Mark-III （2023 年至 2025 年升级；未重新归类）

启动日期： 2017 年 7 月 10 日

终止日期： 2025 年 1 月 12 日

驾驶员： 杨希·贝克特（阵亡），罗利·贝克特；罗利·贝克特，森真子

歼灭战绩：

编号 LA-17，2017 年 10 月 17 日，怪兽"山岚"，洛杉矶；

编号 PSJ-18，2018 年 5 月 20 日，圣何塞港；

编号 SD-19，2019 年 7 月 22 日，怪兽"天钩"，圣地亚哥；

编号 MN-19，2019 年 12 月 16 日，马尼拉；

编号 AK-20，2020 年 2 月 29 日，怪兽"刀锋头"，安克雷奇；

编号 HK-20A，2025 年 1 月 8 日，怪兽"棱背龟"，香港；

编号 HK-20B，2025 年 1 月 8 日，怪兽"尾立鼠"，香港；

编号 GS-25A，2025 年 1 月 12 日，怪兽"迅龙"，关岛海域；

编号 GS-25B，2025 年 1 月 12 日，怪兽"憎恶"，关岛海域；

编号 GS-25C，2025 年 1 月 12 日，怪兽"毒妇"，虫洞＊。

2023 年 6 月 21 日移至香港破碎穹顶基地，由 Mark-III 机甲修复工程队进行彻底检修与升级改造，最终重新启用。

＊无法确定消灭"毒妇"的精确地理位置，因为"危险流浪者"自毁炸掉虫洞后，周围所有痕迹荡然无存。

操作系统：

BLPK 4.1配备流体神经通路（2023年5月1日升级为自定义）

【后续内容有待更新】

动力系统：

核动力涡轮发动机（2023年修复并升级）

武器装备：

● I-19式等离子加农炮：具有生物识别功能的等离子武器；前臂装置（伸缩式）

● S-11暗物质脉冲发射器（隐藏式）

● Mark-III机甲修复工程队升级的武器：GD-6A链剑，具有双重模式：分段式链鞭或钢芯加强型纳米单刃剑。

备注：

"危险流浪者"已经不复存在。可以想象，核反应堆超载后机甲已灰飞烟灭。如有残片，也都留在了异世界。

执行核攻计划过程中对战三只怪兽，包括第一只也是唯一已知的五级兽（"毒妇"，请参阅相关资料）。"毒妇"的穷追猛打使"尤里卡突袭者"遭受重创，并早早地丧失了战斗力，它的驾驶员（斯达克·潘提考斯特和查克·汉森）引爆了核弹，光荣牺牲，为"危险流浪者"扫清障碍使其最终得以毁掉虫洞。"尤里卡突袭者"的最后一次杀敌行动就是启动核弹自毁程序把"毒妇"炸得半死不活。

34

蔡天童站在指挥中心目不转睛地盯着虫洞结构图，图上绘制的虫洞两端开口形如喇叭，中间是一条细长的通道。直到此刻，依然没有"危险流浪者"的半点信号。纽顿、戈特利布、赫克和中心的所有技术人员都在一旁焦急地等待着。没有人说话，每一个人都在仰头凝视着屏幕，甚至连斗牛犬麦克斯也跟着翘首观望。

自"危险流浪者"进入虫洞咽喉消失得无影无踪后，时间似乎过去了半个世纪。从一开始就怀有的忧虑现在再次萦绕在天童脑际——炸毁虫洞的整个计划非常了不起却注定会以失败告终。

突然，虫洞的电磁波信号发生了变化。从增强模式来看，天童猜测又有怪兽正在穿越。但随着能量释放不断增加，信号强度很快超过了怪兽穿越时的一千倍。

眨眼间，信号骤减为零。屏幕上，虫洞的物理结构四分五裂，幻化成无数纷飞的亮点。

"虫洞崩塌了！"一个技术官员狂喜不已。

指挥中心里顿时掌声雷动，人们欢呼雀跃，热泪盈眶，终于卸下了多年的重担。纽顿和戈特利布激动地抱成一团，戈特利布抛开了平时的各种忌讳，甚至欣然同意了举手击掌。他们身后的技术人员手舞足蹈，喊声震天，天童任由大家尽情享受着这振奋人心的时刻。自香港双重袭击后，他也没想到这次行动还能一举成功。

但他们真的成功了！

这时，赫克的声音盖过了热烈的庆祝声。

"逃生舱！"他高喊着，"看见逃生舱了吗？"

天童开始查看"危险流浪者"的次级系统信号。

"看见一个！"他赶紧告诉大家，"正在往上浮。氧气充足，驾驶员生命体征信号强烈且稳定……"他等了一会儿，接着说道，"没有发现第二个逃生舱。"

"直升机立即行动！"赫克命令道。

高阔的天空一片蔚蓝，一望无际，静静地笼罩着关岛南部海域，世界上海水最深的地方。超级西科斯基直升机群在仔细搜索着虫洞正上方的区域。其中一架突然向一旁倾侧，因为飞行员发现了破水而出的逃生舱。舱体比一般的棺材大不了多少，外壳由钢铁和聚碳酸酯混合制成，里面装着一个驾驶员，少量氧气，周围安了一圈漂浮袋，用于加快水中上浮的速度或者在逃生舱空投落地的时候，用作减震器。

逃生舱翻转过来，在波涛中平稳地漂浮，绿色的追踪染料在附近蔓延。舱盖弹开了，里面干燥的加压空气窜出，和外部潮湿的环境结合成几缕轻飘的水雾。

真子坐了起来，身子随着逃生舱浮出时涌起的波浪不停摇晃。她在阳光下眨动着双眼，四处张望。

只有她一个人。

直升机越飞越低，正向她快速靠近。真子抬头望了一眼，然后继续将急切搜索的目光转回海面。大海此时平静得可怕。没有一丝风，没有一朵浪，只有海水轻轻拍打舱体的声音和直升机旋翼的"嗒嗒"声。

突然间，她看见第二个逃生舱浮出水面，翻转过来后放出了追踪染料。

真子激动不已，忍不住呼喊了一声。她"咚"地一下扎进水里，向另一只逃生舱游去。第二个逃生舱已经烧得斑斑驳驳，舱体坑坑洼洼。舱盖没有自动弹开。直升机旋翼的声音越来越大，真子触到了舱体，爬上漂浮袋后径直扑向舱盖。逃生舱外部安装有手动弹簧锁，她急忙一个个按开，然后翻开舱盖，俯下身子向里张望。

罗利安静地躺在那儿，纹丝不动。

真子弯下腰伸进舱里，她不停地摇晃罗利，拍打他的脸庞，然而，罗利依然毫无反应。真子把他扶起坐直，紧紧地抱着他，她回想起两人第一次通感失败后罗利在操作舱里扶着自己的情形。

"不要，"她喃喃自语，"不要离开。"

这不可能，不该是这样，他们原本炸毁了虫洞，然后顺利地从深海浮上水面。怎么可以在战胜了这么多困难后，他就这么轻易地走了呢？

最艰难，最惊险的任务他都挺过来了啊，真子心底呐喊着，不要。

她抱得更紧了。

突然，罗利咳了起来，他睁开双眼。

"你搂得这么紧，我怎么呼吸啊。"他柔声说道。

真子破涕为笑，悬着的心终于放下来。两行热泪顺着脸颊流淌，她忘情地亲吻着罗利。其实早在罗利刚到破碎穹顶那晚，看见他独自一人站在宿舍里，身上全是烧伤的疤痕，真子当时就有一种想要亲吻他的冲动。罗利热烈地回应着她的吻，两人紧紧相拥在一起。他们一起将一天里经历的绝望、恐惧和失落彻底清空，完全释放。这么多事情竟然是在同一天发生的？两人简直不敢相信。

罗利爬到了舱顶。一架直升机在他们旁边盘旋，紧急救生梯缓缓地降了下来，一位医护人员悬在梯子末端。周围还有一组西科斯基直升机悬停在头顶，没有哪位飞行员愿意错过这样难能可贵的美好时刻。"危险流浪者"的驾驶员组合从通感测试失败到重获信任，历经千难险阻。最后终于勇敢地摧毁虫洞，把怪兽和"先驱者"们永远困在奄奄一息的世界。现在他们回到了充满阳光的人类家园。

晴空万里，风和日丽，这个世界再不会灭亡。

指挥中心里，蔡天童扭头转向赫克。

"长官？"

赫克倾身对着桌上的通讯器大声宣布："我是赫拉克勒斯·汉森元帅，现在请终止战事钟。"

破碎穹顶里，没有任何机甲的身影。翻页钟"卡嗒卡嗒"地翻到数字零后，停止不动了。

环太平洋联合军防部队（PPDC）
任务报告和总结

核攻虫洞计划
2025 年 3 月 1 日

虽然不得不放弃最初的战术安排，但"核攻虫洞"计划最终仍然大功告成。原本由"尤里卡突袭者"前往虫洞投放核弹，"暴风赤红"，"切尔诺阿尔法"和"危险流浪者"负责掩护"突袭者"，为其扫清障碍。

然而，令人遗憾的是，"切尔诺阿尔法"和"暴风赤红"在香港双重袭击事件中惨遭摧毁。此外，怪兽科学部发现虫洞会对穿越其间的物体进行怪兽DNA验证，因此，任务的性质发生了改变。赫拉克勒斯·汉森中士在交战中负伤，"尤里卡突袭者"的驾驶员替换为斯达克·潘提考斯特。

在行动过程中，三只猛兽——"憎恶""迅龙"和"毒妇"——严重损坏了"尤里卡突袭者"，致使其无法继续执行任务。"危险流浪者"临危受命，将其动力系统的核反应堆化成核攻虫洞的武器，而"尤里卡突袭者"则转为护卫。潘提考斯特引爆核弹装置，消灭了"憎恶"和"迅龙"。

此后，"危险流浪者"继续前往虫洞，设法完成这项重大使命。机甲从指挥中心的监控器上消失了几分钟。根据驾驶员罗利·贝克特的报告，在此期间，他亲眼看到了传说中的异世界。启动"危险流浪者"的自毁程序后，他和副驾驶员森真子激活了逃生舱并及时弹射出来。

虫洞关闭了。监控显示，"挑战者"深渊和马里亚纳海沟附近区域再未出现过能量突然释放的现象，除了这几十年来常见的潜沉率，也没有发现任何异常的地壳活动。

监控将会持续下去。如果"危险流浪者"的核反应堆没有炸死制造怪兽和虫洞的强大敌人，它们肯定还会卷土重来。

"猎人计划"就此落下帷幕。我们将不遗余力地继续支持庞斯桥接／通感技术升级和怪兽科学部提出的怪兽生物技术逆向工程研究计划。这些科学项目的大本营就设立在香港破碎穹顶基地。

赫拉克勒斯·汉森元帅

致　谢

非常感谢吉尔莫·德尔·托罗（Guillermo del Toro）和特拉维斯·比彻姆（Travis Beacham）的鼎力支持和大力合作；感谢田中友幸（Tomoyuki Tanaka），本田石路（Ishiro Honda）和东宝株式会社（Toho Pictures）的天才们，从小我头脑里就装满了你们创作的怪兽；感谢底特律 WXON 电视台 20 频道，每次放惊悚电影都是两片连映，让我有机会看到那么多东宝株式会社的电影，还有《铁甲人》（咦，难道是 50 频道？）；也非常感谢我的"怪兽家族"成员：琳赛，伊恩，艾玛和艾维。